가진 자와
못 가진 자

옮긴이 **황소연**

연세대학교 의류환경학과를 졸업했다. 고전과 현대문학에 매료되어 출판 기획자 및 번역가로 활동하고 있다. 옮긴 책으로『인생의 베일』,『타이거 마더』,『파랑 피』,『베타』,『퓨어1·2』,『말리와 나』,『호오포노포노의 비밀』,『피터 님블과 마법의 눈』,『헬렌 켈러 인 러브』외 다수가 있다.

가진 자와
못 가진 자

펴 낸 날 | 2014년 9월 25일 초판 1쇄
            2014년 12월 29일 초판 2쇄

지 은 이 | 어니스트 헤밍웨이
옮 긴 이 | 황소연
펴 낸 이 | 이태권
책임편집 | 김은경
책임미술 | 장상호
펴 낸 곳 | (주)태일소담
            서울시 성북구 성북동 178-2 (우)136-020
            전화 | 745-8566~7   팩스 | 747-3238
            e-mail | sodam@dreamsodam.co.kr
            등록번호 | 제2-42호(1979년 11월 14일)
            홈페이지 | www.dreamsodam.co.kr

ISBN 978-89-7381-217-2 03840

이 도서의 국립중앙도서관 출판시도서목록(CIP)은 서지정보유통지원시스템 홈페이지
(http://seoji.nl.go.kr)와 국가자료공동목록시스템(http://www.nl.go.kr/kolisnet)에서
이용하실 수 있습니다.(CIP제어번호: CIP2014026341)

• 책값은 뒤표지에 있습니다.
• 잘못된 책은 구입하신 곳에서 교환해드립니다.

To Have
and
Have Not

가진 자와
못 가진 자

어니스트
헤밍웨이

황소연 옮김

소담출판사

제1부 봄

제2부 가을

제3부 겨울

제1부

봄
Spring

제1장

아바나의 새벽이 어떤지 잘 알 것이다. 부랑자들이 건물 벽에 기대 잠들어 있고 얼음 배달 차가 술집에 얼음을 배달하기 전 꼭두새벽에 우리는 부두에서 광장을 가로질러 '샌프란시스코의 진주 카페'로 커피를 마시러 갔다. 광장에는 어느 거지가 홀로 깨어 분수대의 물을 마시고 있었다. 카페 안에 들어가서 자리를 잡았을 때 세 사람이 우리를 기다리고 있었다. 우리가 자리에 앉자 그들 중 한 명이 다가왔다.

"왔군요." 그가 말했다.

"못 해요. 마음 같아선 부탁을 들어주고 싶지만 어젯밤에 말한 대로 이건 못 해." 나는 그에게 말했다.

"말만 해요, 얼마든지 줄 테니까."

"돈이 문제가 아니라 못 한다니까 그러네."

다른 두 명도 건너와서 처량한 얼굴로 우두커니 섰다. 그들은 잘생긴 사내들이었고 나는 그들의 부탁을 들어주고 싶었다.

"두당 1000주리다." 영어를 유창하게 구사하는 자가 말했다.

"난처하게 이러지 마시오. 진짜 못 한다니까."

"나중에 사정이 바뀌면 이게 횡재였다는 걸 알게 될 텐데."

"알아, 마음 같아선 나도 하고 싶어. 하지만 못 해."

"왜 못 한다는 거요?"

"이 배는 내 밥벌이야. 이걸 잃으면 내 밥줄도 끊겨."

"이 돈으로 다른 배를 사면 되잖아."

"감옥에서 무슨 수로?"

그들은 내가 시간을 끌기 위해 괜히 트집을 잡는다고 생각하는 게 분명했다.

"당신 몫으로 3000달러가 떨어질 거요. 엄청난 거금이지. 일은 금방 끝날 거고."

"이봐, 당신들 중에 누가 대장이든 내 알 바 아니지만, 난 말할 줄 아는 건 절대 미국으로 실어 나르지 않아."

"우리가 불어버릴 거다, 이 뜻이오?" 이제까지 잠자코만 있던 사내가 발끈하며 나섰다.

"말할 줄 아는 건 뭐든 안 된다고 했소."

"우리가 랭구아 라르가lengua larga란 소리야?"

"아니."

"랭구아 라르가가 뭔지나 알아?"

"물론, 입이 가벼운 인간이라는 뜻이지."

"우리가 그런 인간을 어떻게 처리하는지 알아?"

"몰아세우지 좀 마쇼. 부탁하는 건 당신들이지 내가 아니잖아."

"입 다물고 있어, 판초." 먼저 말을 건넨 남자가 화가 난 남자에게 말했다.

"이자가 지금 우리가 나불댈 거라잖아." 판초가 말했다.

"이봐, 아까 말한 대로 난 말할 줄 아는 건 절대 실어 나르지 않아. 술 자루는 말을 못 해. 술병은 말을 못 한단 말이야. 말을 못 하는 것들이야 많지만 인간은 말할 줄 알잖아."

"중국 놈들도 말할 줄 아나?" 판초가 험악하게 으르렁댔다.

"그들도 말할 줄은 알던데 무슨 말인지는 통 못 알아먹겠더군." 나는 그에게 말했다.

"그래서 안 하시겠다?"

"어젯밤에 말한 대로야. 못 하는 거야."

"그러는 당신은 말을 안 하나?"

판초는 오해해서 고약하게 굴고 있었다. 실망해서 그러는 것도 같았다. 나는 대꾸하지 않았다.

"당신은 랭구아 라르가가 아니겠지, 응?" 그자가 여전히 험악하게 물었다.

"아마도."

"무슨 소리야? 협박인가?"

"이봐, 아침부터 너무 빡빡하게 굴지 마쇼. 당신은 새벽같이 일어나 벌써 사람 목을 여럿 땄는지 모르지만, 난 아직 커피도 못 마셨수다."

"내가 사람 목을 딴 것 같소?"

"아니, 그걸 내가 어떻게 알아? 그리고 당신은 화 안 내고는 아무것도 못 하나?"

"열받아. 당신 죽여버리고 싶어."

"참 나, 말 좀 가려서 하쇼."

"왜 이래, 판초." 첫 번째 남자가 끼어들더니 내게 말했다. "정말미안해요. 우리를 꼭 태워줬으면 좋겠는데."

"나도 안타까워요. 하지만 못 해요."

세 남자는 문 쪽으로 향했고 나는 그들이 가는 걸 바라보았다. 그들은 잘생긴 청년들이었고 좋은 옷을 입고 있었다. 모자는 쓰고 있지 않았고 돈이 넉넉한 것처럼 보였다. 거금을 들먹거린 데다 영국계 쿠바 인의 말씨로 돈이면 다 된다는 식으로 말했으니까.

둘은 형제처럼 보였다. 나머지 한 명 판초는 좀 더 키가 컸지만아직 애송이기는 마찬가지였다. 날씬한 몸매에 좋은 옷, 반지르르한 머리. 알 만했다. 그는 말만 그렇지 그리 비열한 것 같지는 않았다. 오히려 몹시 긴장한 것 같았다.

청년들이 문밖으로 나가서 오른쪽으로 방향을 틀었을 때 지붕이덮인 자동차* 한 대가 광장을 가로질러 그들에게 접근했다. 가게 유리창 하나가 사라지면서 총알이 날아와 오른쪽 벽 진열장에 나란히 놓인 유리병들을 박살 냈다. 총성이 연달아 들려왔다.

---

* 초기의 자동차는 지붕이 없는 경우가 많았다.

탕, 탕, 탕.

벽을 따라 늘어선 병들이 산산조각 났다. 나는 왼편 바 뒤로 몸을 날렸다. 가장자리 너머로 바깥을 살필 수 있었다. 차는 멈춰 서 있었고 두 남자가 차 옆에 웅크리고 있었다. 한 명은 톰슨건을, 다른한 명은 총신을 짧게 자른 자동 산탄총을 가지고 있었다. 톰슨건을가진 남자는 검둥이였고 다른 남자는 운전사가 입는 하얀 먼지막이 외투 차림이었다.

청년들 중 하나가 박살 난 전면 유리창 바로 옆 도보 위에 엎어져있었다. 다른 둘은 옆 가게인 '커너드바' 앞에 세워진 트로피컬 맥주용 얼음 마차들 뒤에 있었다. 얼음 마차를 끄는 말 한 마리가 마구를 쓴 채 쓰러져서 발길질했고 다른 말은 머리를 흔들어댔다.

청년 하나가 마차 뒤편 귀퉁이 너머로 총을 쏘았고 총알이 보도를 맞고 튀었다. 톰슨건을 든 검둥이가 얼굴을 길바닥에 붙이다시피 하고 그 마차 뒤편을 쏘자 마차 밑부분이 터졌다. 아니나 다를까 사람 하나가 쓰러졌다. 보도 쪽으로 쓰러진 그는 머리를 보도 가장자리에 대고 누워 손으로 머리를 감쌌다. 검둥이가 새 탄창을 끼우는 동안 운전사가 쓰러진 청년을 향해 총을 갈겼지만 턱없이 빗나가고 말았다. 은화가 튀듯 총알들이 보도 여기저기에 자국을 남기며 쏟아지는 게 보였다.

다른 청년이 총에 맞은 청년의 두 다리를 잡고 마차 뒤쪽으로 끌어당겼다. 검둥이가 다른 청년들을 죽이기 위해 또다시 포장도로에 얼굴을 붙이는 게 보였다. 그때 그 판초 녀석이 마차 옆을 돌아 아직 서 있는 말 뒤에 숨었다. 그는 지저분한 침대 시트처럼 창백한 얼굴로 말 뒤에서 나와 커다란 루거로 운전사를 겨냥했다. 총이 흔들리지 않게 두 손으로 부여잡은 뒤 두 방을 쏘았다. 총알은 검둥이의 머리 위로 날아갔다. 그는 전진하며 총구를 낮추어 한 방 더 쏘았다.

바람이 길바닥으로 거세게 쏟아져 나오면서 먼지가 휘날리는 것으로 보아 자동차 바퀴를 맞혔다. 그때 3미터 거리에 있는 검둥이가 톰슨건으로 판초의 배를 꿰뚫었다. 그것이 마지막 총알이었는지 검둥이는 총을 던져버렸고 판초 녀석은 털썩 주저앉은 뒤 엎어졌다. 루거를 손에 쥔 채 일어나려 했지만 고개조차 들지 못했다. 그때 검둥이가 운전석 쪽 차바퀴에 기대어 있던 산탄총을 집어 판초의 옆머리를 날려버렸다. 대단한 검둥이로군.

뚜껑 열린 병이 언뜻 눈에 들어와 재빨리 한 모금 들이켰다. 하지만 무슨 맛인지 도무지 알 수 없었다. 모든 게 그저 역겨웠다. 나는 살금살금 움직여 주방 뒷문을 통해 바깥으로 나가 현장을 빠져나갔다. 군중이 우르르 몰려드는 카페 앞쪽은 아예 돌아보지도 않았다. 광장을 돌아 그곳을 완전히 벗어난 뒤 부두로 나가 배에 올랐다.

배를 빌린 손님이 배 위에서 기다리고 있었다. 나는 그에게 방금 벌어진 일을 이야기해주었다.

"에디는 어디 있소?" 배를 빌린 존슨이라는 자가 물었다.

"총격전이 시작된 뒤론 못 보았어요."

"에디가 총에 맞은 건 아니죠?"

"에이, 아뇨. 카페 안으로 날아든 총알은 모두 진열장에 맞았어요. 그때 차가 뒤에서 나타났고 그자들이 유리창 바로 앞에 서 있던 청년을 쏜 겁니다. 그들은 바로 이 각도에서 다가왔는데……."

"확신하는 말투로군."

"내 눈으로 똑똑히 봤으니까요."

고개를 들었을 때 부두를 따라 다가오는 에디가 보였다. 오늘따라 더 홀쭉하고 지저분하게 보였고 관절이 몽땅 고장이라도 난 듯 걷고 있었다.

"저기 오는군요."

에디는 꼴이 말이 아니었다. 이른 아침에는 원래 상태가 좋지 않았지만 오늘은 특히나 더 꼴이 엉망이었다.

"어디 있었어?" 나는 그에게 물었다.

"바닥에."

"그거 봤소?" 존슨이 그에게 물었다.

"그 얘기는 하지도 마쇼. 생각만 해도 토할 것 같으니까." 에디가 그에게 말했다.

"아무래도 한잔해야겠구먼." 존슨은 에디에게 말한 뒤 내게 말했다. "이제 나갈까요?"

"그거야 선생 마음이죠."

"오늘 날씨는 어떨 것 같소?"

"어제랑 비슷할 겁니다. 더 좋을지도 모르고."

"그럼 나갑시다."

"그러죠, 미끼가 오는 대로 바로 나가죠."

우리는 벌써 3주째 이 작자를 데리고 바다낚시를 다녔지만 이제까지 내가 구경한 그의 돈이라고는 만나기 전에 받은 100달러가 전부였다. 그걸로 영사에게 부두 세도 내고 먹을거리도 사고 배에 기름도 넣으라고 했다. 나는 그에게 낚시 도구를 일체 제공하고 하루 35달러에 배를 빌려주고 있었다. 그는 호텔에서 잠을 잔 뒤 매일 아침 나와 배를 탔다. 에디가 물어 온 손님이었기 때문에 에디도 함께 태우고 하루 4달러씩 떼어줄 수밖에 없었다.

"배에 기름을 넣어야겠어요." 나는 존슨에게 말했다.

"그러쇼."

"그러려면 돈이 좀 필요해요."

"얼마나?"

"1갤런당 28센트예요. 40갤런은 넣어야 하니까, 총 11달러 20센트로군요."

그는 15달러를 꺼냈다.

"남은 돈으로 맥주랑 얼음을 사는 게 어떨까요?"

"그러쇼, 이건 내가 당신에게 줄 돈에서 빼시오."

3주면 참을 만큼 참았으니 그만 이 작자를 내쫓을까 하는 생각도 들었지만 이자가 돈을 지불할 능력만 있다면 무슨 상관이랴 싶었다. 어쨌거나 이자는 매주 먹고살고는 있었으니 말이다. 나는 한 주가 한 달이 되도록 방관한 데다 선불도 받았다. 내 잘못이었다. 처음에는 그냥 이렇게 날이 가는 게 좋았다. 며칠 전부터 이자가 슬슬 신경에 거슬렸지만 혹시 총질이라도 할까 싶어 아무 소리도 하지 않았다. 어차피 이자가 먹고살 능력이 있는 이상 이대로 오래갈수록 좋은 거 아니겠나?

"맥주 한 병 하겠소?" 그가 상자를 열며 내게 물었다.

"아뇨, 됐습니다."

그때 미끼를 가져오게 시킨 검둥이가 부두를 따라 다가왔다. 나는 에디에게 밧줄을 풀 준비를 하라고 말했다.

검둥이가 미끼를 들고 배에 오르자 우리는 밧줄을 풀고 항구를 떠나기 시작했다. 검둥이는 고등어 두 마리를 묶었다. 낚싯바늘을 아가리 속에 넣어 아가미 바깥으로 뺀 뒤 옆구리를 찔러 반대편으로 다시 꿰었다. 그러고 나서 주둥이를 와이어 목줄로 묶어 바늘을 단단히 고정해 미끼가 빠지지도 빙글빙글 돌지도 않으면서 매끄럽게 유영하도록 했다.

그는 말 그대로 피부가 까만 진짜 검둥이였는데, 똑똑하고 뚱한 성격에 셔츠 밑 목에는 파란 부두교 목걸이를 걸고 있었다. 그가 배에서 즐겨 하는 일은 잠을 자거나 신문을 읽는 것뿐이었다. 하지만 미끼도 잘 꿰고 민첩했다.

"당신도 미끼를 저렇게 꿸 수 있소, 선장?" 존슨이 내게 물었다.

"그럼요, 선생."

"근데 고작 저걸 시키려고 검둥이를 태운 거요?"

"대어가 걸리면 그 이유를 알게 될 겁니다."

"그게 무슨 소리요?"

"저 검둥이가 나보다 더 빠르거든요."

"에디는 못 하고?"

"못 합니다, 선생."

"내가 볼 땐 불필요한 비용인 것 같은데."

그는 날마다 검둥이에게 1달러씩 주고 있었고 검둥이는 매일 밤룸바를 추러 다녔다. 보아하니 검둥이는 벌써 졸린 것 같았다.

"필요해요." 나는 말했다.

그때쯤 우리는 여러 채의 오두막집 앞에 정박한 어선과, 어선에 딸린 작은 보트 들을 지나 모로 성* 근처 바위 바닥에 사는 물퉁돔을 낚으러 정박한 소형 보트들을 지나왔다. 나는 멕시코 만灣이 검은 선을 이루는 곳으로 배를 몰고 나갔다. 에디는 가짜 미끼인 커다란 루어를 두 개 드리웠고 검둥이는 낚싯대 세 대에 생물 미끼를 달았다.

---

* 아바나 항구에 있는 역사적 요새.

해류는 수심 측정이 가능한 해역 안에 있었다. 해류 가장자리로 다가가자 소용돌이치는 보랏빛 물결이 보였다. 산들산들한 동풍이 부는 가운데 우리는 큰 날치 떼 곁에 잠시 머물렀다. 검은 날개를 단 커다란 놈들이 날아오를 때면 대서양을 횡단하는 린드버그의 그림이 떠올랐다. 큰 날치 떼는 더없는 길조였다. 드문드문 뭉쳐 있는 연노란 해초가 눈이 닿는 곳까지 펼쳐진 것은 큰 해류가 흐른다는 뜻이었다. 앞쪽에는 새들이 작은 참치 떼를 사냥하고 있었다. 물 밖으로 뛰어오르는 놈들도 보였는데 작은놈도 1킬로그램은 너끈히 나갈 것 같았다.

"아무 때나 던지세요." 나는 존슨에게 말했다.

그는 벨트와 고정 끈을 착용한 뒤 커다란 낚싯대를 드리웠다. 하디릴에 36파운드 줄이 550미터 감긴 낚싯대였다. 돌아보니 그의 미끼는 잘 유영하면서 너울을 따라 펄떡거렸고 루어 두 개도 잠수했다가 튀어 오르고 있었다. 우리는 적당한 속도로 달리고 있었다. 나는 멕시코 만류 속으로 배를 몰았다.

"낚싯대를 의자에 달린 소켓에 끼워둬요. 그래야 무겁지 않을 겁니다. 낚싯대의 드래그*는 풀어두시고. 그래야 고기가 물었을 때 줄이 풀려요. 고기가 물었을 때 드래그가 조여 있으면 놈이 선생을 배 밖으로 날려버릴 겁니다."

---

* 낚싯줄이 풀리거나 풀리지 않게 조절하는 제어장치.

그에게 날마다 같은 말을 반복해야 했지만 상관없었다. 어차피 낚시할 줄 아는 사람은 50명 중에 한 명꼴이니까. 안다고 해도 태반이 그저 빈둥거리거나 큰 놈이 물면 견디지 못할 약한 줄만 쓰려고 든다.

"오늘 어떨 거 같소?" 그가 내게 물었다.

"이 정도면 최고죠."

정말 화창한 날이었다.

나는 타륜을 검둥이에게 맡기고는 해류 가장자리를 따라 동쪽으로 몰라고 말했다. 그러고는 존슨이 앉아서 미끼가 튀어 오르는 것을 바라보는 곳으로 돌아갔다.

"낚싯대 하나 더 던져놓을까요?" 나는 그에게 물었다.

"그럴 것 없소이다. 내 손으로 고기를 낚고, 싸우고, 끌어 올리고 싶소."

"그러시죠. 에디에게 낚싯대를 드리우고 있다가 한 놈 걸리면 선생이 끌어 올리게 넘겨드리라고 할까요?"

"됐소, 한 대면 충분해."

"그러시죠."

검둥이는 계속 배를 몰았다. 그는 전방에 날치 떼가 해류 위로 뛰어오르는 것을 보고 있었다. 뒤를 돌아보니 햇빛 아래 아바나가 멀리 보였다. 배 한 척이 막 항구를 빠져나와 모로 성을 지나고 있었다.

"오늘은 제대로 한판 붙게 될 겁니다, 존슨 씨." 나는 그에게 말했다.

"그럴 때도 됐지. 우리가 바다로 나온 지 얼마나 됐소?"

"오늘로 3주째입니다."

"낚시 한번 오래 하는구먼."

"물고기란 이상한 놈들이에요. 일단 한번 오면 엄청 몰려와요. 한 번 오지 않으면 절대 오지 않지만. 오늘은 달도 맞고 해류도 좋으니 순풍이 불 겁니다."

"처음 나왔을 때도 고기가 약간 있긴 있었소."

"그건, 전에도 얘기했지만, 큰 놈들이 오기 전에 작은놈들 몇 마리가 출몰한 거예요."

"당신 낚싯배는 항상 같은 길로 온단 말이야. 물때보다 너무 빨리 왔거나 너무 늦은 건지도 모르지. 바람이 맞지 않았거나 달이 틀렸는지도 모르고. 하지만 당신은 돈을 꼬박꼬박 챙겨 가는구려."

"최악의 상황은 말이죠, 너무 빨리 오거나 너무 늦게 왔는데 오랫동안 바람까지 잘못 부는 경우예요. 그런 날은 고기는 구경도 못 하고 뭍으로 돌아가기에 십상이죠."

"그래도 오늘은 괜찮지 않을까?"

"오늘 격전이라면 난 충분히 치렀지만 선생은 이제부터 시작일 겁니다."

"그래야 할 텐데."

우리는 끌낚시*를 하려고 속도를 늦췄다. 에디는 뱃머리로 가서 드러누웠고 나는 일어서서 낚시 미끼가 보이는지 지켜보고 있었다. 쳐다볼 때마다 검둥이는 툭하면 졸고 있었다. 대단한 밤을 보낸 모양이었다.

"괜찮다면 맥주 한 병만 가져다주겠소, 선장?"

"그러죠, 선생." 나는 그렇게 말하고는 차가운 맥주를 하나 꺼내려고 얼음 통을 뒤졌다.

"댁도 한 병 마시지그래요?"

"전 됐습니다, 선생. 밤까지 기다리렵니다."

뚜껑을 따서 병을 그에게 건네려는데 창이 팔뚝보다 더 긴 커다란 갈색 새치 한 마리가 머리를 물 밖으로 불쑥 내밀며 고등어를 덮쳤다. 통나무만큼이나 거대한 놈이었다.

"놈에게 줄을 풀어줘요!" 내가 소리쳤다.

"놈이 아직 걸리지 않았소."

"그럼 꽉 잡고 있어요."

녀석이 물속 깊은 곳에서 치고 올라오느라 미끼를 놓친 것이다. 방향을 바꿔 다시 달려들 게 분명했다.

"놈이 미끼를 무는 순간 줄을 느슨하게 풀어요."

그때 물고기가 뒤쪽 물 밑에서 올라오는 게 보였다. 날개처럼 쫙

---

* 움직이는 배에서 미끼로 유인하는 낚시.

펼친 보랏빛 지느러미와 갈색 몸통을 가로지르는 보랏빛 띠가 보였다. 녀석이 등지느러미로 물살을 가르며 잠수함처럼 다가왔다. 녀석이 미끼 뒤쪽으로 곧장 돌진하는 순간, 흔들거리는 녀석의 창이 물 밖으로 완전히 드러났다.

"완전히 삼키게 돼요."

존슨이 릴에서 손을 떼자 줄이 휘리릭 풀리기 시작했고 새치는 몸을 돌려 밑으로 내려갔다. 녀석은 찬란한 은빛 자태를 뽐내며 옆으로 돌더니 뭍 쪽으로 빠르게 질주했다.

"드래그를 약간 조여요, 많이는 말고." 나는 말했다.

그가 드래그를 조였다.

"너무 많이 조이진 마요."

이제 비스듬히 올라온 줄이 보였다.

"놈을 끝장내요. 후려쳐요. 후려쳐야 해요. 어차피 녀석은 뛰어오를 테니까." 나는 말했다.

존슨은 드래그를 더 조이고는 낚싯대를 다시 잡았다.

"후려쳐요! 혼쭐을 내요. 대여섯 번은 두들겨 패야 해." 나는 말했다.

그가 두세 번 더 물고기를 패대기쳤을 때 낚싯대가 휘면서 릴이 끼이익 비명을 지르기 시작했다. 녀석은 공중으로 한참을 치솟아 오르며 햇빛에 은빛 자태를 뽐내고는 절벽 아래로 내던져진 말처럼 풍덩 물속으로 떨어졌다.

"드래그를 좀 풀어요." 나는 그에게 말했다.

"놈이 사라졌어."

"참 나, 맞아요. 그러니까 얼른 드래그를 더 풀어요."

둥그렇게 휘어진 낚싯줄이 보이는가 싶더니 녀석이 선미 쪽에서 펄쩍 뛰어오른 다음 바다 저편으로 향했다. 그러더니 다시 물 밖으로 나와 물살을 후려쳐 하얀 물보라를 일으켰다. 녀석의 주둥이 옆쪽으로 낚싯바늘이 걸린 게 보였다. 녀석의 줄무늬가 분명히 드러났다. 보랏빛 줄무늬에 밝은 은빛으로 빛나는 멋진 녀석으로 몸통이 통나무만큼 컸다.

"놈이 사라졌어." 존슨이 말했다. 줄이 느슨했다.

"릴을 감아요. 놈이 단단히 걸렸어요." 그리고 나는 검둥이에게 소리쳤다. "풀가동해서 전진!"

그때 녀석이 한 번, 두 번, 기둥처럼 꼿꼿이 물 밖으로 뛰어오른 뒤 곧장 우리를 향해 온몸을 내던졌고 매번 높은 물기둥을 일으키며 물에 떨어졌다. 낚싯줄이 팽팽해졌다. 놈이 다시 뭍 쪽으로 향하는가 싶더니 돌아섰다.

"이제 놈이 도망갈 거예요. 단단히 걸렸으니 쫓아가야죠. 드래그를 느슨하게 유지해요. 줄은 충분하니까."

새치란 놈은 대어답게 북서쪽을 향해 나아갔다. 그래, 걸려들었구나. 녀석이 공중으로 뛰어올라 큰 원을 그리기 시작했고 매번 고속 모터보트가 지나간 것처럼 물보라와 너울이 일었다. 우리는 녀석을 추적했다. 나는 배의 방향을 돌려 녀석을 계속 뱃전 쪽에 몰아 붙였다. 나는 타륜을 잡은 채 존슨에게 드래그를 헐겁게 해두고 줄을 빨리 감으라고 거듭 소리쳤다. 별안간 그의 낚싯대가 움찔하더니 줄이 늘어지는 게 보였다. 잘 모르는 사람이라면 물속에 둥그렇게 잠긴 줄의 인력 때문에 줄이 느슨해진 걸 몰랐겠지만 내 눈은 못 속였다.

"놓쳤어요." 나는 그에게 말했다.

물고기는 아직도 뛰어오르고 있었다. 녀석은 연신 뛰어오르며 시야에서 사라져갔다. 어쨌거나 멋진 녀석이었다.

"녀석이 당기는 힘이 아직 느껴지는데."

"그건 줄의 무게 때문이에요."

"줄이 거의 감기지 않던데. 혹시 놈이 죽은 건 아닐까?"

"녀석을 봐요. 아직도 뛰어오르고 있잖아요."

이제 녀석은 800미터 밖에서 물기둥을 일으키고 있었다.

나는 낚싯대의 드래그를 만져보았다. 드래그가 너무 바짝 조여 있었다. 이러니 어떻게 줄이 감기겠나? 그냥 끊어질 수밖에.

"드래그를 헐겁게 해두라고 내가 말했잖아요?"

"하지만 놈이 계속 줄을 끌고 나가기에."

"그래서?"

"그래서 조였지."

"이봐요, 고기가 걸렸을 땐 줄을 풀어주지 않으면 끊어져요. 세상

어떤 줄도 그걸 당해낼 재간이 없단 말이오. 놈이 원할 땐 풀어줘야 해요. 드래그를 헐겁게 해야 한단 말이오. 놈이 난동을 부릴 땐 전문 낚시꾼이 작살줄을 가지고도 당해내지 못해요. 놈이 달아나면 줄이 모두 풀리지 않게 배를 몰아 놈을 쫓아가는 수밖엔 없어요. 놈이 달아나다 잠수할 때 드래그를 조이고 줄을 다시 감으면 된다고요."

"줄이 끊어지지 않았다면 놈을 잡았을 거란 소리요?"

"적어도 기회는 있었겠죠."

"놈이 계속 버티진 못했겠지?"

"고기란 놈은 별별 짓을 다 해요. 진짜 싸움은 놈이 한바탕 달아난 뒤에야 시작돼요."

"그럼, 한 마리 잡아봅시다." 그가 말했다.

"우선 줄부터 감아요."

우리가 한 마리 낚았다가 놓치는 내내 쿨쿨 잠만 자던 에디 놈이 선미 쪽으로 돌아왔다.

"무슨 일 있었어?"

에디도 한때는 배 위에서 밥값은 하던 놈이었는데 술독에 빠진 뒤로는 영 쓸모가 없다. 나는 우두커니 서 있는 그를 쳐다보았다. 홀쭉한 키, 움푹 꺼진 뺨, 헤벌어진 입, 술에 전 눈, 햇볕에 바래버린 머리카락. 술을 더 마시려고 일어난 게 분명했다.

"맥주나 한 병 해." 나는 그에게 말했다.

그는 박스에서 한 병을 꺼내 마시더니 말했다.

"저기, 존슨 씨, 난 낮잠이나 마저 자렵니다. 맥주 고마워요."

에디, 이 대단한 놈. 물고기는 안중에도 없다.

정오 무렵 우리는 다시 한 마리를 낚았다. 녀석이 물 밖으로 뛰어올랐다. 낚싯바늘이 공중 10미터는 족히 치솟았을 때 녀석이 바늘을 뱉어버렸다.

"이번엔 내가 뭘 잘못한 거요?"

"아무것도. 녀석이 그냥 뱉어낸 겁니다."

"존슨 씨." 맥주를 더 마시려고 일어난 에디가 끼어들었다. "그냥 운이 없었던 거예요. 그래도 여자 운은 따를 겁니다. 오늘 밤 같이 외출하실래요?"

그러더니 그는 돌아가서 다시 드러누웠다.

4시쯤 우리는 해류를 뒤로하고 육지 가까이 접근하고 있었다. 해류는 빙글빙글 돌고 있었고 우리는 태양을 등지고 있었다. 아까 존슨의 미끼를 문 흑새치는 내 평생 본 것 중 가장 큰 놈이었다. 우리는 깃털로 만든 오징어 미끼를 하나 드리워서 작은 참치 네 마리를 낚았고 검둥이가 그중 한 마리를 미끼로 낚싯바늘에 꿰었다. 미끼는 꽤 묵직하게 매달려 유영하다가 곧 항적 속에서 요란하게 첨벙거렸다.

존슨은 낚싯대를 무릎에 놓으려고 릴에서 고정 끈을 풀어버렸다. 온종일 낚싯대를 들었던 터라 팔이 아팠기 때문이다. 게다가 커다란 미끼에 적정한 드래그를 유지하면서 릴의 스풀*을 붙잡고 있는 게 손이 아프다며 내가 안 볼 때 드래그를 조여버렸다. 나는 그자가 그런 짓을 했으리라고는 상상조차 못 하고 있었다. 그자가 그따위로 낚싯대를 들고 있는 게 못마땅했지만 그렇다고 계속 나무랄 수도 없는 노릇이었다. 게다가 드래그를 풀어둔 이상 줄이 풀려나갈 테니 위험할 게 없을 거라고 생각했다. 하지만 그런 꼴로 낚시가 제대로 될 리 없었다.

나는 타륜을 잡고 해류 가장자리를 따라 배를 몰았다. 건너편엔 오래된 시멘트 공장이 있었고, 수심이 깊고 해안과 아주 가까운 데다 소용돌이가 쳐서 늘 큰 고기들의 먹잇감이 많은 곳이었다. 그때 어뢰라도 터진 것처럼 풍덩 하고 물결이 일더니 장검과 눈, 벌어진 아래턱, 검푸른 커다란 머리가 나타났다. 흑새치였다. 물살을 가르고 나타난 녀석의 등지느러미는 큰 돛단배만큼이나 드높았다. 낫 모양의 꼬리가 완전히 드러난 순간, 녀석이 참치를 덮쳤다. 야구방망이만큼이나 굵은 주둥이가 살짝 위로 솟아 있었는데 녀석이 미끼를 덥석 무는 순간 바다 물살이 쫙 갈라졌다. 진한 검푸른 빛깔에 눈알은 수프 접시만큼이나 큰 놈이었다. 몸집이 어마어마했다. 200킬로그램은 너끈히 나갈 것 같았다.

나는 존슨에게 전투태세를 갖추라고 소리쳤지만 내가 입을 열기

---

* 릴에서 낚싯줄이 감기는 실패와 같은 장치.

전에 존슨이 기중기에 들린 듯 의자에서 떨어져 공중으로 쑥 올라가는 게 보였다. 그가 잠시 낚싯대를 붙잡고 있는 동안 낚싯대는 활처럼 구부러졌다. 이내 낚싯대 밑동이 그의 배에 걸리는가 싶더니 낚시 장비 전체가 배 밖으로 날아가고 말았다. 드래그가 단단히 조여졌을 때 물고기가 미끼를 무는 바람에 존슨은 몸이 의자에서 떨어져 공중으로 솟구치자 더 버틸 수가 없었던 것이다. 낚싯대 밑동을 한쪽 다리 밑에 끼고 낚싯대를 무릎에 두고 있었으니. 낚싯대를 고정 끈에 끼워두었더라면 딸려 가는 일도 없었을 것이다.

나는 엔진을 끈 뒤 선미로 돌아갔다. 그는 거기에 앉아 낚싯대 밑동에 얻어맞은 배를 부여잡고 있었다.

"오늘은 그만하죠." 나는 말했다.

"그거 뭐였소?" 그가 내게 말했다.

"흑새치."

"어떻게 된 거요?"

"생각 좀 해봐요. 릴 값만 250달러예요. 지금은 가격이 더 올랐어요. 낚싯대는 45달러짜리고. 36파운드 줄이 550미터가 좀 안 되게 감겨 있었어요."

그때 에디가 그자의 등을 탁탁 두드리더니 말했다.

"그냥 운이 없었던 거예요. 내 평생 이런 일은 처음이에요."

"닥쳐, 이 주정뱅이야." 나는 그에게 말했다.

"존슨 씨, 정말 이건 평생 한 번 있을까 말까 한 일이에요." 에디가 말했다.

"그런 고기가 걸렸는데 내가 뭘 어쩔 수 있었겠어?" 존슨이 말했다.

"혼자 힘으로 싸우고 싶다면서요." 나는 그에게 말했다. 정말 돌아버릴 것 같았다.

"진짜 큰 놈이었어. 휴, 엄청 고생했을 거야."

"이봐요, 그런 놈은 고생 정도가 아니라 아예 당신을 죽였을 거요."

"그래도 사람들은 잘만 잡던데."

"낚시할 줄 아는 사람들이나 그런 걸 잡죠. 그들이라고 고생을 안하는 건 아니오."

"어느 사진을 보니까 여자도 한 마리 잡았던데."

"왜 아니겠어. 그건 한곳에서 하는 낚시요. 녀석이 미끼를 삼키고 낚시꾼이 물 밖으로 끌어내면 녀석이 견디지 못하고 죽는 거고. 이건 고기의 주둥이에 낚싯바늘이 제대로 걸려야 하는 끌낚시란 말이오."

"물고기가 너무 커. 즐겁지도 않은 일을 왜들 할까?"

"지당한 말씀입니다, 존슨 씨. 즐겁지도 않을 일을 대체 왜들 한답니까? 아주 정곡을 콕 찌르셨어요. 즐겁지도 않은 일을 대체…… 왜들 할까요?" 에디가 말했다.

나는 그 물고기를 본 여운이 가시지 않아 아직도 몸이 덜덜 떨리는 데다 낚시 도구만 생각하면 속이 뒤집어지는 것 같아 그들의 말이 귀에 들어오지도 않았다. 검둥이에게 그만 모로 성으로 배를 돌리라고 일렀다. 그들에게 더는 말을 붙이지 않았다. 그들은 자리를 잡고 앉았다. 에디는 의자 하나를 차지하고 맥주병을 들고 있었다. 존슨도 맥주병을 들고 있었다.

"선장." 얼마 뒤 그가 말했다. "하이볼* 한 잔 만들어주겠소?"

나는 잠자코 그에게 음료를 가져다준 뒤 내 것으로 독하게 한 잔 더 만들었다. 이 존슨이란 작자는 어부들이 1년 내내 목 빼고 기다리는 고기를 단 보름 만에 만나놓고 놓친 것도 모자라 내 알토란 같은 낚시 도구까지 잃어버리고 웃음거리가 된 주제에 뭐가 좋다고 럼주를 들이켜며 앉아 있나 하는 생각이 들었다.

부두로 들어갔을 때 검둥이가 우두커니 서서 기다리기에 나는 말했다.

"내일은 어떡하시겠소?"

"그만둘래요. 이제 낚시질이라면 신물이 나."

"검둥이에게 일당 줘야지요?"

"내가 얼마를 줘야 하지?"

"1달러. 원하면 팁이라도 얹어 주시든가."

존슨은 검둥이에게 1달러와 쿠바 돈 25센트를 주었다.

"이건 뭐죠?" 검둥이가 동전을 내보이며 내게 물었다.

---

* 독한 술에 소다수와 얼음을 넣은 음료.

"팁. 이제 너 그만 쓴대. 그래서 주는 거야." 나는 그에게 에스파냐어로 말했다.

"내일 오지 말라고요?"

"응."

검둥이는 미끼를 묶는 데 썼던 노끈 뭉치와 까만 유리잔을 집어 밀짚모자에 넣고는 인사 한마디 없이 가버렸다. 우리는 안중에도 없는 검둥이였다.

"계산은 언제 하실 겁니까, 존슨 씨?"

"아침에 은행에 다녀올 거요. 오후에 계산합시다."

"모두 며칠인지 알고 있죠?"

"15일."

"아뇨, 오늘까지 16일이에요. 낮으로만 따지면 18일이고. 오늘 잃어버린 낚싯대랑 릴, 낚싯줄 값도 있고."

"낚시 장비는 당신이 감수해야지."

"아뇨, 선생. 그런 식으로 잃어버린 걸 왜 내가 떠안소이까?"

"난 그걸 빌린 대가로 매일 요금을 내잖소. 당신이 감수해야 해."

"아뇨, 선생. 물고기가 부러뜨렸다면 당신 잘못이 아니니 예외로 치겠지만 선생이 부주의로 장비 전체를 잃어버렸잖소."

"물고기가 내 손에서 빼앗아 간 거요."

"드래그도 조여놓고 낚싯대를 소켓에 꽂아두지 않았으니 그럴 수밖에."

"당신이 뭔데 나한테 책임을 지라 마라야."

"차를 빌려 벼랑 밑으로 날려놓고 보상하지 않겠다 이거요?"

"내가 타지도 않은 차 값을 왜 내나?"

"옳은 말씀이에요, 존슨 씨. 이제 알겠지, 선장? 선생이 거기 탔다면 죽었을 거 아니야. 그러니 값을 치를 필요가 없지. 맞는 말씀이오." 에디가 말했다.

나는 주정뱅이는 아랑곳하지 않고 존슨에게 말했다.

"낚싯대와 릴, 낚싯줄 값으로 295달러 내시오."

"에이, 그게 말이 되나. 하지만 당신 생각이 정 그렇다면 타협점을 찾는 게 어떻겠소?"

"다시 구하려면 360달러 밑으론 어림도 없소. 낚싯줄 값은 받지 않으리다. 어차피 그 정도 물고기라면 낚싯줄을 모두 썼어야 했을 테고 그건 당신 잘못이 아니니까. 이 주정뱅이 말고 다른 사람이 있었다면 내가 얼마나 당신을 봐주고 있는지 한마디 했을 거요. 당신한테도 큰돈이겠지만 장비를 사야 하는 내게도 큰돈이요. 최고의 장비 없이 그런 물고기를 낚는 건 불가능해요."

"존슨 씨, 지금 이 사람이 나더러 주정뱅이라는군요. 그럴지도 모르죠. 일단은 이 사람 말이 맞아요. 후하게 봐드리는 거예요." 에디가 그에게 말했다.

"나도 분란 일으키고 싶지 않소. 내키진 않지만 지불하지. 일당 35달러씩 18일간 전세 비용에 추가 비용 295달러까지." 마침내 존슨이 말했다.

"선금으로 100달러 줬죠? 내가 쓴 비용의 목록을 적어줄게요. 남은 비용을 꼼꼼히 따져서 모두 제하고. 이것저것 선생이 먹을거리를 샀던 것도 포함해서."

"후하군." 존슨이 말했다.

"저기요, 존슨 씨. 여기 사람들이 외지인에게 얼마나 뜯어내는지 아신다면 이게 얼마나 후한 대접인지 알게 되실 거예요. 무슨 말인지 아시죠? 특별히 대우해드린 거예요. 선장이 선생을 친어머니처럼 모신 거라고요." 에디가 말했다.

"내일 은행에 들렀다가 오후에 내려오겠소. 그리고 모레 배를 타고 떠날 거요." 존슨이 말했다.

"우리랑 같이 돌아가시면 뱃삯은 빼드리죠." 나는 말했다.

"됐소, 다른 배를 타면 시간을 아낄 수 있거든."

"저기, 한잔하시겠소?"

"그럽시다, 이제 서로 불만 없는 거죠?"

"그럼요, 선생."

우리 셋은 선미에 앉아 함께 하이볼을 들이켰다.

다음 날 나는 배 밑에서 오일도 갈고 이것저것 손보면서 오전 내내 배에서 일했다. 정오 무렵 시내로 가서 40센트면 푸짐하게 먹을 수 있는 중국 식당에서 밥을 먹은 뒤 아내와 세 딸에게 줄 물건을 몇 가지 샀다. 향수랑 부채 두 개, 고급 머리핀 세 개. 볼일을 마친 뒤 도너번네 들러 맥주 한잔 하며 주인 영감과 얘기를 나누고 샌프란시스코 부두로 돌아가는 길에 서너 군데 들러 맥주를 더 마셨다. 커너드바에서는 프랭키에게 술을 두 잔 샀다. 흡족한 마음으로 배에 올랐을 때 남은 돈은 40센트가 전부였다. 프랭키는 나와 함께 배에 올랐다. 함께 앉아서 존슨을 기다리는 동안 나는 아이스박스에서 차가운 술을 두 병 꺼내 프랭키와 나눠 마셨다.

에디는 간밤에도 오늘 낮에도 행방이 묘연했지만 조만간 더는 외상을 질 수 없게 되면 곧장 나타날 게 분명했다. 도너번 영감은 간밤에 에디가 영감의 가게에서 잠시 존슨과 어울렸고 술값을 자기 앞으로 달아놨다고 했다. 우리는 기다렸다. 혹시 존슨이 오지 않는 건 아닐까 하는 생각이 슬슬 들기 시작했다. 그자를 보면 내 배로 와서 나를 기다리라는 말을 전해달라고 부두 사람들에게 부탁했지만 모두 그자는 오지 않았다는 말만 했다. 그래도 그냥 존슨이 늦게 일어났겠거니 생각하고 말았다. 정오가 다 될 때까지 늦잠을 잤을 거라고. 은행은 3시 30분까지 문을 열었다. 우리는 비행기 한 대가 떠나가는 것을 보았다. 5시 30분쯤 좋았던 기분은 싹 가시고 불안이 엄습했다. 6시가 되자 나는 프랭키에게 호텔에 가서 그자가 있는지 보고 오라고 시켰다. 잠시 외출했거나 몸이 좋지 않아 호텔에 누워 있는 거라고 믿고 싶었다. 그렇게 밤이 늦도록 기다리고 또 기다렸다. 그자가 내게 줄 돈이 825달러나 되었기 때문에 몹시 불안했다.

　나간 지 30분쯤 지났을 때 프랭키가 잰걸음으로 고개를 절레절레 흔들며 걸어오는 모습이 보였다.

　"그 자식 비행기 타고 갔대."

　그랬군. 그거였어. 지금 영사관은 문을 닫았다. 가진 돈은 40센트밖에 없는데 그 비행기는 지금쯤 마이애미에 있을 것이다. 나는 전보 한 장조차 보낼 수 없었다. 존슨이란 놈 대단하군. 내 잘못이었다. 눈치챘어야 했는데.

　"휴, 시원한 술이나 한잔하지. 존슨 씨가 사는 거야." 나는 프랭키에게 말했다.

　트로피컬 맥주가 세 병 남아 있었다. 프랭키는 나만큼이나 낙담했다. 어떻게 그럴 수 있는지 모르겠지만 그런 것 같았다. 그는 그냥 내 등을 툭툭 두드리며 고개를 절레절레 저었다.

　결국 이렇게 됐구나. 빈털터리가 되고 말았다. 배 전세금 530달러는 고사하고 350달러 이상 나가는 낚시 도구까지 잃어버렸다. 부두 주위를 어슬렁거리는 저 건달들이 알면 얼마나 재미있어할까? 일부 콩크*들은 분명 고소해할 것이다. 게다가 어제는 외지인 셋을 키웨스트에 데려다 주는 대가로 3000달러를 주겠다는 제안도 거절했다. 그냥 이 나라 밖 아무 데나 데려다 줬으면 됐을 텐데.

　이제 어쩐다? 이제는 밀주를 싣고 갈 수도 없었다. 술을 살 돈이

---

* 　미국 플로리다 군도 최남단에 위치한 섬 키웨스트의 주민.

있어야 말이지. 어차피 그건 돈이 되지도 않지만. 지금 마을에는 술이 차고 넘쳐서 아무도 밀주를 사려고 하지 않는다. 하지만 빈손으로 집에 돌아가 여름 내내 굶주린다면 어찌 사나이라 할 수 있겠나? 내겐 딸린 식구가 있다. 부두 세는 들어올 때 냈다. 대개 부두 세는 미리 중개인에게 지불하면 중개인은 입항을 허가하고 통과시킨다. 젠장, 연료 넣을 돈도 없다. 뒤통수 제대로 맞았군. 대단한 존슨 씨.

"뭐라도 싣고 가야 해, 프랭키. 어떻게든 돈을 벌어야 한다고."

"내가 알아볼게."

프랭키는 부둣가를 어슬렁거리다 곧잘 잡일을 해주었다. 귀머거리나 다름없었고 매일 밤 술을 퍼마셨다. 하지만 세상에 더없이 의리 있고 따뜻한 놈이었다. 처음 거기서 밀거래를 할 때부터 줄곧 알고 지낸 놈인데 여러 번 내 일을 도와주었다. 그 후 내가 화물 일을 그만두고 쿠바에서 새치 낚싯배를 운영할 때면 부둣가나 카페 주변에서 그와 자주 마주쳤다. 대개 그는 벙어리마냥 웃기만 할 뿐 말을 안 했다. 귀가 거의 안 들리기 때문이다.

"뭐든 싣고 갈 거야?" 프랭키가 물었다.

"뭐든. 지금 따질 형편이 못 돼."

"뭐든?"

"응."

"알아볼게. 어디 있을 거야?"

"진주 카페에 가 있을게. 뭐든 먹어야겠어."

진주 카페에서는 20센트면 배불리 먹을 수 있다. 메뉴에 있는 모든 음식이 10센트짜리고 수프는 단돈 5센트였다. 나는 프랭키와 함께 그곳까지 걸어갔다. 나는 가게 안으로 들어갔고 그는 가던 길을 계속 갔다. 그는 가기 전에 또다시 내 등을 툭 두드렸다.

"걱정 마. 나 프랭키, 꾀 많아. 일감도 많고, 술도 많이 마시고, 돈은 없지만, 그래도 든든한 친구야. 걱정 마."

"잘 가, 프랭키. 당신도 걱정 마."

제2장

나는 진주 카페로 들어가서 탁자에 앉았다. 총에 맞아 깨진 유리창
은 갈아 끼웠고 진열장도 모두 고쳐놓았다. 바에는 술을 마시는 에
스파냐 사람들이 많았다. 식사하는 이들도 몇 명 있었다. 한쪽 테이
블에서는 벌써 도미노 게임이 벌어지고 있었다. 나는 15센트로 검
정콩 수프와 삶은 감자를 넣은 소고기 스튜를 시켰다. 호티 맥주는
한 병에 25센트까지 올라 있었다. 총격전에 대해 물었더니 웨이터
는 아무 말도 하지 않았다. 모두 겁을 먹은 것 같았다.

  식사를 마친 뒤 등을 기대고 앉아 담배를 한 대 피우고 있으려니
까 걱정이 돼서 돌아버릴 것 같았다. 그때 프랭키가 문 안으로 들어
왔고 곧바로 누군가가 따라 들어왔다. 나는 속으로 생각했다. 누렁
이잖아. 그럼 누렁이 일이겠군.

  "여긴 미스터 싱." 프랭키는 그렇게 말하고는 씩 웃었다. 자기가
생각해도 번개같이 건수를 물어 왔다 이거였다.

  "처음 뵙겠소." 싱이 말했다.

  내 평생 싱처럼 반지르르한 사람은 처음이었다. 중국 놈이었지만
말씨는 완전히 영국인이었고 실크 셔츠에 까만 넥타이, 125달러나
하는 파나마 산 중절모까지 갖춘 흰색 정장 차림이었다.

"커피 한잔 하겠소?" 그가 내게 물었다.

"댁이 마신다면."

"여기 우리뿐인가?"

"카페 안의 사람들을 모두 제외한다면."

"그건 상관없지. 배 있소?"

"12미터, 100마력 커마스엔진."

"아하, 난 좀 더 큰 배를 상상했는데."

"265상자는 너끈히 실을 수 있소."

"전세 내고 싶은데, 어때요?"

"조건은?"

"당신은 탈 필요 없어요. 선장과 선원은 내가 구할 거니까."

"안 돼요, 내 배가 가는 곳에는 나도 갑니다."

"그렇군." 싱은 프랭키에게 말했다. "자리 좀 피해주겠소?"

프랭키는 궁금해죽겠다는 얼굴로 싱에게 웃어 보였다.

"이 사람 귀머거리요. 영어는 잘 알아듣지도 못하고."

"그럼 에스파냐 어로 말하시오. 이따가 다시 합석하자고."

나는 프랭키에게 엄지손가락으로 손짓했다. 그는 일어나 바 쪽으로 건너갔다.

"선생은 에스파냐 어 못하쇼?" 나는 말했다.

"아, 합니다. 그나저나 어쩌다…… 이런 생각을 하게 됐는지?"

"빈털터리가 되는 바람에."

"그렇군. 그런데 담보로 잡힌 배는 아니겠죠? 혹 소송 걸리는 거 아니오?"

"아니."

"그럼 됐군. 당신 배에 우리 불쌍한 동포들이 몇 명이나 탈 수 있겠소?"

"데려다 달라는 거요?"

"맞아요."

"얼마나 멀리?"

"하루 항해 거리."

"글쎄요, 짐만 없으면 내 배는 꽤 멀리까지 갑니다만."

"짐은 가져가지 않을 거요."

"어디까지 가시게?"

"그건 당신 마음대로."

"아무 데나 내려줘도 된다는 거요?"

"토투가스*까지 데려다 주면 돼요. 그곳에서 범선 한 척이 그들을 태워 갈 거요."

"이봐요, 토투가스에 등대가 있어요. 거기엔 양방향 무전기가 있단 말이오."

"그럼 거기에 상륙하는 건 진짜 멍청한 짓이겠군."

---

* 미국 플로리다 반도 앞바다에 있는 군도.

"어쩌겠소?"

"말한 대로 거기까지만 태워줘요. 그게 그들이 요구한 거니까."

"그러죠."

"가장 적당한 곳에 내려줘요."

"범선이 토투가스로 그들을 태우러 올 거라고요?"

"당연히 아니지. 순진하긴."

"두당 얼마나 줄 건데요?"

"50달러."

"에이."

"75달러면 어떻소?"

"선금 얼마나 받았죠?"

"아, 그건 핵심에서 완전히 벗어난 얘기요. 내가 다양한 경우에서, 아니 여러 각도에서 조건을 달 수 있잖소. 그건 별개 문제요."

"좋아요. 그 얘기는, 나더러 적절한 대가도 못 받고 이 일을 하라는 거요?"

"무슨 말인지 알겠어. 1인당 100달러 어떻소?"

"이봐요, 내가 이 일을 하다 체포되면 감옥살이를 얼마나 해야 하는지 알아요?"

"10년, 적어도 10년은 살겠지. 하지만 당신이 감옥에 갈 이유가 뭐가 있소이까, 선장? 당신은 그저 한 가지 위험만 감수하면 되는 거요. 바로 승객을 태울 때. 나머지는 당신이 어떻게 하느냐에 달린 거고."

"그들이 당신한테 책임지라고 요구한다면?"

"그건 간단해. 난 그들한테 당신이 나를 배신했다고 할 거요. 절반만 환불해주고 그들을 다시 배에 태워 나가면 돼. 물론 그들도 어려운 항해라는 건 잘 알고 있소."

"나는 어떡할 거요?"

"영사에게 귀띔을 해줘야겠지."

"그렇군."

"1200달러요, 선장. 이 상황에서 무시할 수 없는 금액일 텐데."

"돈은 언제 받을 수 있죠?"

"하기로 결정하면 바로 200달러 주고, 사람을 태우고 나서 나머지 1000달러 주리다."

"내가 200달러를 들고 그냥 튀면 어쩌려고?"

"속수무책이겠지." 그가 미소를 지었다. "하지만 당신은 그런 짓은 안 할 거라고 확신하오, 선장."

"지금 200달러 가지고 있소?"

"물론."

"접시 밑에 놔요."

그는 시키는 대로 했다.

"좋소, 아침에 출항 허가받고 어두워지면 출발하리다. 어디에서 태울 거요?"

"바쿠라나오 어떻소?"

"좋소, 그럼 거기로 정한 거죠?"

"물론."

"배에 태울 때 말인데요, 불빛 두 개를 보여줘요. 하나 위에 하나 올려서. 그게 보이면 나가리다. 당신이 직접 보트를 몰고 나와서 보트에서 사람들을 태워요. 돈도 당신이 직접 주고. 돈을 받기 전까진 한 사람도 태우지 않을 거요."

"아니, 태우기 시작할 때 반 주고 다 태우면 나머지 반 주리다."

"좋소, 그럼 공평하겠군."

"그럼 다 된 거죠?"

"그런 거 같소."

"짐도 무기도 안 돼요. 총, 칼, 면도칼, 모두 안 돼, 아무것도. 확실히 약속해줘요."

"선장, 당신은 날 믿지 않나? 우리 둘은 같은 이익을 공유하는 거 아니었소?"

"장담할 수 있소?"

"당황스럽게 왜 이러실까? 우리의 이익은 서로 겹친다는 거 모르겠소?"

"좋소, 몇 시에 올래요?"

"자정 전에."

"좋소, 이제 된 것 같군."

"돈은 어떻게 준비할까요?"

"100달러 지폐로."

싱은 일어났고 나는 그가 나가는 것을 바라보았다. 프랭키는 나가는 그에게 웃어 보였다. 싱은 프랭키를 쳐다보지도 않았다. 반지르르한 중국인 아니랄까 봐, 대단한 중국 놈.

프랭키가 내 테이블로 건너왔다.

"어떻게 됐어?"

"싱이라는 사람, 어떻게 안 거야?"

"중국인들을 배로 실어 나르는 사람이야. 큰 사업이지."

"그자랑 안 지는 얼마나 됐어?"

"그자는 여기 온 지 2년 정도 됐어. 그자가 오기 전엔 어떤 남자가 사람들을 실어 날랐는데 누군가 그자를 죽여버렸지."

"그럼 누군가 싱도 죽여버리겠군."

"그렇겠지. 왜 아니겠어? 진짜 큰 사업인데."

"대단한 사업이지."

"큰 사업이고말고. 배를 탄 중국인들은 돌아오지 않아. 다른 중국인들은 잘 있다고 편지를 보내는데."

"놀랍네."

"이 바닥 중국인들은 글을 쓸 줄 몰라. 원래 중국인들은 글을 쓸 줄 알고 모두 부자인데. 먹지도 않아. 쌀만 먹어. 여기엔 중국인들이 수십만 명 있어. 그런데 중국인 여자는 고작 셋이야."

"왜?"

"정부에서 여자는 허가를 안 해."

"지랄 같은 상황이군."

"그 사람이랑 거래할 거야?"

"아마도."

"꾀쓰는 일보다 낫지. 돈도 잘 벌고. 엄청 큰 건수야."

"맥주나 한 병 해."

"이제 걱정 안 하지?"

"에이, 그럼. 엄청 큰 건수가 생겼는데. 진짜 고마워."

"잘됐다." 프랭키는 그렇게 말하고는 내 등을 두드렸다. "이보다 더 좋은 일이 있을까? 내가 원하는 건 당신이 행복해지는 거야. 중국인들은 좋은 건수야, 그렇지?"

"좋고말고."

"내가 다 기분이 좋네."

그는 모든 게 잘 풀렸다고 감격한 나머지 울먹거렸고 나는 그의 등을 두드렸다. 대단한 프랭키.

다음 날 아침 내가 가장 먼저 한 일은 중개인을 찾아가서 출항 허가를 받은 것이었다. 그는 승선원 명단을 요구했고 나는 아무도 없다고 말했다.

"혼자 가는 거요, 선장?"

"그렇습니다."

"동료는 어떡하고?"

"술에 취해 있어요."

"혼자 가는 건 너무 위험해요."

"150킬로미터밖에 안 되는데요 뭐. 주정뱅이 하나 더 태운다고 뭐가 달라지나요?"

나는 배를 몰고 항구를 가로질러 스탠더드오일 부두로 가서 연료 탱크 둘을 가득 채웠다. 거의 200갤런이나 들어갔다. 1갤런당 28센트나 주는 게 아깝긴 했지만 어디까지 가게 될지 모르니 도리가 없었다. 그 중국 놈을 만나 돈을 받은 뒤로 걱정이 끊이질 않았다. 밤새 한숨도 못 잔 것 같다. 나는 배를 몰고 샌프란시스코 항구로 돌아갔다. 거기 부두 위에서 에디가 나를 기다리고 있었다.

"안녕, 해리."

그가 손을 흔들었다. 내가 그에게 선미의 계류 줄을 던져주자 그는 그것을 재빨리 묶고는 배에 올랐다. 어느 때보다 홀쭉하고 흐리멍덩한 데다 아주 고주망태가 되어 있었다. 나는 그에게 말을 붙이지 않았다.

"그렇게 가버린 그 존슨이란 놈 어떻게 생각해, 해리? 뭐가 어떻게 된 거야?"

"꺼져, 너 때문에 재수 옴 붙었어."

"이봐, 나도 너만큼 속상하다는 거 모르겠어?"

"배에서 내리라고."

그는 의자에 앉더니 다리를 쭉 폈다.

"오늘 바다 건넌다면서? 어차피 나도 여기 더 있을 필요 없었어."

"넌 못 가."

"왜 이러나, 해리? 나한테 화풀이해도 아무 소용 없어."

"그래? 배에서 내려."

"어이, 열 내지 말라니까."

나는 그의 얼굴을 쳤다. 그는 일어나 부두 위로 기어 올라갔다.

"나라면 이딴 식으로 안 했을 거야, 해리."

"지랄, 넌 안 데리고 갈 거야. 얘기 끝났어."

"근데 왜 주먹질이야?"

"그래야 네놈이 말귀를 알아먹을 테니까."

"나더러 어쩌라는 거야? 여기 남아서 굶어 죽으라고?"

"굶어 뒈져 그럼. 여객선을 타고 오든지, 알아서 돌아와."

"이건 공정하지 못해."

"넌 누굴 공정하게 대한 적 있냐, 이 주정뱅이야? 제 어미도 배신할 자식."

그건 사실이었다. 하지만 녀석을 때린 건 마음에 걸렸다. 주정뱅이를 때려본 사람은 그게 어떤 기분인지 알 것이다. 하지만 이 판국에 그를 태울 수는 없었고 태우고 싶지도 않았다.

그는 부두를 따라 걷기 시작했다. 아침밥도 거르고 온종일 일한 것보다 더 풀이 죽어 보였다. 갑자기 그가 돌아서더니 다가왔다.

"2달러만 줄래, 해리?"

나는 그 중국 놈에게 받은 돈에서 5달러 지폐를 꺼내 그에게 주었다.

"난 항상 널 내 단짝이라고 생각했어. 해리, 나 좀 태워줘."

"너랑 있으면 재수가 없어."

"화딱지 나서 그러는 거 알아, 이 양반아. 그래도 나 만난 거 반가울걸?"

그는 돈을 얻고는 부리나케 사라졌다. 그가 걸어가는 걸 보고 있자니 속이 쓰렸다. 그는 관절이 거꾸로 꺾이는 것처럼 비틀비틀 걷고 있었다.

나는 진주 카페로 올라가서 중개인을 만났다. 그는 내게 서류를 주었고 나는 그에게 술을 한 잔 샀다. 그러고는 점심을 먹고 있는데 프랭키가 들어왔다.

"누가 당신한테 이걸 전해달래."

그는 그렇게 말하고는 종이에 싸인 두루마리 같은 것을 내게 건넸다. 빨간 끈에 묶여 있었는데 종이를 벗겨보니 무슨 사진 같았다. 부둣가에서 배 같은 걸 찍은 사진이겠거니 생각하며 돌돌 말린 사진을 펼쳤다.

오호라, 그것은 어느 검둥이 시체에서 머리와 가슴을 근접 촬영한 사진이었는데, 한쪽 귀에서 다른 쪽 귀까지 목을 따라 죽 그어진 칼자국을 따라 말끔히 꿰맨 자국이 있었고, 가슴에는 에스파냐 어글귀가 적힌 카드가 놓여 있었다.

우린 랭구아 라그가를 이렇게 처단한다.

"이거 누가 줬어?" 나는 프랭키에게 물었다.

프랭키는 부둣가를 서성이는 어느 에스파냐 소년을 가리켰다. 아까 런치테이블* 앞에 서 있다가 방금 계산서를 들고 식당을 나간 소년이었다.

"쟤 좀 데려와."

소년이 왔다. 11시쯤 청년 둘이 와서 나를 아느냐고 묻기에 안다고 했더니 프랭키를 통해 내게 전하라고 그걸 주었다고 했다. 그러고 나서 1달러를 주면서 내가 그걸 받는지 확인하라고 시켰다는 것이다. 잘 차려입은 자들이었다고 했다.

"꾀를 쓰네." 프랭키가 말했다.

"그러게 말이야."

"당신이 그날 아침에 그들을 만날 거라고 경찰에 꼰지른 줄 아나 봐."

"그러게 말이야."

"비열한 꾀야. 당신 떠나게 돼서 다행이야."

---

* 조리 과정을 볼 수 있는 주방 옆의 테이블.

"다른 말은 없었고?" 나는 그 에스파냐 소년에게 물었다.

"아뇨, 그것만 전해주랬어요." 소년이 말했다.

"난 그만 갈게." 나는 프랭키에게 말했다.

"비열한 꾀. 아주 비열한 꾀야." 프랭키가 말했다.

나는 중개인에게 받은 서류를 뭉뚱그린 뒤 음식값을 계산했다. 카페를 나와 광장을 가로질러 부두 정문을 지났다. 창고를 통과해 부두로 나가자 마음이 놓였다. 애송이들 때문에 등골이 다 오싹했다. 내가 그 일당에 대해 제보했다고 생각하다니, 멍청하긴. 그 판초와 똑같은 애송이들. 겁을 먹으면 흥분하는, 그리고 흥분하면 누구든 죽이려 드는 것들.

나는 배에 올라 엔진을 예열시켰다. 프랭키가 부두에 서서 이쪽을 바라보고 있었다. 그의 얼굴엔 귀머거리 특유의 우스꽝스러운 미소가 어려 있었다. 나는 그가 있는 뒤쪽으로 갔다.

"이봐, 당신한테 불똥이 튀는 건 아니겠지."

그는 내 말을 듣지 못했다. 나는 그에게 고함을 쳐야 했다.

"나 꾀돌이잖아." 프랭키는 그렇게 대답하고는 계류 줄을 풀어 던졌다.

제3장

프랭키는 보라인*을 배 안으로 던져 넣었다. 나는 그에게 손을 흔들고는 받침대에서 배를 빼서 해협을 따라 내려갔다. 영국 화물선 한 대가 출항하고 있었다. 나는 화물선 옆을 달리다가 추월해 나아갔다. 화물선은 설탕을 한가득 싣고 있었고 철 갑판은 녹슬어 있었다. 파란 낡은 스웨터 차림의 선원이 선미에서 지나가는 나를 내려다보았다. 나는 항구를 빠져나가 모로 성을 지난 뒤 키웨스트를 향해 북쪽으로 항로를 잡았다. 타륜을 놓고는 뱃머리로 가서 보라인을 감아 정리했다. 그리고 다시 돌아와 배를 항로대로 몰았다. 선미 쪽에서 아바나가 양쪽으로 넓게 퍼지다가 등 뒤로 멀어질 때쯤 산이 나타났다.

　모로 성이 보이지 않을 때까지 잠시 달렸다. 내셔널호텔마저 따돌렸을 때 둥근 의사당이 보였다. 지난번 낚시했을 때에 비하면 해류가 시원치 않았고 산들바람만 불었다. 작은 어선 두 척이 아바나를 향해 들어가고 있었는데 그들이 서쪽에서 오는 것으로 보아 해류가 약한 것을 알 수 있었다.

---

* 가로돛의 양 끝을 팽팽하게 당기는 밧줄.

나는 스위치를 내려 모터를 죽였다. 연료를 낭비하는 건 바보짓이었다. 배가 흘러가게 두었다. 날이 어두워지면 어김없이 모로 성의 불빛이 보일 테고 배가 너무 멀리 떠내려간다면 코히마르*의 불빛들을 보고 타륜을 돌려 바쿠라나오로 달려가면 될 것이다. 해류의 모양으로 보아 어두워질 때쯤 배는 바쿠라나오 쪽으로 20킬로미터쯤 흘러갈 테니 그곳의 불빛들이 보일 것이다.

나는 엔진을 끄고는 주변을 둘러보려고 뱃머리 쪽으로 올라갔다. 보이는 거라고는 서쪽에서 항구로 들어가는 작은 어선 두 척뿐이었다. 내가 지나온 쪽으로는 수평선 위에 우뚝 선 하얀 의사당의 둥근 지붕이 보였다. 멕시코 만류에 해초가 좀 떠 있었고 새 몇 마리가 사냥 중이었는데 그리 많지는 않았다. 조타실 꼭대기에 앉아 지켜보았지만 보이는 물고기라고는 해초 주변을 맴도는 자그마한 갈색 물고기들뿐이었다. 아바나와 키웨스트 사이에 바닷물이 많지 않다는 말은 귀담아듣지 말기를. 나는 그저 그 언저리에만 있었을 뿐이다.

잠시 뒤 콕핏**으로 다시 내려가 보니 거기에 에디가 있었다.

"무슨 일 있어? 엔진에 무슨 일 생긴 거야?" 에디가 말했다.

"고장 났어."

---

* 아바나에서 약 10킬로미터 떨어진 어촌.
** 갑판보다 낮게 만든 공간으로, 배에 따라 선실로 쓰이거나 타륜, 엔진, 연료 탱크 등이 위치하기도 한다.

"해치*를 잠그지 그랬어?"

"돌겠네 정말!" 나는 말했다.

이놈이 무슨 짓을 했는지 아는가? 다시 돌아와 몰래 뱃머리 해치를 통해 선실로 내려가서 잠들었던 것이다. 1쿼트짜리 술병 두 개를 끼고 말이다. 그는 제일 먼저 눈에 띄는 식품점에 들어가 술을 사 가지고 배에 올랐고, 배가 출발할 때 깼다가 다시 잠이 들었다. 그리고 내가 만에서 배를 세웠을 때 배가 너울에 약간씩 흔들리기 시작하자 다시 잠에서 깼던 것이다.

"넌 날 데려다 줄 줄 알았어, 해리."

"아예 지옥으로 데려다 주지. 넌 승선원 명단에도 없어. 스스로 배 밖으로 뛰어내려. 그 정도 자비는 베풀어줄게."

"무슨 그런 농담을 하나, 해리? 어려울 때일수록 우리 콩크끼리 뭉쳐야지."

"잘도 지껄이는군. 배에 몰래 숨어드는 네놈 주둥이를 누가 믿어준다던?"

"나도 밥값은 해, 해리. 속는 셈 치고 내가 밥값을 하는지 못 하는지 한번 두고 봐."

"술병 내놔." 나는 그에게 말했다. 다른 방안을 궁리하는 중이었다.

그는 술병들을 꺼냈다. 나는 뚜껑이 열린 병에서 한 모금 들이켠

---

* 갑판에 난 출입구의 덮개, 또는 선실 천장의 구멍 문.

뒤 술병들을 뱃머리 타륜 옆에 놓았다. 그는 자리에 그대로 서 있었고 나는 그를 쳐다보았다. 놈도 안타까웠고 내가 해야만 하는 일도 안타까웠다. 제길, 한때는 저놈도 밥값은 했었는데.

"배에 무슨 일 생겼어, 해리?"

"배는 멀쩡해."

"그럼 무슨 일이야? 왜 나를 그런 눈으로 쳐다보는 거야?"

"이봐……." 나는 그에게 말했다. 그 자식이 가여웠다. "너 정말 큰일 난 거야."

"무슨 소리야, 해리?"

"아직은 모르겠어. 완전히 결정하지 못했어."

우리는 잠시 그렇게 앉아 있었다. 더는 그와 말을 섞고 싶지 않았다. 일단 결심하게 된 이상 그와 말을 섞는 게 어려웠다. 그래서 아래로 내려가 선실 밑에 항상 넣어두는 펌프건과 윈체스터 30구경을 꺼내 와 조타실 천장에 매달린 총집에 넣었다. 총집은 타륜 바로 위에 손을 뻗으면 닿는 거리에 걸려 있었는데 대개는 낚싯대를 넣어두곤 했다. 나는 양털 가죽으로 된 기다란 총집에 총을 넣은 뒤 기름에 젖은 양모 천을 총집 안에 채워 보관했다. 총을 녹이 슬지 않게 배에 두려면 다른 수가 없었다.

나는 펌프를 느슨하게 풀고는 몇 번 작동해보았다. 그러고는 총탄을 가득 채운 다음 한 발을 총신에 밀어 넣었다. 윈체스터의 약실에도 탄환을 하나 넣고는 탄창을 가득 채웠다. 그러고 나서 마이애미 경찰로 근무할 때 쓰던 스미스앤드웨슨 총을 매트리스 밑에서 꺼내 기름을 친 뒤 장전하고는 벨트에 끼웠다.

"무슨 일이야? 참 나, 대체 무슨 일이냐고?" 에디가 말했다.

"아무것도 아냐." 나는 그에게 말했다.

"대체 그 빌어먹을 총은 뭐에 쓰게?"

"배에 늘 두는 총이야. 미끼를 건드리는 새나 상어를 쏘려고. 키웨스트를 따라 운항할 때 쓰거나."

"무슨 일이냐니까, 젠장? 무슨 일이야?"

"아무것도 아냐."

나는 38구경을 가지고 앉아 있었다. 배가 움직일 때마다 38구경이 내 다리에 부딪혔다. 나는 그를 쳐다보았다. 굳이 지금 처리할 필요는 없겠지. 당장은 저놈을 써먹어야 한다.

"같이 해야 할 일이 좀 있어, 바쿠라나오에서. 때가 되면 할 일을 알려줄게."

그에게 미리 너무 많은 걸 얘기하고 싶지 않았다. 그랬다가는 저놈은 쫄다 못해 잔뜩 겁을 먹고 무용지물이 될 게 뻔했다.

"너한텐 뭐니 뭐니 해도 나밖에 없어, 해리. 너한텐 내가 있어야 해. 난 무조건 네 편이거든."

나는 그를 쳐다보았다. 그는 홀쭉하고 흐리멍덩한 몸을 덜덜 떨고 있었다. 나는 아무 말도 하지 않았다.

"저기, 해리. 한 모금만 주면 안 돼? 몸이 떨려서 그래." 그가 내게 물었다.

　나는 그에게 한 모금 주었다. 우리는 앉아서 날이 저물기를 기다렸다. 저녁노을이 멋졌고 상쾌한 산들바람이 살랑살랑 불었다. 해가 완전히 떨어졌을 때 나는 엔진을 켜고 육지를 향해 천천히 배를 몰았다.

제4장

우리는 뭍에서 1.5킬로미터가량 떨어져 있었다. 사방이 캄캄했다. 해가 떨어지면서 모양이 바뀐 해류가 몰려드는 것이 보였다. 서쪽으로 모로 성의 등대와 아바나의 불빛이 보였다. 맞은편의 불빛은 린콘과 바라코아였다. 나는 배를 몰고 해류를 거슬러 올라가 바쿠라나오를 지나 코히마르 근처까지 간 뒤 배를 흘러가게 두었다. 상당히 어두웠지만 우리의 위치는 잘 알고 있었다. 불은 모두 꺼두었다.

"뭐가 어떻게 돼가는 거야, 해리?" 에디가 내게 물었다. 그는 다시 겁을 먹기 시작했다.

"어떻게 될 것 같냐?"

"나야 모르지. 그냥 당신 때문에 겁이 나."

그는 금방이라도 몸을 떨 기세였다. 그가 가까이 다가왔을 때 그의 숨에서 독수리 냄새가 났다.

"지금 몇 시지?"

"내려가서 보고 올게."

그는 올라와서 9시 반이라고 말했다.

"배고파?" 나는 그에게 물었다.

"아니, 통 입맛이 없어, 해리."

"알았어, 그럼 한 모금 마셔."

그가 술을 마셨을 때 나는 기분이 어떠냐고 물었다. 그는 좀 낫다고 했다.

"조금 있다가 두 모금 더 줄게. 넌 럼주 없인 배짱이라곤 쥐똥만큼도 없는데 지금 배 안엔 술이 많지 않아. 그러니까 천천히 마셔."

"무슨 일인지 말해." 에디가 말했다.

"잘 들어. 우린 바쿠라나오로 가서 중국 놈 열두 명을 태울 거야. 내가 신호하면 타륜을 잡고 하라는 대로 해. 중국 놈 열두 명을 배에 태운 다음 뱃머리 아래에 가둘 거야. 이제 뱃머리로 가서 바깥에서 해치를 잠가놔." 나는 어둠 속에서 그에게 말했다.

그는 위로 올라갔다. 나는 어둠에 싸인 그의 모습을 쳐다보았다. 그가 돌아와 말했다.

"해리, 지금 한 모금 마시면 안 돼?"

"안 돼, 럼주로 용기를 내라는 거지 쓸모없는 놈이 되라는 게 아니야."

"나도 밥값은 해, 해리. 두고 봐."

"이 주정뱅이야, 잘 들어. 어떤 중국 놈이 그 열두 명을 데리고 올거야. 처음에 그자가 내게 돈을 좀 줄 거야. 모두 배에 올라타면 돈을 더 줄 거고. 그자가 내게 두 번째 돈을 건네기 시작하면 배를 빼. 시동 걸고 배를 바다 쪽으로 몰아. 무슨 일이 일어나든 상관 말고.

무슨 일이 일어나든 배를 바다로 계속 모는 거야, 알겠지?"

"응."

"만약 중국 놈들이 선실 밖으로 튀어나오거나 해치를 열고 나오려고 해도 일단 바다로 나가는 중이니까 넌 펌프건을 들고 있다가 나오는 족족 쏘아버려. 펌프건 어떻게 쓰는 줄 알아?"

"몰라, 하지만 당신이 가르쳐주면 돼."

"까먹을걸? 윈체스터 총 쏘는 법은 알아?"

"레버 당기고 쏘면 되잖아."

"맞아, 선체에 구멍만 내지 마."

"술을 마저 주는 게 좋겠어."

"알았어, 조금만 줄게."

나는 그에게 독한 술을 주었다. 지금은 마셔도 취할 리 없었다. 남은 술을 모조리 마셔도 두려움을 몰아낼 순 없겠지만 조금씩 마시면 잠깐만이라도 효과를 발휘할 것이다. 에디는 술을 마시고 나서 흡족한 듯 말했다.

"중국인들을 실어 나른다 이거로군. 세상에, 빈털터리가 되면 중국인들을 실어 나를 거라고 그동안 입버릇처럼 말했는데 말이야, 맹세코 진짜야."

"그럼 이제까지 빈털터리가 된 적이 한 번도 없었던 거네?" 나는 그에게 말했다. 진짜 웃긴 놈이었다.

나는 에디가 용기를 잃지 않도록 술을 세 모금 더 주었다. 10시

반이 되었다. 그를 지켜보고 있자니 기분이 묘해지면서 머릿속에서 그 일에 대한 생각이 달아났다. 일이 이렇게 될 줄 누가 알았겠나? 날이 저물면 사람들의 눈을 피해 해안을 따라 코히마르로 가려고 했건만.

11시가 다 되었을 때 그 지점에서 불빛 두 개가 보였다. 나는 조금 기다렸다가 배를 천천히 움직였다. 바쿠라나오는 후미진 만으로, 예전엔 모래를 퍼 나르던 큰 포구였다. 비가 내리면 어귀를 가로막은 모래사장이 열리면서 작은 강이 흐른다. 겨울에는 거센 북풍이 몰아쳐 모래를 높이 쌓아 길목을 막는다. 한때 사람들은 큰 범선을 타고 그곳에 들어가 강에서 구아바를 실어 낸 적도 있었고 마을도 하나 있었다. 하지만 허리케인이 모든 것을 앗아가 지금은 아무것도 없다. 에스파냐 사람들이 허리케인에 부서진 오두막의 잔해를 끌어모아 지은 집 한 채뿐이다. 일요일에 아바나에서 물놀이와 소풍을 나온 사람들이 그 오두막을 클럽으로 이용하곤 했다. 파견된 관리들이 거주하는 집도 하나 있는데 그것은 해변 안쪽에 있다.

해안을 따라 위치한 그런 작은 집들에는 어김없이 정부의 대리인들이 있기 마련이지만 그 중국 놈은 자기 배를 이용할 테고 미리 손도 써두었을 게 분명했다. 안으로 들어가자 모자반 냄새가 났고 상륙장의 덤불에서는 달콤한 냄새가 풍겨왔다.

"뱃머리로 올라가." 나는 에디에게 말했다.

"저쪽엔 부딪힐 게 없어. 반대편엔 암초가 있고."

보다시피 이놈도 한때는 밥값을 했다.

"배 잘 봐." 나는 그렇게 말하고는 눈에 띄기 좋은 곳으로 배를 몰았다.

파도가 치지 않으니 그들에게 엔진 소리가 들릴 것 같았다. 그들이 우릴 봤는지 알 수 없었다. 마냥 기다리기 뭐해서 나는 초록색과 빨간색의 항해등을 딱 한 번 켰다가 껐다. 그러고는 바다를 향해 배를 돌린 뒤 육지 바로 옆에 세웠다. 엔진이 부르릉거렸다. 꽤 큰 파도가 이쪽으로 다가왔다.

"이리 와." 나는 에디를 불러 독한 술을 한 모금 더 주었다.

"먼저 엄지로 공이를 당기는 거 맞지?" 그가 내게 소곤거렸다. 그는 타륜 앞에 앉아 있었다.

나는 손을 올려 총집 두 개를 모두 열고 개머리판을 15센티미터쯤 꺼냈다.

"맞아."

"오호라."

술이 그에게 얼마나 빨리 어떤 효과를 발휘는지 보면 참 신기했다.

우리가 그곳에 멈춰 있을 때 덤불 사이로 뒤쪽 초소에서 불빛 두 개가 보였다. 불빛 두 개가 아래로 내려가더니 하나가 떨어져 나갔다. 그들이 불빛 하나를 끈 게 분명했다.

그래서 잠시 뒤 만 바깥으로 나가고 있는데 보트 한 대가 우리 쪽으로 다가오는 게 보였다. 한 남자가 노를 젓고 있었다. 남자의 몸이 앞뒤로 흔들리는 게 보였다. 나는 그자가 덩치 큰 노잡이 하나쯤 데려올 줄 알고 있었다. 그렇다면 만족이었다. 노 젓는 배라면 한 명만 데리고 왔을 테니까.

그들이 옆쪽으로 다가왔다.

"안녕하시오, 선장." 싱이 말했다.

"후진해서 배를 나란히 붙여요." 나는 그에게 말했다.

그는 노를 젓는 청년에게 뭐라고 말했다. 하지만 청년은 보트를 뒤로 젓지 못했다. 그래서 나는 보트의 뱃전을 붙잡아 내 배의 선미 쪽으로 보냈다. 보트 안에는 총 여덟 명이 타고 있었다. 중국 놈 여섯에, 싱, 그리고 노 젓는 애송이. 보트를 붙잡아 선미 쪽으로 끌어당기는 동안 뭔가 내 뒤통수를 후려치는 건 아닐까 생각했지만 아무 일도 없었다. 나는 몸을 펴고는 싱이 선미 쪽을 잡고 올라오게 했다.

"그거 좀 봅시다." 나는 말했다.

그는 내게 그것을 건넸다. 나는 에디가 타륜을 잡고 있는 곳으로 돈뭉치를 가져가서 나침반 등 위에 놓았다. 조심스럽게 나침반 등을 쳐다보다가 별문제 없을 것 같아서 등을 껐다. 에디는 덜덜 떨고 있었다.

"좀 마셔." 나는 말했다.

에디가 술병을 집어 들이켜는 게 보였다. 나는 선미 쪽으로 돌아 갔다.

"됐소, 여섯 명 태웁시다." 나는 말했다.

작은 너울이 이는 바람에 싱과 노잡이 쿠바 인은 보트가 흔들리 지 않게 붙들었다. 싱이 중국 말로 뭐라고 말하자 보트 안의 중국 놈들이 선미에 붙어 올라오기 시작했다.

"한 번에 한 명씩." 나는 말했다.

그는 다시 뭐라고 말했고 중국 놈 여섯이 차례로 선미 안쪽으로 넘어왔다. 그들은 키도 몸집도 제각각이었다.

"뱃머리로 안내해." 나는 에디에게 말했다.

"이쪽이오, 신사분들." 에디가 말했다.

맙소사, 아주 실컷 들이켰구먼.

"선실 잠가." 그들이 모두 안에 들어갔을 때 나는 말했다.

"넵, 대장." 에디가 말했다.

"나머지도 데려오겠소." 싱이 말했다.

"그러쇼." 나는 그에게 말했다.

나는 그들의 배를 밀어주었고, 그자와 같이 온 청년이 노를 저어 떠나가기 시작했다.

"이제 술병에서 손 떼. 용기는 그만 하면 차고 넘치니까." 나는 에 디에게 말했다.

"그러죠, 대장님."

"대체 왜 그러는 거야?"

"신 나서 그러지. 엄지로 그걸 뒤로 당기면 된다고 그랬지?"

"이 더러운 주정뱅이, 술병 이리 내놔."

"다 마셨어. 미안, 대장."

"잘 들어. 이제 당신이 할 일은 그자가 내게 돈을 넘겨주는지 살폈다가 배를 빼는 거야."

"알았어, 대장."

나는 손을 내밀어 다른 술병을 들고 오프너를 집어 코르크 마개를 뽑았다. 한 모금 쭉 들이켠 뒤 선미로 돌아갔다. 마개를 단단히 끼운 뒤 술병을 물이 가득 든 버들고리 물 단지 뒤에 놓았다.

"싱이 온다."

"응, 대장."

보트는 노를 저어 우리 쪽으로 다가왔다. 그는 보트를 선미 쪽에 댔고 나는 그들이 배에 매달리게 두었다. 싱은 우리가 커다란 물고기를 끌어올릴 때 선미에 걸치고 사용하는 굴림 판을 붙잡았다.

"배 위로 올려 보내요, 한 명씩." 나는 말했다.

각양각색의 중국 놈 여섯이 선미를 넘어 배에 올랐다.

"문을 열고 뱃머리로 안내해." 나는 에디에게 말했다.

"넵, 대장."

"선실 잠그고."

"넵, 대장."

에디가 타륜 앞에 서 있는 게 보였다.

"다 됐소, 싱 씨. 나머지 돈도 봅시다."

그는 주머니에 손을 넣더니 돈을 꺼내 내게 내밀었다. 나는 손을 뻗어 돈을 쥔 그자의 손목을 움켜잡았다. 그가 선미 위에서 앞으로 나올 때 나는 다른 손으로 그의 목을 움켜쥐었다. 배가 출발하는 느낌이 들었다. 시동이 걸리면서 배가 우르릉 앞으로 나아갔다. 나는 싱이랑 몸싸움하느라 바빴지만 그 와중에 쿠바 인이 보트 선미 쪽에 노를 쥐고 우두커니 서 있는 게 보였다. 우리가 보트와 멀어지는 동안 싱은 버둥대며 몸부림쳤다. 갈고리에 걸린 돌고래보다 더 고약하게 버둥대고 몸부림쳤다.

나는 그의 팔을 뒤로 돌려 바짝 꺾었다. 하지만 너무 세게 꺾었는지 그의 팔이 부러지는 느낌이 들었다. 그는 조그맣게 괴성을 내지르며 내게 덤벼들었다. 그의 목을 더 세게 움켜쥐자 그는 내 어깨를 물어뜯었다. 나는 그의 팔이 부러진 것 같아 그의 팔을 놓아버렸다. 이제 그의 팔은 무용지물이었다. 나는 두 손으로 그의 목을 움켜쥐었다. 싱은 말 그대로 물고기처럼 버둥거렸고 부러진 팔은 덜렁덜렁 흔들렸다. 나는 그를 무릎을 대고 엎드리게 만든 뒤 두 엄지손가락을 그의 입속에 깊이 넣은 다음 으스러질 때까지 그의 머리를 뒤로 구부렸다. 으스러지는 소리가 났다.

나는 잠시 가만히 그를 붙잡고 있다가 선미 바닥에 가로눕혔다. 그는 번듯한 차림새로 고개를 쳐든 채 발을 콕핏 안에 넣고 누워 있었다. 나는 그에게서 떨어져 콕핏 바닥에서 돈을 주워 챙긴 뒤 나침반 등을 켜고는 돈을 세어보았다. 그러고는 타륜을 잡고 에디에게 선미 밑에서 정박할 때 쓰는 쇳덩어리를 찾아보라고 시켰다. 굳이 닻을 내리지 않고 물 위에서나 갯바위에서 바닥 낚시할 때 즐겨 쓰는 것이었다.

"못 찾겠어." 에디가 말했다.

거기 누워 있는 싱 옆에 가는 게 무서운 게 분명했다.

"타륜 잡고 계속 바다로 몰아." 나는 말했다.

밑에서 기척이 느껴졌지만 그들은 두렵지 않았다.

나는 쓸 만한 걸 두 개 찾아냈다. 예전에 토투가스의 오래된 석탄 부두에서 가져온 쇳덩어리였다. 물퉁돔을 낚는 낚싯줄을 약간 꺼내서 싱의 발목에 커다란 쇳덩어리 두 개를 묶었다. 해안에서 3킬로미터 남짓 떨어졌을 때 나는 그를 배 밖으로 밀어버렸다. 그는 굴림 판 아래로 스르륵 미끄러졌다. 그의 주머니 안은 아예 살펴보지도 않았다. 그를 욕보이고 싶진 않았다.

그가 선미에 있을 때 코와 입에서 피를 약간 흘린 터라 나는 양동이로 바닷물을 푸다가 하마터면 달리는 배 밖으로 넘어갈 뻔했다. 선미 밑에 있던 바닥 닦는 솔로 핏자국을 싹 닦아냈다.

"속도를 늦춰." 나는 에디에게 말했다.

"그자 말이야, 떠오르면 어떡해?" 에디가 말했다.

"수심이 족히 1킬로미터는 되는 데서 던져버렸어. 밑으로 쭉 가라앉을 거야. 떠오르려면 한참 걸릴걸? 가스가 차서 위로 떠올랐을 땐 이미 해류를 타고 떠내려가면서 물고기 밥이 되어 있을 테지. 싱 걱정은 안 해도 돼."

"그놈에게 무슨 원한이 있었던 거야?"

"그런 거 없어. 그놈처럼 손쉬운 거래 상대도 없던데. 처음부터 뭔가 잘못됐다는 느낌이 들었어."

"뭣 때문에 그를 죽인 거야?"

"그놈이 다른 중국 놈 열둘을 죽이지 못하게 하려고."

"해리, 나 한 모금만 줘. 저놈들이 튀어나올 것 같아서 그래. 누더 기가 된 그놈 머리를 봤더니 토할 것 같아."

나는 그에게 술을 한 모금 주었다.

"저 중국 놈들은 어떡할 거야?"

"한시라도 빨리 내보내야지. 선실에 놈들 냄새 배기 전에."

"어디에 내려줄 건데?"

"긴 해변 쪽에 풀어줘야지."

"이제 몰고 들어갈까?"

"응, 천천히 몰아."

우리는 천천히 암초를 건너 해안선이 보이는 곳으로 진입했다. 암초를 지나니 수심이 꽤 깊었고 사방에 깔린 사초가 해안까지 이 어졌다.

"뱃머리로 올라가서 수심 좀 알려줘."

그는 작살로 수심도 재고 계속 가라고 신호도 보내다가 돌아와
서 멈추라고 손짓했다. 나는 후진했다.

"수심이 1.5미터 정도 돼."

"닻을 내려야 해. 혹 무슨 일이 생기면 닻을 올릴 시간이 없으니
줄을 끊고 닻을 버려."

에디는 닻줄을 풀다가 줄이 더는 풀리지 않자 배를 묶었다. 선미
가 이쪽으로 돌았다.

"바닥이 모래야." 그가 말했다.

"선미 쪽은 수심이 얼마나 돼?"

"1.5미터 안 넘어."

"소총은 네가 들어. 그리고 조심해."

"한 모금 줘." 그가 말했다. 그는 불안해하고 있었다.

나는 그에게 한 모금 더 주고 나서 펌프건을 내렸다. 그러고는 잠
긴 선실 문을 열고 말했다.

"나와."

잠잠했다.

중국 놈 하나가 고개를 내밀었다가 소총을 들고 서 있는 에디를
보고는 얼른 물러났다.

"나와. 아무도 당신들 해치지 않아." 나는 말했다.

아무도 나서지 않았다. 중국 말로 소곤거리는 소리만 빗발쳤다.

"너, 밖으로 나와!" 에디가 말했다.

맙소사, 저 자식이 술병을 끼고 있을 줄 알았어.

"그 술병 저리 치워. 네놈을 배 밖으로 확 던져버리기 전에." 나
는 그에게 말한 뒤 그들에게 말했다. "밖으로 나와. 아니면 총 쏠
거야."

한 명이 문 가장자리 너머로 밖을 쳐다보는 게 보였다. 그는 해변
을 보았는지 뭐라 지껄이기 시작했다.

"얼른, 아니면 쏠 거야." 나는 말했다.

그들이 바깥으로 나왔다. 이제 보니 이 중국 놈들을 한꺼번에 몰
살하려면 대단한 독종이 아니고는 어림도 없을 것 같았다. 성공한
다고 해도 난장판은 물론이고 다칠 각오까지 해야 할 것이다.

바깥으로 나온 그들은 겁먹고 있었다. 총은 가지고 있지 않았지
만 모두 열두 명이나 되었다. 나는 펌프건을 든 채 선미 쪽으로 뒷
걸음질 쳤다.

"배에서 내려. 어렵지 않아."

아무도 움직이지 않았다.

"내리라니까."

아무도 움직이지 않았다.

"이 쥐나 잡아먹는 누렁이 외지 놈들아, 배에서 내리라고." 에디
가 말했다.

"술에 찌든 주둥이 좀 닥쳐." 나는 그에게 말했다.

"수영 못해." 어느 중국 놈이 말했다.

"수영할 필요 없어. 안 깊어." 나는 말했다.

"얼른, 배에서 내려." 에디가 말했다.

"에디, 여기 선미 쪽으로 와. 총을 한 손에 들고 다른 손으로 작살을 들어 물이 얼마나 얕은지 저들에게 보여줘." 나는 말했다.

그는 젖은 작살을 들고 그들에게 수심을 보여주었다.

"수영할 필요 없어?" 한 사람이 내게 물었다.

"없어."

"진짜?"

"응."

"여기 어디야?"

"쿠바."

"망할 사기꾼 놈." 그는 그렇게 말하고는 뱃전을 넘어 매달렸다가 떨어졌다. 머리가 물속으로 가라앉았다가 수면 위로 올라왔다. 턱은 물 밖에 있었다. "망할 사기꾼 놈. 개망나니 사기꾼 놈."

그는 화가 나 있었고 꽤 용감했다. 그가 중국 말로 뭐라고 말하자 다른 이들이 선미에서 물속으로 내려가기 시작했다.

"됐어, 이제 닻을 올려." 나는 에디에게 말했다.

배를 빼는데 달이 떠오르기 시작했다. 머리를 물 밖으로 내밀고 해안 쪽으로 걸어가는 중국 놈들과 반짝거리는 해변, 그 뒤의 덤불이 보였다. 우리는 암초를 빠져나왔다. 딱 한 번 돌아보았을 때 해변과 산들이 모습을 드러내기 시작했다. 나는 키웨스트를 향해 항로를 맞추었다.

"이제 눈 좀 붙여. 아니, 잠깐, 밑으로 내려가서 문이란 문은 모조
리 열어놔, 악취 빠지게. 그리고 요오드 좀 갖다줘." 나는 에디에게
말했다.

"무슨 일인데?" 에디가 그것을 가져와서 말했다.

"손가락이 찢어졌어."

"내가 운전할까?"

"눈 좀 붙여. 내가 깨워줄게."

그는 콕핏 안 연료 탱크 위 붙박이 침대에 누웠고 얼마 뒤 잠이
들었다.

제5장

나는 무릎으로 타륜을 잡고 셔츠를 열어젖혔다. 싱이 물어뜯은 곳이 보였다. 된통 물어뜯긴 상처에 요오드를 바른 뒤 타륜을 잡고 앉아 있자니 중국인에게 물리면 상처가 덧나는 건 아닌가 궁금해졌다. 배가 쭉쭉 나아가는 소리, 물살이 배에 부딪치는 소리를 가만히 듣고 있다가 생각했다. 젠장, 아냐, 덧나지 않을 거야. 싱 같은 사내는 하루에도 두세 번은 이를 닦을 것이다. 대단한 싱. 분명 그자는 사업할 재목은 아니었다. 아마도, 아마도 나를 믿었을 것이다. 알수 없는 자였다.

그나저나 모든 게 단순해진 마당에 문제는 에디였다. 저 주정뱅이 자식이 흥분하면 다 떠들어댈 테니 말이다. 나는 타륜을 잡고 앉아서 그를 쳐다보며 생각했다. 쳇, 아주 팔자 늘어졌군. 그렇다면 나도 안심이었다. 갑판에서 그를 발견했을 땐 없앨 수밖에 없다고 결심했는데 모든 게 잘 풀리고 보니 그건 내키지 않았다. 하지만 거기 누워 있는 그를 쳐다보니 충동이 드는 것도 사실이었다. 그러나 괜히 후환을 만들어 일을 그르치면 좋을 게 없다는 생각이 금세 들었다. 그때 에디가 승선원 명단에 없다는 게 생각났다. 그를 데려가면 벌금을 물어야 할 텐데. 어떡해야 할지 난감했다.

생각할 시간은 충분했다. 나는 항로대로 배를 몰면서 배에 탈 때 가져온 술을 간간이 들이켰다. 남겨둔 마지막 병을 땄다. 나는 기분 좋게 배를 몰았다. 바다를 건너기에 쾌청한 밤이었다. 여러 번 고비가 있었지만 결국 괜찮은 항해였다.

동틀 무렵 에디가 깨어나 힘들어죽겠다고 말했다.

"잠깐 타륜 좀 맡아. 좀 돌아봐야겠어."

나는 선미로 가서 갑판에 물을 좀 끼얹었다. 배는 더없이 깨끗했다. 하지만 뱃전까지 솔질했다. 그러고는 총 두 자루에서 총알을 뺀 뒤 밑에 가져다 두었다. 벨트에 찬 총은 그냥 두었다. 배 밑도 바라던 대로 쾌적했고 냄새도 전혀 나지 않았다. 다만 우현 현창을 통해 침상 한 곳 위로 물이 조금 들어와서 그쪽 현창들을 닫았다. 이제 내 배에서 중국 놈들의 냄새를 맡을 세관원은 세상에 없다.

배 허가증 액자 밑에 걸린 그물주머니 안의 출항 허가 서류가 보였다. 배에 올랐을 때 되는대로 넣어둔 것이었다. 나는 한번 훑어보려고 그것을 꺼내 들고 콕핏으로 갔다.

"이봐, 승선원 명단엔 어떻게 오른 거야?" 나는 말했다.

"중개인을 만났을 때 그가 영사관에 간다기에 나도 갈 거라고 말했지 뭐."

"하늘이 주정뱅이를 돌보는 모양이군." 나는 38구경에서 총알을 뺀 뒤 밑에 보관했다. 아래에서 커피를 한 잔 타서 위로 올라가 타륜을 잡았다. "아래에 커피 있어."

"에이, 나한테 커피는 아무짝에 쓸모없어."

동정할 수밖에 없는 녀석. 정말 힘들어 보였다.

9시쯤 샌드키*의 등대가 보였다. 우리는 한참 동안 유조선들이 만을 따라 올라가는 것을 바라보았다.

"두 시간 뒤면 도착할 거야. 존슨 때처럼 4달러 줄게." 나는 그에게 말했다.

"간밤에 얼마나 번 거야?" 그가 물었다.

"600달러밖에 안 돼."

그가 내 말을 믿는지 안 믿는지는 알 수 없었다.

"내 몫도 좀 떼어줄 수 없어?"

"네 몫은 그것뿐이야. 함부로 입을 놀렸다가 내 귀에 들리는 날엔 내 손에 죽을 줄 알아."

"나 입 무거운 거 알잖아, 해리."

"넌 주정뱅이야. 럼주를 코가 비뚤어지게 마셨어도 그 일에 대해 떠들었다가는 각오해."

"나 밥값은 하는 놈이야. 그런 식으로 말하지 마."

"어느 세월에 네놈이 밥값을 하겠냐?"

나는 말은 그렇게 했지만 더는 걱정하지 않았다. 누가 이놈의 말을 믿어주겠는가? 싱은 불평하지 않을 것이다. 그 중국 놈들도 마

---

* 멕시코 만에 위치한, 플로리다의 모래섬.

찬가지일 테고. 노를 저었던 그 청년도. 말썽에 휘말리고 싶지 않을 테니까. 에디는 조만간 이 일을 나불댈 테지만 누가 주정뱅이의 말을 믿겠나? 그래, 누가 뭘 증명할 수 있겠어? 승선원 명단에서 그의 이름을 보고는 이러쿵저러쿵 말들이 많았을 것이다. 운이 좋았다. 그가 배 밖으로 떨어졌다고 말했어도 이러쿵저러쿵 말들이 많았을 것이다. 에디도 운이 진짜 좋았다. 진짜 좋았고말고.

우리는 해류의 가장자리로 들어갔다. 새파란 물은 맑고 초록빛이 돌았다. 안쪽으로 '이스턴 앤드 웨스턴 드라이록스' 이정표와 키웨스트의 무선 송수신 탑들, 나지막한 집들과 쓰레기를 태우는 곳에서 뭉게뭉게 솟아오르는 연기 위로 우뚝 솟은 라콘차호텔이 보였다. 이제 샌드키의 등대가 상당히 가까웠고 등대 옆으로 보트 창고와 작은 부두가 보였다. 40분이면 닿을 거리였다. 돌아와서 기분이 좋았다. 여름 한 철 버틸 만큼 한몫 두둑이 벌었으니까.

"한잔할래, 에디?"

"아, 해리, 난 당신이 내 친구라는 걸 잊은 적 없었어."

그날 밤 나는 거실에 앉아 시가를 피우고 위스키 한 잔과 물을 마시며 라디오에서 흘러나오는 〈그레이시 앨런 쇼〉를 들었다. 딸들은 그 라디오 쇼를 방청하러 가고 없었다. 그렇게 앉아 있자니 나른하고 기분이 좋았다. 누군가 현관문 앞에 와 있었다. 아내 마리가 앉아 있다가 일어나 문으로 갔다.

"그 주정뱅이 에디 마셜이야. 당신을 만나야겠대." 그녀가 돌아와 말했다.

"썩 꺼지라고 해, 내가 내쫓기 전에." 나는 그녀에게 말했다.

마리는 돌아와 앉아 창밖을 내다보았다. 나는 창가에 발을 올리고 앉아 창밖을 내다보았다. 에디는 눈이 맞은 또 다른 주정뱅이와 함께 아크등 밑의 길을 걸어가고 있었다. 둘 다 비틀거렸고 아크등이 드리운 그들의 그림자는 더 심하게 비틀거렸다.

"불쌍하고 한심한 주정뱅이들. 난 주정뱅이가 불쌍하더라." 마리가 말했다.

"저놈 운 좋은 주정뱅이야."

"운 좋은 주정뱅이는 없어. 잘 알면서, 해리."

"아니, 꼭 그런 건 아니야."

제2부

가을

Fall

제6장

그들은 밤새 바다를 건너왔다. 북서쪽에서 거센 바람이 불어왔다. 해가 떠올랐을 때 그는 멕시코 만을 따라 내려오는 유조선을 발견했다. 그 배는 쌀쌀한 대기 속에 우뚝 솟은 데다 햇빛을 받아 하얗게 빛났기 때문에 바다 위로 치솟은 높다란 건물처럼 보였다. 그는 검둥이에게 말했다.

"대체 여기가 어디야?"

검둥이는 둘러보려고 몸을 일으켰다.

"여긴 마이애미와 딴판인데."

"마이애미까지 올라올 리 없다는 거 잘 알면서 무슨 헛소리야."

"분명한 건, 저런 건물은 플로리다의 키웨스트엔 없다는 거야."

"우린 줄곧 샌드키를 향해 왔잖아."

"그럼 그게 보여야 하는데. 그게 아니면 미국 땅의 사초沙礁나."

잠시 뒤 그는 그것이 건물이 아니라 유조선임을 알아차렸다. 그로부터 30분이 못 되어 앞쪽으로 샌드키의 등대가 보였다. 바다 위에 솟은 가느다란 갈색 등대는 있어야 할 위치에 자리 잡고 있었다.

"배 좀 몰 줄 아는구나." 그는 검둥이에게 말했다.

"그런 줄 알았지. 하지만 이번 항해로 자신감을 잃었어." 검둥이가 말했다.

"다리는 좀 어때?"

"계속 쑤셔."

"별거 아니야. 깨끗하게 잘 싸매면 저절로 나을 거야."

그는 우먼키* 옆의 맹그로브** 숲에 낮 동안 배를 세워둘 요량으로 서쪽으로 나아갔다. 거기엔 아무도 없을 테고 보트가 거기로 그들을 마중 나올 예정이었다.

"넌 괜찮을 거야." 그는 검둥이에게 말했다.

"모르겠어. 너무 아파."

"거기 들어가면 잘 치료해줄게. 그리 심한 총상은 아니야. 걱정하지 마."

"나 총 맞았다고. 전엔 총에 맞은 적 없는데. 어쨌거나 총 맞은 건 나쁜 거잖아."

"그냥 겁먹어서 그래."

"아니야, 선장. 나 총 맞았다고. 진짜 아파. 밤새 욱신욱신 쑤셨단 말이야." 검둥이는 계속 그런 식으로 투덜거렸다. 참지 못하고 자꾸 붕대를 풀고 상처를 들여다보았다.

"가만히 놔둬." 남자는 운전하며 검둥이에게 말했다.

---

* 키웨스트에서 서쪽으로 15킬로미터 떨어진 섬.

** 아열대나 열대지방의 해안, 혹은 습지에 자라는 관목으로, 조수에 따라 뿌리가 드러나거나 잠긴다.

검둥이는 콕핏 바닥에 누웠다. 넙적다리처럼 생긴 술 자루들이 사방에 널려 있었다. 검둥이는 틈새에 자리를 만들어 누웠다. 그가 움직일 때마다 자루 안에서 깨진 유리 조각 소리가 났고 흘러나온 술 냄새가 진동했다. 사방이 술 천지였다. 남자는 우먼키를 향해 배를 몰았다. 이제 목적지가 보였다.

"아파, 갈수록 더 아파."

"미안한데, 웨슬리, 나 운전해야 해."

"사람을 개만도 못하게 취급하는군."

이제 검둥이는 막 나가고 있었지만 남자는 미안한 마음이 가시질 않았다.

"내가 보살펴줄게, 웨슬리. 지금은 가만히 누워 있어."

"남이 어찌 되든 말든 나 몰라라 하는군. 인간도 아니야 진짜."

"내가 잘 고쳐준다니까 그러네. 그냥 가만히 누워 있어."

"퍽이나 고쳐주겠다."

이름이 해리 모건인 남자는 아무 말도 하지 않았다. 지금은 검둥이를 때리는 것 말고는 별수가 없었는데 차마 그럴 수가 없었기 때문이다. 검둥이는 계속 칭얼댔다.

"그들이 총을 쏘기 시작했을 때 왜 안 멈췄어?"

남자는 대답하지 않았다.

"사람 목숨보다 술 싣는 게 더 중요해?"

남자는 조종하는 데 집중했다.

"멈추고 그들이 술을 가져가게 놔뒀어야지."

"아니, 그랬으면 그들은 술도 배도 다 가져갔을 거고, 넌 감옥에 갔을 거야."

"감옥 그까짓 거. 하지만 총에 맞고 싶진 않았어."

이제 남자는 슬슬 검둥이가 거슬리기 시작했고 검둥이의 얘기를 들어주는 것도 지쳐가고 있었다.

"누가 더 심하게 맞았냐? 너야 나야?" 남자는 물었다.

"물론 선장이 더 심하지. 하지만 난 총에 맞은 적 없다고. 총에 맞는 건 생각도 못 했단 말이야. 총에 맞았다고 돈 더 받는 것도 아니잖아. 총 맞기 싫단 말이야."

"열 내지 마, 웨슬리. 그딴 식으로 말하면 국물도 없어."

그들은 이제 우먼키에 접근하는 중이었고 사초 안에 있었다. 배를 넓은 해협 안으로 몰고 들어가자 햇빛이 수면에 반사되어 앞이 잘 보이지 않았다. 검둥이는 머리가 어떻게 된 것인지 아파서 흥분한 것인지 쉴 새 없이 지껄였다.

"사람들은 왜 술을 몰래 실어 나르는 걸까? 금주령*도 끝났는데 왜 밀거래를 하냐고? 왜 그냥 연락선으로 술을 들여오지 않지?"

남자는 운전하면서 해협을 면밀히 살폈다.

---

* 1920년 발효된 미국의 금주법은 1933년 공식 폐지되었으나 오랫동안 지역 간의 주류 운반과 수입이 어려웠고, 증류주는 까다로운 연방법 때문에 제조가 어려웠다. 금주령은 1966년이 되어서야 미국 전역에서 완전히 사라졌다.

"왜 사람들은 정직하지도 멋지지도 않을까? 어째서 정직하고 멋지게 살지 못하냐고?"

남자는 사초에 부딪혀 이는 부드러운 잔물결을 알아보았다. 사초는 햇빛에 가려져 보이지 않았지만 남자는 배를 돌렸다. 한 팔로 타륜을 빙빙 돌려 배를 움직이자 눈앞에 해협이 펼쳐졌다. 그는 천천히 배를 맹그로브 숲 가장자리에 바짝 대고 나서 엔진을 역회전한 뒤 갈고랑이 두 개를 밖으로 던졌다.

"닻을 내리는 건 내가 할 수 있어. 근데 끌어올리는 건 못 해." 남자는 말했다.

"난 못 움직여." 검둥이가 말했다.

"너 진짜 꼴이 말이 아니다."

힘에 부쳤지만 남자는 간신히 작은 닻을 꺼내 들어 올렸다가 떨어뜨렸다. 닻이 밖으로 넘어갔고 밧줄이 상당히 많이 풀렸다. 배가 빙 돌아 맹그로브 숲에 붙으면서 나뭇가지가 콕핏 안으로 들어왔다. 여기 꼬락서니 한번 볼만하군.

간밤에 남자는 검둥이의 상처를, 검둥이는 남자의 팔을 붕대로 싸매주었다. 그러고 나서 남자는 나침반을 살피며 밤새 항해했다. 동이 텄을 때 검둥이가 콕핏 한복판 술 자루 틈에 누워 있는 걸 보았지만 바다와 나침반을 주시하며 샌드키의 등대를 찾느라 어떤 상황인지 주의 깊게 살필 겨를이 없었다. 상황은 나빴다.

검둥이는 다리를 올리고 술 짐 가운데 누워 있었다. 콕핏은 여덟

군데나 총에 맞아 넓게 쪼개진 데다 앞 유리창도 깨져 있었다. 어디
가 얼마나 부서졌는지 알 수 없었고, 검둥이는 피를 많이 흘리지 않
았지만 그는 피를 많이 흘렸다. 하지만 최악은 지금의 느낌과 술 냄
새였다. 모든 것에 술 냄새가 배어 있었다. 이제 배는 맹그로브 숲
에 붙어 가만히 정지해 있었지만 밤새 멕시코 만에서 겪은 큰 바다
의 움직임, 그 느낌이 가시지를 않았다.

"커피 끓이고 나서 다시 치료해줄게." 그는 검둥이에게 말했다.

"커피 마시기 싫어."

"난 마시고 싶어." 하지만 아래로 내려갔을 때 남자는 현기증이
나서 갑판으로 다시 나갔다. "커피는 마시지 말자."

"물 마시고 싶어."

"그래."

그는 물병에서 물을 한 잔 따라 검둥이에게 주었다.

"그놈들이 총을 쏘기 시작했을 때 왜 계속했어?"

"그놈들은 왜 총을 쏘는 걸까?" 남자는 말했다.

"의사가 필요해."

"내가 할 건 다 했는데 의사라고 별수 있겠나?"

"의사가 고쳐줄 거야."

"의사는 오늘 밤에 보트가 오면 올 거야."

"보트 기다리기 싫어."

"알았어, 이제 술 던져버리자."

그는 술을 던지기 시작했다. 한 손으로 하자니 힘이 들었다. 술자루는 20킬로그램이 채 되지 않았지만 많이 던지지도 않았는데 다시 현기증이 났다. 그는 콕핏 안에 앉았다가 바닥에 누웠다.

"그러다 죽어." 검둥이가 말했다.

남자는 머리를 자루에 기대고는 콕핏 바닥에 조용히 누웠다. 콕핏 안으로 들어온 맹그로브 나뭇가지가 드러누운 그에게 그늘을 드리웠다. 맹그로브 나무 위로 부는 바람 소리에 그는 밖의 쌀쌀한 하늘을 내다보았다. 북풍을 동반한 옅은 갈색 구름이 보였다. 누가 이런 바람을 맞고 나오겠어? 바람이 이런데 우리가 출발했을 거라곤 생각하지 않을 거야.

"그들이 올까?" 검둥이가 물었다.

"당연하지. 안 올 이유 없잖아?" 남자는 말했다.

"바람이 너무 심하게 불잖아."

"우리를 찾고 있을 거야."

"이런 상황에선 아니지. 왜 나한테 거짓말해?" 검둥이는 입을 자루에 대다시피 한 채 말하고 있었다.

"열 내지 마, 웨슬리."

"이 사람이 지금 나더러 열 내지 말라네? 열 내지 말래. 뭘 열 내지 마? 개처럼 찍소리 말고 죽으라 이거야? 당신이 날 여기로 데려왔으니 내보내줘."

"열 내지 말라니까." 남자는 상냥하게 말했다.

"그들은 안 와. 절대 안 와. 나 춥단 말이야. 아프고 추워서 견딜 수가 없어."

남자는 공허하고 불안한 마음으로 일어나 앉았다. 검둥이의 눈총을 받으며 남자는 무릎을 꿇고 일어났다. 오른팔이 덜렁거렸다. 왼손으로 오른팔의 손을 붙잡아 무릎 사이에 끼운 뒤 뱃전 상부에 못질이 된 널빤지에 기대어 몸을 일으켰다. 그는 일어서서 아래의 검둥이를 내려다보았다. 오른손은 아직 허벅지 사이에 있었다. 이제껏 이번처럼 고통스러운 적은 없었다.

"똑바로 하고 있으면, 똑바로 당기면 그리 많이 아프진 않아." 그는 말했다.

"내가 팔걸이 붕대 해줄게." 검둥이가 말했다.

"팔꿈치가 안 구부려져. 이대로 굳었어."

"이제 우리 어떡해?"

"술 버리자. 손이 닿는 데 있는 것만이라도 할 수 없어, 웨슬리?"

검둥이는 자루 쪽으로 애써 손을 뻗으려고 하다가 신음하며 도로 누웠다.

"그렇게 아파, 웨슬리?"

"아, 죽겠어."

"일단 움직이면 심하게 아프진 않을 거야."

"나 총 맞았어. 안 움직일래. 총 맞은 사람한테 술을 버리라고 하다니."

"열 내지 마."

"그 말 한 번만 더 하면 확 돌아버릴 거야."

"열 내지 마." 남자가 조용히 말했다.

검둥이는 괴성을 내지르더니 두 손으로 갑판을 두드리고는 승강구 밑에서 숫돌을 집었다.

"당신 죽여버릴 거야. 심장을 꺼내버리겠어."

"숫돌로는 안 돼. 열 내지 마, 웨슬리."

검둥이는 얼굴을 자루에 묻고는 흐느끼며 웅얼거렸다. 남자는 천천히 술 자루를 들어 올려 뱃전 너머로 떨어뜨렸다.

제7장

그가 술을 버리고 있을 때 모터 소리가 났다. 보트 한 척이 섬 가장
자리를 돌아 해협을 따라 그들을 향해 다가오는 게 보였다. 담황색
조타실과 앞 유리창이 달린 하얀 보트였다.

"보트가 와. 일어나, 웨슬리."

"못 일어나."

"이제부턴 마음에 담아둘 거야. 아까와는 달라."

"담든가 말든가. 나야말로 하나도 안 잊어버릴 거야."

남자는 재빨리 움직였다. 땀방울이 얼굴을 따라 흘러내렸다. 넓
은 해협을 따라 보트가 천천히 다가오고 있었지만 개의치 않고 성
한 팔로 계속 술 자루를 집어 뱃전 너머로 떨어뜨렸다.

"비켜봐." 그는 검둥이가 베고 있는 자루를 집어 바깥으로 내던
졌다.

검둥이가 일어나 앉았다.

"그들이 왔어." 그는 말했다.

이제 그 보트는 그들과 거의 직각 방향에 있었다.

"아니, 윌리 선장이야. 일행과 있어." 검둥이가 말했다.

하얀 배의 선미에는 플란넬 바지와 하얀 천 모자 차림의 두 남자

가 낚시 의자에 앉아 끝낚시를 하고 있었다. 펠트 모자와 바람막이 점퍼의 노인이 타륜 손잡이를 잡고 보트를 몰았다. 보트는 술 배가 정박한 맹그로브 숲을 스쳐 지나갔다.

"잘 되어가나, 해리?" 노인이 지나가면서 소리쳤다.

해리는 성한 팔을 흔들어 답례했다. 보트는 지나갔고 낚시를 하던 두 남자는 술 배 쪽을 쳐다본 뒤 노인에게 뭐라고 얘기했다. 그들이 하는 얘기는 해리에게 들리지 않았다.

"저 배, 어귀에서 뒤돌아 다시 올 거야." 해리는 검둥이에게 말했다. 그는 밑으로 내려가서 담요를 가지고 올라왔다. "가려줄게."

"참 빨리도 가려준다. 저들이 술을 눈치챌 게 뻔해. 이제 어떡할 거야?"

"윌리 영감은 좋은 사람이야. 시내로 돌아가면 우리가 여기 있다고 말해줄 거야. 낚시하는 자들은 우릴 귀찮게 하지 않을 거고. 저들이 왜 우릴 신경 쓰겠어?"

몸이 부들부들 떨려서 그는 타륜 앞의 의자에 앉아 오른팔을 허벅지 사이에 꽉 끼었다. 무릎도 덜덜 떨렸다. 몸이 떨리면서 위팔의 뼈끝이 덜그럭거리는 느낌이 들었다. 그는 무릎을 열고 팔을 들어 올려 옆에 늘어뜨렸다. 덜렁거리는 팔로 그렇게 앉아 있는데 그 보트가 해협을 따라 돌아와 그들을 지나쳐갔다. 낚시 의자에 앉은 두 남자는 얘기를 나누고 있었다. 그들은 낚싯대를 치워두었고 한 명이 망원경으로 그를 빤히 쳐다보고 있었다. 너무 멀리 있어서 그들의 대화를 알아들을 수 없었다. 알아듣는다고 해도 달라질 건 없었다.

낚싯배 사우스플로리다 호의 선장 윌리 애덤스는 암초 쪽은 물길이 너무 험해 우먼키 해협을 따라 배를 몰고 있었다. 그는 생각했다. 간밤에 해리가 바다를 건넜군. 배짱 있는 친구야. 그 바람을 맞고 왔다니. 바다 배니까 괜찮았겠지. 앞 유리창은 어쩌다 깨먹었을까? 어제 같은 밤에 바다를 건너는 건 미친 짓이야. 쿠바에서 술을 실어 나르는 것도 미친 짓이고. 이제 술은 전부 마리엘*에서 들여오고 있어. 판로를 활짝 열어야 마땅한데.

"뭔 것 같소, 선장?"

"저거 무슨 배죠?" 낚시 의자에 앉은 두 남자 중 한 명이 물었다.

"저 배요?"

"응, 저 배."

"아, 키웨스트 뱁니다."

"내 말은, 누구 배냐고?"

"내가 알 리 없잖소."

"저 배 고기잡이 배요?"

"뭐 그렇다고 하대요."

"무슨 소리요?"

---

* 쿠바 아바나에서 서쪽으로 약 40킬로미터 떨어진 도시.

"이것저것 조금씩 하는 사람이에요."

"이름은 모르고?"

"몰라요, 선생."

"당신이 저자를 해리라고 불렀잖소."

"아뇨."

"당신이 저자를 해리라고 부르는 거 내가 들었는데."

월리 애덤스 선장은 얘기하는 남자를 뜯어보았다. 그자는 광대뼈가 불거져 나왔고 입술이 얇았다. 하얀 캔버스 천 모자 아래로 움푹 들어간 잿빛 눈과 사나운 입의 시뻘건 얼굴이 선장을 쳐다보고 있었다.

"실수로 그렇게 불렀나 봅니다." 월리 선장이 말했다.

"저 남자 다친 것 좀 보세요, 박사님." 다른 남자가 일행에게 망원경을 건네며 말했다.

"망원경 없이도 잘 보여. 저 남자 누구요?" 박사라 불리는 남자가 말했다.

"나야 모르죠." 월리 선장이 말했다.

"알면서. 뱃머리에 적힌 번호를 메모해두게." 입이 사나운 남자가 말했다.

"적었습니다, 박사님."

"건너가서 좀 살펴봅시다." 박사가 말했다.

"의학박사요?" 월리 선장이 물었다.

"의학은 아니오." 잿빛 눈의 남자가 말했다.

"의사가 아니라면 건너가지 않겠소."

"어째서?"

"우리가 필요했으면 저자가 먼저 신호했겠죠. 청하지도 않는데 상관할 바 아니지요. 여기선 모두 자기 일에만 신경 씁니다."

"알았소, 그럼 당신은 당신 일이나 신경 쓰시오. 우리는 저 배 쪽으로 데려다 주고."

윌리 선장은 넓은 해협을 따라 계속 올라갔다. 2기통 파머엔진이 줄기차게 부르릉거렸다.

"내 말 못 들었소?"

"들었어요, 선생."

"왜 내 명령에 따르지 않지?"

"당신이 대체 뭔데 그래?"

"그건 핵심이 아니지. 내 말대로 해."

"당신이 뭔데 그러냐고?"

"좋아, 그렇다면 알려주지. 난 현재 미합중국에서 세 손가락 안에 드는 중요 인사야."

"그런 분이 대체 키웨스트엔 무슨 볼일이신지?"

"이분은 프레더릭 해리슨이야." 다른 남자가 앞으로 몸을 내밀더니 힘주어 말했다.

"처음 듣는데." 윌리 선장이 말했다.

"이제 알게 될 거야. 그리고 모두 알게 되겠지, 내가 이 냄새나는 촌구석을 뿌리째 뽑아버리면 말이야." 프레더릭 해리슨이 말했다.

"당신이 좋은 사람이라면 어떻게 그런 중요인사가 됐을까?" 월리 선장이 말했다.

"이분은 정부의 거물급 인사란 말이오." 다른 남자가 말했다.

"어이없어서. 아니, 글쎄 그런 사람이 여기 키웨스트엔 무슨 볼일이냐고?" 월리 선장이 말했다.

"여긴 쉬러 오신 거요. 이분은 앞으로 총독이 되실……." 비서가 설명했다.

"그만하게, 윌리스. 이제 그만 우릴 저 배로 데려가주지?" 프레더릭 해리슨이 웃는 얼굴로 말했다. 이런 상황이면 늘 써먹는 미소였다.

"싫소, 선생."

"잘 들어, 팔푼이 어부. 난 당신 피눈물 흘리게 만들 수도 있어."

"그러든가."

"내가 누군지 모르는군."

"내겐 아무 의미도 없는 헛소리로 들리는데."

"저 남자 밀주업자야, 그치?"

"그래요?"

"한몫 챙기겠지."

"글쎄요."

"저 사람 범법자야."

"저 사람도 가정이 있어요. 식구들이랑 먹고살아야 할 거 아니오. 정부 일을 해주고 주당 6달러 50센트로 먹고사는 키웨스트의 사람들을 대체 왜 못 잡아먹어 안달이오?"

"저 사람 다쳤어. 말썽에 휘말렸다는 뜻이지."

"그거야 모르죠, 재미로 자기 몸을 쐈을지."

"그만 비꼬고 저 배 쪽으로 건너가시오. 저 남자를 체포하고 배도 압류해야겠어."

"어디로 데려갈 건데요?"

"키웨스트."

"당신 경찰관이오?"

"이분이 누군지는 내가 말했잖아요." 비서가 말했다.

"알았소." 윌리 선장이 말했다.

그는 타륜의 손잡이를 세게 밀어 배를 돌렸다. 해협 가장자리에 너무 바짝 붙는 바람에 프로펠러가 부연 진흙 회오리를 일으켰다. 그는 통통통 소리를 내며 맹그로브 숲에 정박한 보트를 향해 해협을 내려갔다.

"배에 총 있소?" 프레더릭 해리슨이 윌리 선장에게 물었다.

"없습니다, 선생."

플란넬 바지의 두 남자는 이제 일어서서 술 배를 바라보고 있었다.

"이게 낚시보다 더 재미있지 않습니까, 박사님?" 비서가 말했다.

"낚시란 거 다 쓸데없어. 돛새치를 잡는다 쳐. 그게 뭐? 먹을 수도 없는 거. 이런 게 진짜 짜릿한 거지. 처음부터 구미가 당겼어. 저 남자 저렇게 다쳤으니 도망치지도 못할 거야. 지금 바다가 험하니까. 이제 우리는 저자의 배도 알고." 프레더릭 해리슨이 말했다.

"박사님은 저런 놈쯤 한 손으로 해치우실 겁니다." 비서가 알랑거렸다.

"게다가 무장도 안 했어."

"총 없는 남자는 아무것도 아니죠."

"에드거 후버*, 그자의 인기는 거품이 너무 심해. 목줄을 충분히 풀어줬으니 그자의 숨통을 조일 때도 됐지. 배를 옆에 붙이시오." 그는 윌리 선장에게 말했다.

선장은 갈고랑이를 밖으로 내던졌고 보트는 물살에 움직였다.

"어이, 머리 숙이고 있어." 윌리 선장이 술 배에 소리쳤다.

"무슨 소리 하는 거야?" 해리슨이 으르렁댔다.

"입 다무쇼." 그렇게 말하고는 윌리 선장은 술 배에 대고 다시 소리쳤다. "어이, 시내로 들어가서 편히 있어. 배는 신경 쓰지 말고. 어차피 배는 압류될 거야. 짐을 버리고 시내로 들어가게. 내가 워싱턴의 끄나풀을 배에 태웠지 뭐야. 본인 말로는 자기가 대통령보다 더

---

* 1924년 29세의 나이로 FBI 국장에 취임한 존 에드거 후버(John Edgar Hoover)로 추정된다. 갱 소탕, 제2차 세계대전 중에는 나치 스파이 소탕, 대전 후 냉전기에는 소련 스파이를 검거했다. 1972년 죽을 때까지 국장으로 재직하면서 절대적인 권한을 휘둘렀다.

중요한 자리에 있대. 이자가 자네를 체포하려고 해. 자네가 밀주업 자라나 뭐라나. 배 번호도 적었어. 난 자네를 본 적도 없고 자네가 누군지 모른다고 할 거야. 자네가 누군지 알아보지 못했다고."

두 배는 물살에 멀어졌다. 윌리 선장은 계속 소리쳤다.

"난 자네를 어디서 봤는지 모르는 거야. 여기로 돌아오는 길도 모르고."

"예." 술 배에서 외침이 나왔다.

"난 어두워질 때까지 이 높은 양반을 모시고 낚시나 할게."

"예."

"이 사람은 낚시를 아주 좋아해." 윌리 선장은 거의 갈라지는 목소리로 소리쳤다. "근데 이 개새끼가 물고기는 못 먹는 거라고 씨불이잖아."

"고마워요, 형님." 해리의 목소리가 들려왔다.

"저치가 당신 동생이야?" 프레더릭 해리슨이 물었다. 그는 얼굴이 시뻘겋게 달아올라 있었지만 궁금증을 이기지는 못했다.

"아뇨, 선생. 배 위에선 다들 서로를 형제로 불러요."

"키웨스트로 가지." 프레더릭 해리슨이 말했다. 하지만 이제 그의 목소리에는 확신이 없었다.

"아뇨, 선생. 신사 양반들이 제 배를 하루 전세 내셨잖소. 돈 받은 값은 해야지요. 선생은 나를 반편이라고 했지만 말이오. 내 하루 꽉 꽉 채워서 모시리다."

"키웨스트로 데려다 줘." 해리슨이 말했다.

"그러죠, 선생. 나중에. 근데 잘 들어요. 돛새치는 킹피시 못지않게 맛이 일품이오. 예전에 아바나 시장의 리오스에게 팔면 1파운드당 10센트는 받곤 했었지."

"아, 닥쳐."

"난 선생이 정부 관리니 이런 것에 관심이 있을 줄 알았지. 우리가 먹는 것들의 가격을 엉망으로 만드는 게 당신들이 하는 일 아니었나? 아니오? 가격이 더 오르도록 만들잖아. 옥수수 가루는 더 비싸게 하고 불평은 억누르고."

"아, 닥쳐." 해리슨이 말했다.

제8장

술 배 안에서는 해리가 마지막 자루를 밖으로 던졌다.

"생선 칼 좀 줘." 그는 검둥이에게 말했다.

"없어졌어."

해리는 기동기를 눌러 두 엔진을 가동했다. 두 번째 엔진은 대공황이 닥쳐 낚싯배 벌이가 신통치 않게 되자 술 운반에 다시 손을 대면서 설치한 것이었다. 그는 왼손으로 손도끼를 집어 비트*에 묶인 닻줄을 끊었다. 가라앉을 거야. 그들이 와서 갈고리로 짐을 건져 실어 갈 테지. 이제 배를 몰고 개리슨바이트**로 가야겠어. 배를 가져갈 테면 가져가라지. 의사한테 가봐야 해. 팔과 배를 모두 잃긴 싫어. 싣고 온 술은 이 배만큼이나 비싼 건데 깨져서 멀쩡한 게 별로 없을 거야. 조금만 깨져도 냄새는 많이 날 수 있지만.

그는 좌현 쪽 쇠고랑이를 배 안에 던져 넣고 맹그로브 숲에서 떨어져 나와 배를 조수 방향으로 돌렸다. 엔진이 순조롭게 작동했다. 이제 윌리 선장의 배는 보카그란데 섬*** 쪽으로 족히 3킬로미터는

---

*   계류 줄이나 케이블 등을 묶기 위해 갑판 위에 쌍으로 설치한 기둥.

**   키웨스트의 보트와 요트 계류장.

***   플로리다 남서부에 위치한 섬마을.

멀어져 있었다. 이젠 조수의 높이가 그리 높지 않으니 만 안으로 들어갈 수 있을 거야.

해리는 우현 쇠고랑이도 안으로 넣었다. 그가 스로틀을 밀어 올리자 엔진이 부르릉 살아났다. 뱃머리가 솟아오르고 초록빛 맹그로브 나무들이 배 옆을 휙휙 스치면서 나무뿌리 쪽 물이 배 안으로 빨려 들어왔다. 배를 압류당하고 싶지 않았다. 팔도 고치고 싶었다. 6개월간 거리낌 없이 들락거린 마리엘에서 총질을 당할 줄 어떻게 알았겠나? 그게 쿠바 인들이다. 누군가 누구한테 줄 돈을 주지 않아서 우리가 총을 맞은 것이다. 그래, 그게 쿠바 인들이지.

"어이, 웨슬리." 그는 그렇게 말하며 검둥이가 담요를 덮고 누워 있는 콕핏 안을 돌아보았다. "좀 어때?"

"아이고, 아주 죽겠어."

"의사 양반이 상처를 들쑤시면 아예 숨넘어가겠구나."

"당신은 인간도 아니야. 도대체 인정머리가 없어."

윌리 영감은 좋은 사람이라고 해리는 생각했다. 윌리 영감처럼 좋은 사람도 있는 거야. 기다리는 것보단 들어가는 게 좋겠어. 기다리는 건 바보짓이야. 너무 어지럽고 아파서 판단력을 잃어버렸어.

앞쪽으로 하얀 라콘차호텔과 무선 송수신 탑들, 마을의 집들이 보였다. 트럼보 부두에 정박한 카페리들도 보였다. 트럼보 부두는 그가 개리슨바이트를 향해 올라갈 때 거쳐 가는 곳이었다. 그는 생각했다. 윌리 영감 참, 영감이 그놈들에게 한 방 제대로 먹였어. 그

독수리 같은 놈들은 대체 누굴까? 지금 기분이 엉망인 것도 당연해. 진짜 어지럽다. 들어오길 잘했어. 기다리지 않길 잘한 거야.

"해리 씨, 물건 던지는 거 도와주지 못해 미안해." 검둥이가 말했다.

"쳇, 도대체 검둥이들은 총에 맞으면 아무짝에도 쓸모가 없어. 너도 어쩔 수 없는 검둥이인 거야, 웨슬리."

부릉거리는 모터 위, 철썩이는 높은 물살을 가르며 나아가는 배 위에서, 그는 가슴을 울리는 이상하고 공허한 흥얼거림을 느꼈다. 항해를 마치고 집에 돌아갈 때면 늘 찾아오는 느낌이었다. 그는 생각했다. 팔을 고칠 수 있으면 좋겠는데. 이 팔로 할 일이 많아.

제3부

겨울

Winter

제9장
앨버트의 이야기

우리가 프레디의 가게에 모여 있을 때 키가 크고 호리호리한 변호사가 들어와 말했다.

"후안 어딨어?"

"아직 돌아오지 않았소." 누군가 말했다.

"돌아온 거 알고 있어. 나 그 사람 만나야 해."

"그러시겠지. 후안에게 내부 정보를 흘려서 그를 죄인으로 만들어놓고 이제는 그의 변호도 맡으시겠다 이거로군. 그자의 행방은 왜 여기서 묻나? 그자는 당신 손아귀 안에 있잖아?" 해리가 말했다.

"나불대기는. 그 사람과 볼일이 있어." 변호사가 말했다.

"다른 데 가서 알아보쇼. 여긴 없어."

"그 사람과 볼일이 있다니까 그러네."

"당신이랑 볼일 있는 사람이 누가 있나? 당신처럼 재수 옴 붙은 작자랑."

그때 긴 잿빛 머리카락이 뒷깃을 덮은 어느 노인이 들어와 맥주 4분의 1 파인트를 주문했다. 고무 제품을 파는 영감이었다. 프레디가 영감에게 술을 따라주자 영감은 코르크 마개로 병 주둥이를 막은 뒤 그것을 들고 비척비척 거리로 다시 나갔다.

"팔은 어떻게 된 거야?" 변호사가 해리에게 물었다.

해리는 소매 단을 어깨까지 걷어 올리고 있었다.

"생긴 게 마음에 안 들어 잘라버렸수."

"당신이랑 누가 잘랐지?"

"나랑 의사 양반이 잘랐어." 해리가 말했다. 그는 이제까지 쭉 술독에 빠져 지내다가 슬슬 적응하는 중이었다. "나는 붙들고 의사 양반이 잘랐어. 누군가의 손아귀에서 놀아난 대가로 몸이 잘려야 한다면 말이야, 당신은 손이고 발이고 남는 게 하나도 없을 거야."

"무슨 일이 있었기에 팔까지 자르게 된 거야?"

"작작 좀 해."

"지금 내가 묻잖아. 무슨 일이 있었는지, 당신은 어디 있었는지?"

"사람 괴롭히려거든 딴 데 가서 알아봐. 내가 어디 있었는지, 무슨 일이 있었는지 다 알면서. 주둥이 닥치고 나 건드리지 마."

"난 당신과 얘기하고 싶은데."

"그럼 하든가."

"여기에서 말고, 뒤에서."

"당신이랑 말 섞기 싫어. 당신과 엮이면 좋을 게 없어. 재수가 없단 말이야."

"당신한테 뭘 좀 가져왔어. 좋은 거."

"좋아, 딱 한 번만 들어주지. 무슨 얘기야? 후안?"

"아니, 후안 얘기 아니야."

그들은 바 모서리 뒤편에 있는 칸막이 안으로 들어가 한참 동안 보이지 않았다. 그들이 자리를 비운 사이에 빅 루시의 딸이 늘 어울리는 같은 동네의 여자를 대동하고 들어왔다. 그들은 바에 앉아 코카콜라를 마셨다.

"이제부터 저녁 6시 이후로 밤엔 여자들은 외출도, 건물 출입도 하지 못할 거라고 하더군." 프레디가 빅 루시의 딸에게 말했다.

"그렇다고 하더군요."

"마을이 점점 개판이 되어가고 있어." 프레디가 말했다.

"개판 맞아요. 바깥에 나가서 샌드위치랑 코카콜라만 사도 잡혀가 벌금으로 15달러를 뜯기니까요."

"이젠 아주 사사건건 사람들을 못살게 굴어요. 즐기려는 사람이면 누구나, 명랑해 보이는 사람이면 누구나." 빅 루시의 딸이 말했다.

"이 마을은 좀 잠잠하다 싶으면 어느새 고약한 일이 생겨."

그때 해리와 변호사가 다시 나타났다.

"그럼 당신 거기로 갈 거지?" 변호사가 말했다.

"그들을 여기로 데려오지그래?"

"안 돼, 여기론 안 오겠대. 거기에서 보자고."

"알았어." 해리는 그렇게 말하고는 바로 갔고, 변호사는 밖으로 나갔다.

"뭐 마시나, 앨버트?" 그는 내게 물었다.

"바카디."

"여기 바카디 두 잔 줘요, 프레디." 그러고 나서 해리는 내게 고개를 돌려 말했다. "요새 뭐 하고 지내나, 앨버트?"

"구호금* 받고 일해."

"무슨 일?"

"하수구도 파고, 낡은 노면전차 철길도 고쳐."

"얼마나 받는데?"

"7달러 50센트."

"주당?"

"그럼 뭐겠어?"

"어쩐 일로 여기에서 술을 다 마셔?"

"그거야 당신이 날 불렀으니까 온 거 아냐."

그는 조금 내 쪽으로 다가왔다.

"출장 안 갈래?"

"무슨 일이냐에 따라 다르지."

"그 얘긴 이제 할 거야."

"좋아."

"나가서 차에 타. 잘 있어, 프레디."

그는 술을 마시고 나면 으레 그렇듯 숨을 조금 몰아쉬었다. 나는

---

* 대공황 당시 미 정부는 양산된 실업자들을 구제하기 위해 Work Relief Program 을 운영했다.

우리가 온종일 일해 파헤쳐놓은 길을 걸어 그의 차가 있는 모퉁이까지 갔다.

"타." 그가 말했다.

"어디 가는데?"

"몰라, 찾아봐야지."

우리는 차를 타고 화이트헤드 거리를 달렸다. 그는 아무 말 없이 거리 어귀에서 왼편으로 꺾었다. 우리는 마을 북부를 가로질러 화이트 거리에 접어든 뒤 해변으로 빠져나갔다. 해리는 내내 말이 없었다. 우리는 모래사장 길로 들어가 쭉 달린 뒤 가로수 길로 접어들었다. 가로수 길을 빠져나온 뒤 차를 인도 쪽에 붙여 세웠다.

"모르는 사람들이 내 배를 전세 내 여행을 가고 싶대." 그가 말했다.

"당신 배는 세관에서 압류했잖아."

"그들은 몰라."

"어떤 여행인데?"

"어떤 사람을 데려다 달래. 어떤 일로 쿠바에 가야 하는데 비행기나 배로는 못 간다는군. 비립스가 그랬어."

"그거 하려는 건가?"

"맞아, 혁명이 터진 뒤로 늘 이래. 괜찮은 건수 같아. 많은 사람이 그런 식으로 건너가거든."

"배는 어떡하려고?"

"몰래 가져와야지. 그들이 배를 손보지 않았을 테니 그냥 출발할
순 없어."

"배를 잠수함 기지에서 어떻게 빼내려고?"

"빼낼 수 있어."

"어떻게 돌아올 거야?"

"궁리 중이야. 가기 싫으면 싫다고 얘기해."

"돈 안 되는 일이면 난 빠질래."

"이봐, 당신 주당 7달러 50센트 벌잖아. 점심 굶고 학교 다니는
아이가 셋이고. 당신한테는 굶주린 식구들이 딸렸고, 난 당신한테
돈 벌 기회를 주는 거야."

"돈이 얼만지는 말 안 했잖아. 위험한 일인데 그만 한 대가는 받
아야지."

"요샌 아무리 위험한 일도 큰돈 못 벌어, 앨버트. 나 좀 봐. 한때는
한 철 내내 사람들을 데리고 낚시 다니면서 하루에 35달러씩 벌었
어. 그런데 이젠 총에 맞고 한 팔과 배까지 잃었지, 배 값에 맞먹는
값비싼 술을 나르다가. 하지만 말이야, 내 아이들은 배를 곯는 일은
없을 거야. 난 애들을 먹여 살리지도 못하는 푼돈이나 받자고 하수
구 파는 일 따윈 하지 않을 거니까. 어차피 이젠 땅을 파지도 못하
지만. 누가 법을 만들었는지 모르지만 굶주려야 한다는 법은 없어."

"나도 임금에 반발하는 파업에 가담했었어."

"결국 일에 복귀했잖아. 사람들은 당신들이 구호 정책에 반대해

파업하는 거라고 하더군. 하지만 당신이 언제 논 적 있었어? 누구한테도 구호금 달라고 한 적 없었잖아."

"도무지 일감이 있어야 말이지. 어디에도 먹고살 길이 없어."

"왜?"

"모르겠어."

"그건 나도 몰라. 하지만 내 식솔들은 남들이 먹고사는 한 먹고살 거야. 놈들 속셈이 뭐냐면, 당신네 콩크를 여기서 쫓아내고 움막을 불태운 뒤 아파트를 지어 관광 촌을 만들려는 거야. 나는 그렇게 들었어. 놈들이 땅을 사들이고 있대. 가난한 사람들이 굶주리다 못해 다른 데로 떠나 더 굶주리게 될 때쯤 놈들이 들어와 관광객을 위한 명승지를 만들 거라는군."

"과격분자처럼 말하네."

"나 과격분자 아니야. 화가 난 것뿐이지. 오래전부터 화가 났어."

"팔을 잃은 것도 한몫했겠지."

"팔은 개뿔. 팔 하나 잃으면 잃는 거지 뭐. 팔 하나 잃는 것보다 더한 일도 있어. 사람한테는 팔이든 뭐든 두 개씩 있지만, 팔이든 뭐든 하나만 있어도 남자는 남자야. 개뿔 같은 소리. 그 얘긴 하고 싶지 않아." 잠시 뒤 그가 말을 이었다. "그래도 아직 그거는 두 개야."

그러고는 그는 시동을 걸고 말했다.

"이제 이 친구들을 보러 가자고."

우리는 바람을 맞으며 가로수 길을 달렸다. 차가 몇 대 지나갔고 만조 때 파도에 밀려 제방을 넘어와 시멘트 바닥에 눌어붙은 죽은 해초의 냄새가 났다. 해리는 왼팔로 운전했다. 나는 해리를 늘 좋아했었고 예전엔 여러 번 같이 배를 탔지만 이제 해리는 예전의 그가 아니었다. 한 팔을 잃은 데다 워싱턴에서 온 작자가 그의 배에서 술짐 내리는 걸 보았다고 진술하는 바람에 세관에 배를 압류당했다. 그 뒤 그는 변해버렸다. 배에 있을 땐 늘 유쾌했는데 배를 빼앗기고 나서는 상심이 컸다. 그는 배를 훔쳐낼 구실이 생겨 기쁜 모양이었다. 배를 계속 가지고 있을 수 없다는 걸 알면서도 잠시만이라도 배를 가지고 돈을 벌 요량인 것 같았다. 나는 돈이 몹시 궁한 처지였지만 그렇다고 곤경에 처하고 싶진 않았다. 나는 그에게 말했다.

"곤경에 처하기 싫어, 해리."

"지금보다 더 큰 곤경이 어디 있어? 젠장, 굶는 것보다 더 큰 곤경이 있냐고?"

"나 안 굶어. 젠장, 왜 만날 굶는 타령이야?"

"당신은 안 굶어도 당신 자식들은 굶잖아."

"그쯤 해둬. 당신이랑 일은 하겠지만 그런 식으로 말하지 마."

"알았어, 하지만 일을 할 건지 말 건지 확실히 해. 이 마을엔 일할 사람이 넘치니까."

"할게, 한다니까 그러네."

"그럼 기운 내."

"당신이나 기운 내. 여기서 과격분자처럼 말하는 건 당신뿐이야."

"에이, 기운 내라니까. 도대체 당신들 콩크는 당최 패기가 없어."

"당신은 언제부터 콩크가 아니었나?"

"배불리 먹게 된 뒤로."

이제 작정하고 막말하는군. 그는 어릴 때부터 아무도 동정하지 않았다. 자기 자신마저도 동정하지 않았다.

"알았어." 나는 그에게 말했다.

"열 내지 말라고."

우리 앞에 그곳의 불빛들이 보였다.

"여기서 그들을 만나기로 했어. 당신은 입 꾹 다물고 있어."

"당신이나 잘해."

"어이, 열 내지 마라니까."

해리가 그렇게 말했을 때 우리는 도로에 접어들어 집 뒤편으로 갔다. 그는 악당인 데다 입도 거칠었지만 나는 늘 그를 좋아했다. 우리는 집 뒤편에 차를 세운 뒤 부엌으로 들어갔다. 주인장의 아내가 스토브 앞에서 요리하고 있었다.

"안녕, 프레다. 비립스 어디 있어요?" 해리가 그녀에게 말했다.

"저 안에 있어요, 해리. 안녕, 앨버트."

"안녕하세요, 리처즈 부인." 나는 말했다.

이 여자가 정글타운*에 있을 때부터 나는 이 여자와 안면이 있었

---

* 키웨스트의 집창촌.

다. 마을에서 가장 근면한 유부녀들 중에는 한때 몸을 팔던 여자가 두셋 있는데 이 여자도 그 부류였다.

"모두 안녕하지요?" 그녀가 내게 물었다.

"모두 잘 지내요."

우리는 부엌을 지나 뒷방으로 들어갔다. 거기에 변호사 비립스와 쿠바 인 넷이 탁자에 앉아 있었다.

"앉으시오." 그들 중 한 명이 영어로 말했다. 그는 육중한 체구에 거칠어 보였다. 얼굴이 컸고 목구멍에서는 굵은 목소리가 흘러나왔다. 이미 거나하게 취한 기색이 역력했다. "이름이 뭐요?"

"당신은?" 해리가 말했다.

"됐소, 좋을 대로 하쇼. 배는 어디 있소?"

"요트 계류장에."

"이치는 누구요?" 그 쿠바 인은 나를 쳐다보며 그에게 물었다.

"내 동료." 해리가 말했다.

그 쿠바 인은 나를 훑어보았고 다른 쿠바 인들은 우리 둘을 훑어 보았다.

"배고파 보이는데." 그 쿠바 인은 그렇게 말하고는 웃음을 터뜨렸다. 다른 사람들은 웃지 않았다. "한잔할래요?"

"그러지." 해리가 말했다.

"뭐로? 바카디?"

"당신 마시는 걸로."

"당신 동료도 술 마시나?"

"나도 한 잔 줘요." 내가 말했다.

"당신에게 물은 사람 없어. 당신이 술을 마시는지 물었을 뿐이야." 덩치 큰 쿠바 인이 말했다.

"아, 그만해, 로베르토. 왜 사사건건 심술을 부리는 거야?" 다른 쿠바 인이 나섰다. 그는 아이 티를 갓 벗은 청년이었다.

"심술을 부리다니 무슨 소리야? 그냥 저치가 술을 마시는지 물은 건데. 넌 누굴 고용할 때 술을 마시는지 안 묻냐?"

"저치에게도 한 잔 줘. 이제 일 얘기 하자." 그 젊은 쿠바 인이 말했다.

"배를 빌려주는 대가는?" 로베르토라 불리는 굵은 목소리의 쿠바 인이 해리에게 물었다.

"그거야 당신들이 배로 무얼 하느냐에 달렸지." 해리가 말했다.

"우리 넷이 그 배로 쿠바에 갈 거야."

"쿠바 어디?"

"카바냐스. 카바냐스 근처. 마리엘 아래쪽 해변. 어딘지 알지?"

"물론, 거기로 데려다 주면 돼?"

"그거면 돼. 우릴 거기로 데려가서 뭍에 내려주쇼."

"300달러."

"너무 많아. 그날 우리가 당신 배를 빌리고 추후 2주 동안 전세를 낸다면?"

"일당 40달러. 배에 무슨 일이 생길 경우를 대비해 보증금으로 1500달러 거죠. 더 설명해야 하나?"

"아니."

"연료와 기름값도 당신들이 내요."

"우릴 거기로 데려가 뭍에 내려주면 200달러 주지."

"안 돼."

"얼마를 원해?"

"말했잖아."

"그건 너무 많아."

"아니, 천만에. 난 당신들이 누군지 몰라. 당신들이 무슨 일을 하는지도 모르고. 누가 당신들한테 총질할지 알 게 뭐야? 난 겨울에 멕시코 만을 두 번 건넜어. 어쨌거나 나는 내 배를 걸어야 하잖아. 당신들을 데려다 주는 비용으로 200달러 내고, 배가 망가질 경우를 대비해 보증금 1000달러 걸어요."

"후하군. 아주 후한 거요." 비립스가 그들에게 말했다.

쿠바 인들은 에스파냐 어로 얘기하기 시작했다. 나는 알아듣지 못했지만 해리는 알아들을 수 있었다.

"좋아, 언제 시작할 수 있지?" 덩치 큰 사내 로베르토가 말했다.

"내일 밤 아무 때나."

"내일 밤까지는 출발하지 않을 것 같은데." 그들 중 한 명이 말했다.

"상관없소. 늦지 않게만 알려줘요." 해리가 말했다.

"당신 배 상태는 괜찮소?"

"물론."

"멋진 배던데요." 어린 친구가 말했다.

"어디서 봤지?"

"시먼스 씨가, 여기 이 변호사님이 그 배를 보여줬어요."

"아하."

"한잔하쇼. 쿠바에 많이 가봤소?" 다른 쿠바 인이 말했다.

"몇 번."

"에스파냐 어 해요?"

"배운 적 없소."

나는 변호사 비립스가 해리를 쳐다보는 걸 보았다. 비립스는 워낙 간사한 자라 사람들이 사실대로 말하지 않을 때면 늘 좋아죽었다. 해리에게 이 건에 대해 얘기하러 왔을 때도 똑바로 말하지 않고 후안 로드리게스를 보러 온 양 행세했을 정도다. 후안은 그를 변호하려는 비립스의 꼬임에 넘어가 자기 어머니를 등치려다 기소된 불쌍하고 한심한 에스파냐 놈이었다.

"시먼스 씨는 에스파냐 어 잘하던데." 그 쿠바 인이 말했다.

"교육받은 사람이니까."

"항해할 수 있겠소?"

"갈 수도 있고 올 수도 있어."

"당신 어부요?"

"그렇소만."

"한 팔로 어떻게 고기를 잡지?" 얼굴이 큰 남자가 물었다.

"두 배로 더 빨리 잡으면 되지. 나한테 확인하고 싶은 거 또 있
소?" 해리가 말했다.

"아니."

모두 에스파냐 어로 얘기했다.

"그럼 난 가볼게." 해리가 말했다.

"배 얘긴 나중에 해줄게." 비립스가 해리에게 말했다.

"착수금 좀 줘."

"그건 내일 처리하자고."

"그럼, 잘 있어요." 해리가 그들에게 말했다.

"잘 가요." 말씨가 상냥한 청년이 말했다.

얼굴이 큰 남자는 아무 말도 하지 않았다. 얼굴이 인디언처럼 생
긴 다른 둘은 얼굴이 큰 남자한테 에스파냐 어로만 얘기할 뿐 줄곧
입을 다물고 있었다.

"나중에 보자고." 비립스가 말했다.

"어디서?"

"프레디 가게에서."

우리는 다시 부엌을 통해 바깥으로 나갔다. 나갈 때 프레다가 말
했다.

"마리는 잘 지내죠, 해리?"

"이제 괜찮아요. 좀 안정됐어요."

우리는 문밖으로 나가서 차에 탔다. 그는 가로수 길 쪽으로 차를 몰면서 아무 말도 하지 않았다. 생각에 잠겨 있었다.

"집에 내려줄까?"

"응."

"지금은 외곽의 국도 옆에 살지?"

"응, 항해는 어떡할 거야?"

"모르겠어, 갈 수나 있을는지. 내일 봐."

그는 나를 집 앞에 내려주었다. 나는 집으로 들어갔다. 내가 문을 열기 전에 마누라가 먼저 열더니 싸돌아다니면서 술이나 마시고 저녁 식사에도 늦었다고 잔소리를 해댔다. 돈이 없는데 어떻게 술을 마시느냐고 내가 물었더니 마누라는 내가 외상을 졌을 거라고 했다. 구호금으로 연명하는 나한테 누가 외상을 주겠느냐고 했더니 마누라는 술 냄새 나는 입 저리 치우고 식탁에나 앉으라고 했다. 나는 식탁에 앉았다. 아이들은 모두 야구 하러 나가고 없었다. 마누라는 저녁을 가져다주고는 말도 붙이지 않았다.

제10장
· 해리의 이야기

위험한 도박을 하고 싶진 않지만 내게 다른 대안이 있을까? 그들은
나한테 아무런 대안도 허락하지 않는다. 아예 안 하면 그만이지만
그다음엔 또 어쩔 것인가? 내가 자청한 일은 아니지만 해야 한다
면 해야 하는 것이다. 앨버트는 데려가서는 안 될 것 같다. 그는 어
리숙하지만 솔직하고 배 위에선 쓸 만한 데다 쉽사리 겁을 먹지도
않는다. 하지만 그를 데려가야 할지 모르겠다. 그렇다고 주정뱅이
나 검둥이를 데려갈 수는 없는 노릇이다. 믿음직한 사람을 데려가
야 한다. 성공하면 앨버트에게 한몫 챙겨줄 생각이다. 그렇다고 그
에게 곧이곧대로 말할 순 없다. 그랬다가는 배에 타지 않으려 할 테
고, 그렇게 되면 다른 사람을 구해야 할 테니까. 그럴 바에야 차라
리 혼자 하는 게 더 나을 것이다. 뭐든 혼자 하는 편이 더 좋지만 이
젠 혼자 할 자신이 없다. 혼자 하는 편이 훨씬 더 좋은데 말이다. 앨
버트는 아무것도 모르는 편이 더 나을 것 같다. 문제는 비립스다.
비립스는 모든 걸 훤히 꿰고 있을 것이다. 하지만 그들도 그 점은
생각했을 테고 그것에 대비할 것이다. 그런데 그들이 무슨 짓을 할
지 모를 만큼 비립스가 그리 어리숙하던가? 글쎄. 물론 그들이 하
려는 게 그게 아닐 수도 있다. 그런 짓은 하지 않을 수도 있다. 하

지만 그들이 그걸 할 거라고 보는 게 타당하다. 게다가 내 귀로 직접 그 말을 들었다. 만약 그들이 그 짓을 한다면 거기가 문을 닫았을 때 해야 할 것이다. 아니면 마이애미에서 해안경비대 수상기가 뜰 테니까. 지금 6시인데 날이 저물어 어둡다. 비행기는 한 시간 내로 거기까지 내려가지 못한다. 일단 캄캄해지면 그들은 무사할 것이다. 그들을 태워줄 거라면 어떻게든 배 문제를 해결해야 한다. 배를 빼내는 건 어렵지 않지만 오늘 밤 빼낸다면 배가 없어진 게 들통이 나 사람들이 찾아낼지 모른다. 아무튼 한바탕 난리가 날 것이다. 하지만 배를 빼낼 기회는 오늘 밤뿐이다. 조류를 타고 배를 빼낸 뒤 숨길 수 있을 것이다. 배에 손볼 부분이 있거나 그들이 배에서 뭐든 떼어냈다면 단번에 알 수 있을 것이다. 연료와 물도 채워야 한다. 오늘 밤은 눈코 뜰 새 없이 바쁘겠어. 내가 배를 숨겨놓고 있는 동안 앨버트가 그들을 쾌속정에 태워 데려와야 할 거야. 월턴의 배가 어떨까? 그 배를 빌릴 수 있을 거야. 아니면 비립스를 시켜 빌리든가. 그게 낫겠어. 비립스라면 오늘 밤 내가 배를 빼내게 도와줄 수 있을 거야. 이 일에는 비립스가 제격이야. 그자들이 비립스를 간파했을 게 불 보듯 뻔하거든. 비립스가 어떤 인간인지 간파하고 남았겠지. 나와 앨버트도 간파했을 거고. 그들 중에 뱃사람처럼 생긴 놈이 있었던가? 뱃사람 같은 놈이 있었던가? 어디 보자. 어쩌면, 그 상냥한 친구가 어쩌면. 그 친구, 그 젊은 친구가 그럴 수도 있겠어. 그렇다면 대비해야 해. 그자들이 처음부터 앨버트나 나를 빼고 갈

꿍꿍이면 안 되거든. 조만간 그자들은 우리를 어떻게 처리할지 결정할 거야. 하지만 멕시코 만에서 시간을 벌 수 있어. 게다가 나는 항상 머리를 굴리잖아. 항상 머리를 잘 써야 해. 실수하면 안 돼. 실수는 안 돼. 단 한 번도. 당장 궁리해야 할 것들이 있어. 할 일도 있고 궁리해야 할 일도 있어. 젠장, 무슨 일이 벌어질지, 어떤 난리굿이 펼쳐질지 그만 좀 궁금해하란 말이야. 그들이 판을 짰으니까, 나는 거기 뛰어든 거니까, 기회는 있으니까, 다 같이 지옥에 떨어지는 걸 멀뚱히 지켜보는 것보단 낫잖아. 내겐 밥벌이할 배가 없어. 비립스. 그자는 자기가 어떤 일에 휘말렸는지 모르고 있어. 어떤 상황이 펼쳐질지 꿈에도 모를걸. 그자가 한시라도 빨리 프레디 가게에 나타났으면 좋겠는데. 오늘 밤 할 일이 많아. 뭐라도 먹어두는 게 좋겠어.

제11장

비립스는 9시 30분이 되어서야 나타났다. 술이 들어가자 우쭐하다 못해 아주 거들먹거리는 꼴이 리처즈의 집에서 두둑이 뜯어낸 게 분명했다.

"어이, 거물 양반." 그가 해리에게 말했다.

"당신이야말로 나한테 거물 행세할 생각 마." 해리가 그에게 말했다.

"당신한테 할 말 있어, 거물 양반."

"어디서? 뒤편 당신 사무실에서?"

"응, 거기 뒤편에서. 거기에 누가 있어, 프레디?"

"없어, 그 법이 생긴 뒤로는. 6시 금지법이 얼마나 갈 것 같아?"

"당신이 나를 고용해서 손써보는 건 어때?"

"아예 지옥에 취직시켜주지." 프레디가 그에게 말했다.

두 사람은 칸막이와 빈 병이 담긴 상자들 뒤편으로 갔다.

천장에는 켜진 전등이 하나뿐이었다. 해리는 모든 칸막이를 일일이 살펴보았다. 하나같이 어두컴컴하고 아무도 없었다.

"아무도 없어." 해리가 말했다.

"그들이 내일 오후 느지막이 가겠대." 비립스가 그에게 말했다.

"그자들 뭘 하려는 건데?"

"당신 에스파냐 어 하잖아."

"그들에게 그걸 말한 건 아니겠지?"

"아니, 내가 당신 친구인 거 알면서."

"당신은 당신 엄마도 꼰지를 인간이야."

"시끄러워. 털어놓을 테니 듣기나 해."

"언제부터 이렇게 거칠어지셨나?"

"이봐, 난 그 돈이 필요해. 여길 떠야 한단 말이야. 이제 여긴 끝났어. 당신도 알잖아, 해리?"

"그걸 누가 모르나?"

"그들이 납치극을 벌여 혁명의 돈줄을 댄다는 거 당신도 알 거야."

"알아."

"이번 건도 마찬가지야. 대의를 위해 하려는 거야."

"그래, 하지만 그게 여기라는 게 문제지. 여기는 당신이 태어난 곳이야. 그리고 모두 여기서 일한다는 거 알잖아."

"아무 일도 없을 거야, 아무한테도."

"그런 놈들과 하는 건데도?"

"당신은 배짱이 있는 줄 알았는데."

"배짱 있어. 내 배짱은 걱정하지 마. 하지만 난 계속 여기서 먹고 살 거야."

"난 아니야." 비립스가 말했다.

맙소사. 해리는 속으로 그 말을 되뇌었다.

"난 여기 뜰 거야." 비립스가 말했다. "배는 언제 꺼낼 거야?"

"오늘 밤."

"거들어줄 사람은?"

"당신."

"배를 어디에 둘 건데?"

"내가 항상 두는 데."

배를 꺼내는 건 전혀 어렵지 않았다. 해리가 예상한 대로 아주 간단했다. 야간 경비원은 순찰을 돌고는 내내 낡은 해군 공창工廠의 바깥쪽 대문을 지켰다. 그들은 노 젓는 보트를 타고 계류장 안으로 들어갔다. 마침 썰물이라 계류 줄을 풀자 그의 배는 보트에 이끌려 바깥으로 끌려 나왔다. 해리는 계류장 밖 해협으로 나와 표류하는 배 위에서 모터를 점검했다. 그들은 배전기만 끊었을 뿐 달리 손댄 데는 없었다. 연료는 150갤런 가까이 들어 있었다. 그들이 연료를 전혀 빼내지 않은 터라 지난번 그가 바다를 건널 때 쓰고 남은 그대로였다. 당시 그는 연료를 가득 채웠고 바다가 거칠어 아주 천천히 항해했기 때문에 거의 소비하지 않았다.

"우리 집 연료 탱크에 연료가 좀 있어. 필요하면 내가 병에 담아 가져올 수도 있고, 앨버트도 더 가져올 수 있을 거야. 배는 그 길과

만나는 만에 세워둘게. 그들은 차를 타고 나오면 돼." 해리가 비립
스에게 말했다.

"그들이 원하는 접선 장소는 포터독*이야."

"내가 어떻게 이 배를 가지고 거기에 있겠어?"

"안 되지. 하지만 그들은 차를 타려고 하지 않을 거야."

"오늘 밤은 배를 거기 두고 연료도 가득 채우고 손 좀 보고 나서
배를 옮기자. 당신이 쾌속정을 한 대 빌려서 그들을 데리고 나오든
가. 이제 나는 배를 거기에 세워둘게. 할 일이 많아. 당신은 보트를
타고 들어갔다가 차를 가지고 그 다리로 나를 데리러 와. 두 시간
쯤 뒤에 거기 길가에 나가 있을 테니까. 배를 세워두고 그 길로 나
갈게."

"데리러 갈게." 비립스는 해리에게 말했다.

배는 모터가 죽어 있었기 때문에 물속에서 조용히 움직였다. 해
리는 그의 범선을 돌린 뒤 보트를 범선의 정박등이 비추는 쪽으로
바짝 끌어당겼다. 그러고는 쇠고랑이를 바깥으로 던진 다음 비립
스가 보트에 타는 동안 보트를 붙잡아주었다.

"두 시간 뒤에." 해리가 말했다.

"알았어." 비립스가 말했다.

해리는 타륜 앞의 의자에 앉았다. 어둠 속을 천천히 움직여 부두

---

* 키웨스트의 서쪽 듀발 거리 끝에 있었던 낡은 목재 항구.

어귀의 불빛들로부터 유유히 멀어져가며 생각했다. 비립스가 돈 때문에 뭔가 일을 꾸미고 있어. 대체 얼마나 거머쥘 속셈일까? 대체 그놈들은 어떻게 낚은 건지 궁금해. 한때 앞길이 창창한 총명한 청년이 있었지. 그자도 좋은 변호사였어. 하지만 그자의 입에서 그런 말을 들었을 땐 정말 등골이 오싹했어. 그자는 송곳니를 자기 몸에 들이댄 거야. 인간이 무얼 어떻게 물어뜯는지를 보면 참 이상해. 그자가 자기 몸을 물어뜯겠다는 말을 했을 땐 정말 등골이 오싹했어.

제12장

그는 집에 들어가서 전등도 켜지 않고 복도에서 신발을 벗고는 긴 양말 차림으로 계단을 올라갔다. 옷을 벗은 뒤 아내가 깨기 전에 속옷 바람으로 침대에 들어갔다. 어둠 속에서 아내가 말했다.

"해리?"

"더 자, 마누라."

"해리, 무슨 일 있어?"

"출장 갈 거야."

"누구랑?"

"혼자. 아니, 어쩌면 앨버트랑."

"누구 배로?"

"우리 배 다시 가져왔어."

"언제?"

"오늘 밤에."

"그러다 감옥 갈 거야, 해리."

"내가 배를 가진 거 아무도 몰라."

"배 어디 있는데?"

"숨겨놨어."

그는 침대에 가만히 누워 그의 얼굴에 닿는 아내의 입술을 느꼈다. 아내의 입술은 그를 찾았고 아내의 손이 그에게 닿았다. 그는 돌아누워 아내에게 바짝 붙었다.

"하고 싶어?" 아내가 말했다.

"응, 지금."

"나 자고 있었어. 우리 자면서 하곤 했던 거 기억나?"

"있잖아, 내 팔 거슬리지 않아? 이상하면 안 해도 돼."

"바보 양반, 좋기만 하구먼. 내가 좋아하는 건 당신이란 말이야. 거기 그쪽으로, 거기 따라서. 계속해. 진짜 좋아."

"내 팔 바다거북의 지느러미발 같아."

"당신은 바다거북 아니야. 그런데 걔들은 정말 사흘 동안 한대? 사흘 동안 사랑한대?"

"응. 저기, 조용히 좀 해. 딸내미들 깨겠어."

"남들은 내가 뭘 가졌는지 몰라. 내가 뭘 가졌는지 절대 모를걸. 아, 해리, 그거야. 아, 여보."

"잠깐."

"싫어, 계속해. 그거야, 거기. 자기 검둥이 계집이랑 한 적 있어?"

"물론."

"어땠어?"

"수염상어 같던데."

"아 우스워. 해리, 당신 안 갔으면 좋겠어. 아무 데도 안 갔으면 좋겠어. 누구랑 할 때가 제일 좋았어?"

"당신."

"거짓말. 당신은 만날 나한테 거짓말해. 거기, 거기, 거기."

"아니야, 당신이 최고야."

"난 늙었어."

"당신은 절대 안 늙어."

"이미 그렇게 됐는걸."

"멋진 여자에겐 아무 차이 없어."

"어서 해, 지금 해. 몽땅한 팔은 거기 두고. 거기서 잠깐, 잠깐, 잠깐만, 잠깐만."

"우리 너무 시끄러워."

"속삭이는데 뭐."

"나 동트기 전에 나가야 해."

"좀 자, 내가 깨워줄게. 이번에 돌아오면 우리끼리 시간 보내자. 즐겨 다니던 마이애미 호텔에도 가고, 예전처럼. 우리 둘 다 간 적 없는 곳이나, 뉴올리언스 어때?"

"그럴까? 마리, 나 이제 잘래."

"뉴올리언스 가는 거지?"

"그러든가. 이제 좀 자야겠어."

"잘 자, 금쪽같은 우리 여보. 내가 깨워줄 테니 걱정하지 말고."

그는 베개 위에 잘린 팔 끝을 펼친 채 잠이 들었고 그녀는 누워

서 그를 오랫동안 바라보았다. 창문으로 들어온 거리의 불빛에 그의 얼굴이 보였다. 그녀는 생각했다. 난 참 복이 많아. 우리 딸들, 저 애들은 무얼 얻게 될지 아직 모르지만, 나는 내가 무엇을 얻었는지, 무엇을 가졌는지 알잖아. 난 복받은 여자야. 이이는 말하는 게 바다거북 같아. 다리가 아니라 팔이라서 정말 다행이야. 만약 다리를 잃었다면 나는 이이를 싫어하게 되었을 거야. 어쩌다가 팔을 잃었을까? 그런데 이상하게 그게 거슬리지가 않아. 이이에 관한 건 뭐든 거슬리는 게 없어. 난 복받은 여자야. 이런 남자 또 없어. 겪어보지 않은 사람들은 절대 몰라, 난 많이 겪어봤지만. 이이가 내 남자라니 난 복받은 여자야. 여보, 어떻게 생각해? 그 거북이들도 우리랑 같은 기분일까? 걔들도 항상 이런 기분일까? 아니면 수컷이 암컷의 속을 썩일까? 쓸데없는 생각을 다 하네. 이이 좀 봐. 아기처럼 잘도 자네. 이이를 깨우려면 깨어 있는 게 좋겠어. 아유, 이런 몸을 가진 남자라면 난 밤새도록 할 수 있어. 하고 싶어, 잠 안 자고. 절대, 절대, 절대 안 자고. 안 자, 절대, 절대, 절대. 생각 좀 해보자. 이 나이의 나를. 난 안 늙었어. 나 아직 괜찮다고 이이가 그랬잖아. 마흔다섯이면 늙은 거 아냐. 이이보다 두 살 더 많지. 이이 잠든 것 좀 봐. 아이처럼 잠든 것 좀 봐.

　동트기 두 시간 전, 그들은 밖의 연료 탱크로 가서 병에 연료를 채우고는 코르크 마개로 막아 차 뒤편에 실었다. 해리는 끈으로 갈고리를 묶은 오른팔로 쉽사리 버들고리 병을 들어 옮겼다.

"아침 안 먹어?"

"돌아와서 먹을게."

"커피도 안 마시고?"

"끓였어?"

"응, 아까 나올 때 올려뒀어."

"가져와."

그녀는 커피를 가져왔다. 그는 컴컴한 차 안의 운전대 앞에 앉아서 커피를 마셨다. 그녀는 곧 컵을 받아서 차고 선반에 올려놓았다.

"내가 따라가서 병 옮기는 거 도와줄게." 그녀는 말했다.

"그래."

그녀는 그의 옆에 탔다. 커다란 체구에 긴 다리, 큼직한 손, 아직은 풍만한 멋진 엉덩이를 가진 그녀는 염색한 금발 위로 모자를 눌러쓰고 있었다. 사방이 캄캄했고 아침 공기가 차가웠다. 그들은 국도를 벗어나 안개가 짙게 깔린 물가를 달렸다.

"무슨 걱정 있어, 해리?"

"모르겠어. 그냥 걱정돼. 자기 말이야, 머리 기르지그래?"

"나도 그럴까 생각했어. 딸들이 계속 졸랐거든."

"젠장, 애들이 그러든 말든. 자연스럽게 길러."

"정말 그랬으면 좋겠어?"

"응. 난 그게 더 좋아."

"그러기엔 나 너무 늙어 보이지 않아?"

"당신이 애들보다 더 예뻐."

"그럼 그렇게 할게. 당신이 원하면 더 밝은 금발로 할게."

"당신이 뭘 하든 딸들이 왜 이래라저래라야? 왜 애들 눈치를 봐?"

"애들이 어떤지 알잖아. 어린 여자애들은 다 그래. 당신 출장 잘 다녀오면 우리 뉴올리언스 가자, 응?"

"마이애미."

"마이애미도 좋고. 애들은 여기 두고 가자."

"우선 출장부터 다녀오고."

"걱정하지 마, 응?"

"응."

"거의 네 시간 동안 안 자고 누워서 당신 생각 했어."

"참 대단한 마누라네."

"난 당신 생각만 하면 흥분돼."

"이제 연료 채우자." 해리는 그녀에게 말했다.

제13장

아침 10시 프레디의 가게에서 해리는 네다섯 명과 함께 바에 기대
어 서 있었다. 방금 세관원 둘이 가게를 나갔다. 그들이 배에 관해
묻자 해리는 모르는 일이라고 잡아뗐다.

"어젯밤 어디 있었소?" 한 명이 물었다.

"여기랑 집에."

"여긴 언제까지 있었지?"

"문 닫을 때까지."

"누구 여기서 당신 본 사람 있소?"

"많죠." 프레디가 말했다.

"무슨 일이오? 내가 내 배를 훔쳤을까 봐? 내가 그걸 가지고 뭘
하겠소?" 해리는 그들에게 물었다.

"그냥 어디 있었냐고 물어본 거요. 성질내지 마쇼." 세관원이 말
했다.

"성질 안 내요. 술을 날랐다며 아무 근거 없이 내 배를 압류할 땐
성질이 났었지만."

"그건 제보가 있었소. 내가 제보한 건 아니지만. 누가 제보했는지
알잖아요."

"알았어요. 그냥 묻는 사람한테 내가 왜 성질을 부리겠소. 그러게 배를 단단히 묶어뒀어야지. 그랬다면 내가 배를 되찾을 기회가 있었을 거 아뇨. 배를 도난당했으니 이제 내게 무슨 기회가 있겠소?"

"없겠지, 아마도."

"그럼 가서 볼일 보쇼."

"그만 좀 뻐겨. 당신이 뻐길 만한 걸 손에 넣은 건 아닌지 알아보기 전에."

"15년 뒤에 알아보든지."

"당신이 뻐기고 다녔던 게 15년 전이지, 아마."

"맞아, 그리고 난 감옥에 간 적도 없어."

"그만 좀 뻐겨. 아니면 거기 가게 될 거야."

"열 내지 마쇼."

그때 택시를 모는 얼간이 쿠바 인이 고만고만한 어떤 놈을 데리고 들어왔다. 빅 로저가 그에게 말을 건넸다.

"헤이주즈, 아기 낳았다며."

"예." 헤이주즈가 아주 자랑스레 말했다.

"결혼은 언제 했어?"

"지난달. 지난달에요. 결혼식에 왔었어요?"

"아니, 난 결혼식엔 안 가."

"아깝네요. 끝내주게 멋진 결혼식이었는데. 무슨 일 때문에 안 왔어요?"

"당신이 날 초대 안 했잖아."

"아, 그랬구나. 깜빡했네. 내가 초대를 안 했어……. 원하는 거 샀어?" 헤이주즈가 모르는 놈에게 물었다.

"응, 그런 것 같아. 바카디 값은 잘 쳐준 거요?"

"그럼요, 손님, 진짜 카르타 데 오로*거든요."

"이봐, 헤이주즈, 그 애가 당신 애인지 어떻게 확신하지?" 로저가 그에게 물었다. "그 애는 당신 애가 아니야."

"내 애가 아니라니 무슨 뜻이오? 무슨 뜻이냐고? 세상에, 그런 말 하면 가만 안 돼, 진짜! 내 애가 아니라니? 암소를 샀는데 송아지를 못 얻는다는 거요? 그건 내 애야. 세상에, 맞아. 내 애라고. 내 씨란 말이야. 맞다고요!"

그는 모르는 놈과 함께 바카디 병을 가지고 나갔다. 빅 로저는 진짜 웃기는 인간이다. 헤이주즈는 진짜 별난 놈이고. 그놈도 그렇고 아까 그 쿠바 인도 그렇고, 호구들이다.

그때 변호사 비립스가 들어와 해리에게 말했다.

"방금 세관원들이 당신 배를 가지러 갔어."

해리는 그를 쳐다보았다. 그의 얼굴에 살기가 등등했다. 비립스는 같은 말투로 무덤덤하게 말을 이었다.

"누군가 높다란 공공사업부 트럭 위에서 맹그로브 숲 안에 있는

---

* 알코올 도수 40으로, 태운 오크 통에서 최대 2년간 숙성한 바카디.

배를 보고 보카치카의 부대 건설 현장에서 세관으로 전화했대. 방금 허먼 프레데리치를 만났는데 그가 말해줬어."

해리는 아무 말 하지 않았다. 얼굴에 살기가 등등했다. 그의 눈빛이 다시 정상으로 돌아왔다. 그는 비립스에게 말했다.

"전부 듣고 온 거야?"

"당신이 알고 싶어 할 것 같아서." 비립스는 여전히 무덤덤한 목소리로 말했다.

"내 알 바 아니야. 배를 잘 간수할 것이지, 그게 뭐람."

두 사람이 바에 기대어 서서 아무 말도 하지 않는 동안 빅 로저와 일행 두셋이 슬렁슬렁 밖으로 나갔다. 해리와 비립스는 가게 뒤편으로 갔다.

"당신은 재수가 없어. 당신이 손대는 건 죄다 재수가 없어." 해리가 말했다.

"트럭이 그걸 본 게 내 잘못이야? 거긴 당신이 골랐잖아. 당신 배도 당신이 숨겼잖아."

"닥쳐. 그들이 언제부터 그렇게 높은 트럭을 가지고 있었나? 그건 내가 정직하게 돈을 벌 마지막 기회였어. 배로 돈을 벌 마지막 기회였다고."

"그래서 일이 터지자마자 내가 알려주잖아."

"이 독수리 같은 작자."

"그만해. 그자들이 오늘 오후 늦게 가겠대."

"그렇겠지, 젠장."

"그자들 말이야, 무슨 일인지 초조해하고 있어."

"몇 시에 가겠다는 거야?"

"5시 정각."

"배는 내가 구할게. 내가 그놈들을 지옥으로 데려갈 거야."

"그거 괜찮은 생각이군."

"이제 당신은 주둥이 치워. 내 일에서 주둥이 치우라고."

"잘 들어, 이 게을러터진 살인자 자식아. 내가 널 도와주고 큰 건에 끼워준 거야……."

"당신 때문에 재수 옴 붙었으니까 입 다물어. 당신이랑 접촉한 사람은 죄다 재수 옴 붙는다니까."

"그만해, 이 악당 새끼야."

"열 내지 마. 나 생각 좀 하게. 이제까지 한 거라곤 빠져나갈 길을 찾아낸 것뿐인데 이젠 다른 길을 찾아야 해."

"내가 도와주면 어때?"

"12시 정각에 여기로 와, 배 전세 보증금 가지고."

그들이 나왔을 때 앨버트가 들어와서 해리에게 다가갔다.

"미안해, 앨버트. 당신은 쓰지 못하게 됐어." 해리가 말했다. 이미 거기까지 생각이 끝난 뒤였다.

"싸게 해줄게." 앨버트가 말했다.

"미안해. 당신이 필요 없게 됐어."

"나만큼 괜찮은 사람 못 구할걸?"

"나 혼자 할 거야."

"그런 몸으로 혼자 항해하면 안 돼."

"시끄러워. 당신이 뭘 안다고 그래? 구호단체에서 내가 하는 일도 가르쳐주었나?"

"지옥에나 가."

"진짜 그럴지도 몰라." 해리가 말했다. 머리를 열심히 굴리고 있으니 방해하지 말아달라는 기색이 역력했다.

"나도 가고 싶어."

"당신 못 쓴단 말이야. 나 좀 내버려둬, 응?"

앨버트는 밖으로 나갔고, 해리는 바에 서서 5센트 동전 슬롯머신과 10센트 동전 두 개짜리 슬롯머신, 25센트 동전 슬롯머신, 그리고 벽에 걸린 〈커스터의 마지막 저항〉* 그림을 생전 처음 보는 것처럼 쳐다보았다.

"헤이주즈가 아기에 관해 빅 로저에게 한 말 재미있지 않았나?" 프레디는 해리에게 말하며 비눗물이 담긴 양동이에 커피 잔을 몇 개 담갔다.

---

* 1876년 인디언 보호 구역에서 황금이 발견되어 이를 노리고 미군이 침입하자 이에 맞서 인디언 부족 연합군이 커스터 대령이 이끄는 미국의 7기병대를 몰살시킨 사건. 훗날 인디언 탄압이 본격적으로 이루어지게 된 정치적 빌미로 이용되었다.

"체스터필드 한 갑만 줘." 해리는 프레디에게 말했다. 그는 담뱃갑을 몽땅한 팔의 겨드랑이 밑에 끼고는 포장지 한쪽 귀퉁이를 뜯어냈다. 담배를 한 개비를 꺼내 입에 문 다음 담뱃갑을 주머니 속에 떨어뜨렸다. 그리고 담뱃불을 붙였다. "프레디, 당신 배 말이야, 상태 어때?"

"얼마 전에 가져왔어. 아주 씽씽해." 프레디가 대답했다.

"배 좀 빌릴 수 있을까?"

"무슨 일인데?"

"바다 건너게."

"배 값만큼 보증금을 걸어야 해."

"배 값이 얼만데?"

"1200달러."

"내가 빌릴게. 나 믿고 그냥 빌려주면 안 돼?"

"안 돼."

"집을 담보로 걸게."

"당신 집은 필요 없어. 1200달러 걸어."

"알았어."

"돈 가져와."

"비립스가 오면 나 기다리라고 전해줘." 해리는 그렇게 말하고는 밖으로 나갔다.

제14장

마리와 딸들은 집에서 점심을 먹고 있었다.

"안녕, 아빠. 아빠 왔다!" 큰딸이 말했다.

"먹을 것 좀 있어?" 해리가 물었다.

"스테이크 있어." 마리가 말했다.

"누가 아빠 배 훔쳐 갔대요, 아빠."

"배 찾았어." 해리가 말했다.

마리는 그를 쳐다보았다.

"누가 발견했는데?" 그녀가 물었다.

"세관."

"아, 해리." 그녀는 몹시 안타깝다는 듯 말했다.

"사람들이 배를 발견했으니까 더 잘된 거 아니에요, 아빠?" 둘째 딸이 물었다.

"먹을 땐 말하지 마라." 해리가 둘째 딸에게 말했다. "내 밥은 어디 있어? 왜 꾸물거려?"

"가져올게."

"나 급해. 너희는 다 먹으면 나가거라. 엄마랑 할 얘기 있어."

"오늘 오후 쇼 구경하러 갈 돈 있어요, 아빠?"

"수영하러 가지 그러니? 그건 공짜잖아."

"아, 아빠, 수영하러 가기엔 너무 추워요. 그리고 우리 쇼 구경하러 가고 싶단 말이에요."

"그래그래." 해리가 말했다. 딸들이 방을 나가자 그는 마리에게 말했다. "좀 잘라줄래?"

"그럴게, 여보."

그녀는 사내아이에게 해주듯 고기를 잘랐다.

"고마워. 나 우라지게 귀찮게 하지? 우리 딸들보다 더, 그치?"

"아냐, 여보."

"이상해, 우리한테 사내아이가 안 생겼다니."

"당신이 대장부라서 그래. 이런 경우엔 항상 딸들만 태어나거든."

"난 특별한 놈은 아니지만 말이야, 이번엔 특별한 항해를 하게 될 거야."

"배 얘기 좀 해봐."

"트럭에서 그걸 봤대, 어떤 높은 트럭에서."

"맙소사."

"'맙소사'가 다 뭐야, 아주 지랄 같지."

"아유, 해리, 집에선 그런 말 하지 마."

"당신은 가끔 침대에서 그보다 더한 말도 하잖아."

"그땐 다르지. 우리 집 식탁에서 지랄이라는 말은 듣고 싶지 않단 말이야."

"아, 지랄 같네 정말."

"아유, 여보, 기분 안 좋구나." 마리가 말했다.

"아냐, 생각 좀 하느라고."

"당신은 어떻게든 수를 낼 거야. 난 당신 믿어."

"나도 자신 있어. 내가 가진 게 그것밖에 더 있어?"

"무슨 일인지 나한테 말 안 해줄래?"

"안 돼, 무슨 얘기가 들려오든 당신은 걱정하지 마."

"걱정 안 해."

"마리, 위층 트랩도어에 가서 톰슨건 좀 가져다줘. 그리고 탄환이 든 나무 상자 안을 보고 탄창이 모두 장전됐는지도 확인하고."

"가져가지 마."

"가져가야 해."

"탄환 상자도 가져갈 거야?"

"아니, 난 탄창에 장전 못 해. 장전한 탄창 네 개만 가져갈 거야."

"여보, 설마 그런 여행 가려는 건 아니지?"

"험한 여행이 될 거야."

"아, 하느님. 아, 하느님. 당신이 이런 일 안 해도 되면 좋을 텐데."

"준비해서 이리 가져와. 커피도 가져오고."

"알았어." 그녀는 탁자 너머로 몸을 내밀어 그의 입에 키스했다.

"나 혼자 있을래. 생각 좀 해야겠어."

그는 탁자에 앉아 피아노와 찬장, 라디오, 〈9월의 아침〉* 그림, 활을 치켜든 큐피드 그림들, 반들반들한 진짜 오크 탁자와 의자, 바람에 나부끼는 커튼을 쳐다보며 생각했다. 내 집에서 행복을 누릴 기회가 다시 있을까? 어째서 난 출발점보다 더 못한 곳으로 돌아왔을까? 그냥 하지 않으면 모두 없던 일이 되겠지. 망할, 그렇게 될 거야. 이제껏 단돈 60달러도 집에서 들고 나간 적이 없었는데 이번엔 거금을 들고 나가게 생겼네. 망할 딸년들. 마누라와 내가 얻은 건 딸년들밖에 없구나. 마누라 배 속의 사내아이들은 나를 만나기 전에 모두 흘러간 걸까?

"여기." 마리는 총에 매달린 끈을 잡고 가져와 말했다. "탄창은 꽉 찼어."

"가야 해." 해리가 말했다. 그는 탄창이 빠진 묵직한 총을 들어 올렸다. 총은 기름칠이 된 캔버스 천 총집 안에 들어 있었다.

"이거 자동차 앞 좌석 밑에 둬."

"안녕."

"안녕, 마누라."

"걱정하지 않을게. 그래도 몸조심해."

"몸조심해."

"아, 해리." 마리는 해리를 꽉 끌어안았다.

---

* 프랑스 화가 폴 셰바스가 1912년에 그린 여성 누드화로, 보수 단체의 혹평을 받은 후 복제품이 인기를 끌었다.

"그만 봐. 시간 없어." 해리는 몽땅한 팔로 그녀의 등을 두드렸다.

"당신도, 당신의 바다거북 팔도. 아, 해리, 조심해."

"가야 해. 안녕, 마누라."

"안녕, 해리."

마리는 집 밖으로 나가는 그를 지켜보았다. 큰 키에 널찍한 어깨, 판판한 등, 좁은 엉덩이가 움직였다. 여전히 짐승 같구나. 느긋하면서도 민첩하고 여전히 팔팔해. 어쩜 저리 가볍고 유연할까? 해리가 차에 탈 때 그녀는 그의 금발을 보았다. 햇볕에 탄 머리카락, 동양인처럼 도드라진 광대뼈, 가느다란 눈, 콧등이 부러진 코, 큼지막한 입, 둥근 턱. 해리가 차에 타면서 마리를 향해 활짝 웃자 그녀는 울음을 터뜨렸다. 빌어먹을 그이 얼굴……. 빌어먹을 그이 얼굴만 보면 자꾸 울고 싶어져.

제15장

프레디의 가게. 바에 관광객 셋이 있었고 프레디는 그들을 접대하고 있었다. 한 명은 키가 몹시 크고 호리호리하며 어깨가 넓은 남자였는데 반바지 차림에 두꺼운 안경을 끼고 있었다. 가무잡잡한 피부에 모래 빛깔의 짧게 다듬은 작은 콧수염을 기르고 있었다. 일행인 여자는 남자처럼 짧게 자른 금발의 곱슬머리에 혈색이 나빴고 얼굴과 체형이 여자 레슬러 같았다. 그녀도 반바지 차림이었다.

"에이, 객쩍은 소리." 그녀가 세 번째 관광객에게 말했다.

세 번째 남자는 살이 찐 불그스름한 얼굴에 적갈색의 콧수염을 기르고 있었다. 초록색 챙이 달린 하얀 천 모자 차림이었는데 말할 때 뜨거운 걸 먹는 것처럼 입술이 특이하게 움직였다.

"신선한데요. 대화 중에 그런 표현은 처음 들어봐요. 그런 예스러운 표현은 지면에서만 보는 건 줄 알았는데. 음…… 이상한 신문에서만 보는 말인 줄 알았는데. 처음 듣는군요." 초록색 챙 모자의 남자가 말했다.

"객쩍은 소리, 객쩍은 소리, 곱절로 객쩍은 소리." 레슬러 여인은 갑자기 매력의 원천을 손에 넣고는 여드름투성이인 자기 얼굴에 대해 설명을 늘어놓았다.

"아름답네요. 아주 귀엽게 설명하는군요. 그 말 말이오, 브루클린 식 표현인가요?" 초록색 챙 모자의 남자가 말했다.

"이 여자는 신경 쓰지 마요. 내 아내예요. 두 사람 혹시 만난 적 있나?" 키가 큰 관광객이 말했다.

"참 나, 이이도 객쩍은 소리 하네. 만난 적이 있냐니, 곱절로 객쩍 은 소리. 처음 뵐게요, 안녕하시죠?" 그의 아내가 말했다.

"그럭저럭. 그쪽도 안녕하신가요?" 초록색 챙 모자의 남자가 말 했다.

"이 여잔 아주 신 나게 살죠, 보시다시피." 키 큰 남자가 말했다.

그때 해리가 들어왔고 키 큰 관광객의 아내가 말했다.

"저 남자 멋지지 않아요? 저거 갖고 싶어요. 저거 사줘요, 아빠."

"나랑 얘기 좀 할까?" 해리가 프레디에게 말했다.

"얼마든지요. 어서 해요, 무슨 말이든 다 괜찮아요." 키 큰 관광객 의 아내가 말했다.

"닥쳐, 이 창녀야. 뒤쪽으로 와, 프레디." 해리가 말했다.

뒤쪽에는 비립스가 탁자에 앉아 기다리고 있었다.

"안녕하쇼, 거물 양반." 그가 해리에게 말했다.

"시끄러워." 해리가 말했다.

"이봐, 그만둬. 그딴 식으로 하지 말라고. 내 가게 손님을 그딴 식 으로 모욕하지 말란 말이야. 점잖은 곳에서 숙녀를 창녀라고 부르지 말라고." 프레디가 말했다.

"창녀 맞잖아. 저 여자가 내게 한 말 못 들었어?" 해리가 말했다.

"참 나, 어쨌든 면전에 대고 그렇게 부르지 말란 말이야."

"알았어. 돈 가져왔어?"

"물론, 내가 왜 돈을 안 가져왔겠어? 돈 있다고 말 안 했던가?" 비립스가 말했다.

"보여줘."

비립스는 돈을 건네주었다. 해리는 100달러 지폐 열 장과 20달러 지폐 네 장을 셌다.

"1200달러여야 하잖아." 해리가 말했다.

"내 수수료 뗐어." 비립스가 말했다.

"이거 왜 이래?"

"뭐가."

"이봐."

"미련 떨지 마."

"한심하고 좀스러운 놈."

"그럼 넌 대범한 악당이냐? 완력으로 뺏을 생각 마. 어차피 나머지는 지금 가지고 있지도 않으니까."

"그래그래. 예상했어야 했는데. 이봐, 프레디. 당신은 날 오랫동안 알고 지냈잖아. 그 배의 값어치가 1200달러는 나간다는 거 알아. 지금 120달러 모자라는데 이거 받고 120달러는 모험하는 셈 치고 배 좀 빌려줘." 해리가 말했다.

"아니, 총 320달러 모자라." 프레디가 말했다. 모험을 감수하기엔 너무 버거운 액수였다. 잠시 프레디는 땀을 흘리며 고민했다.

"집에 자동차 한 대랑 라디오 있어. 그거면 충분할 거야."

"그거에 대한 서류는 내가 꾸며줄게." 비립스가 말했다.

"서류 필요 없어." 프레디가 말했다. 그는 땀을 흘리며 망설이는 투로 다시 말했다. "좋아, 모험하지 뭐. 하지만 제발 배 조심해서 다뤄. 알겠어, 해리?"

"내 배처럼 아낄게."

"당신은 배가 없잖아." 프레디는 여전히 땀을 흘리면서 말했다.

그것이 생각나자 고통은 강렬해졌다.

"배 조심할게."

"이 돈은 은행의 내 금고 안에 넣어둘게."

해리는 비립스를 쳐다보았다.

"거기 괜찮네." 비립스는 그렇게 말하며 씩 웃었다.

"바텐더." 앞쪽에서 누군가 외쳤다.

"당신 찾는군." 해리가 말했다.

"바텐더." 그 목소리가 다시 외쳤다.

프레디가 앞쪽으로 갔다.

"저 남자가 날 모욕했어요."

해리는 그 높은 언성을 들으며 계속 비립스와 얘기를 나누었다.

"나는 그 거리 앞의 부두에 대기하고 있을게. 반 구역도 안 돼."

"알았어."

"이제 됐어."

"알았어, 거물 양반."

"내게 거물 행세할 생각 마."

"받들어 모시지요."

"4시 정각에 거기 있을게."

"다른 건 없지?"

"그들이 나를 강제로 데려가는 거야, 알겠지? 나는 아무것도 몰라. 그저 엔진을 손보고 있었던 거야. 항해하려고 배에 오른 게 아니란 말이야. 낚싯배 장사를 하려고 프레디의 배를 빌린 거지. 그들이 총으로 나를 위협하고 배를 출발시키고 줄을 푼 거야."

"프레디는 어떡하지? 낚시나 가려고 배 빌린 거 아니잖아."

"프레디한테 말해야지."

"하지 않는 게 좋아."

"말할 거야."

"하지 않는 게 좋아."

"이봐, 난 전쟁 때부터 프레디랑 일해왔어. 같이 동업도 두 번 했는데 서로 얼굴 한 번 붉힌 적 없었어. 내가 프레디의 일을 얼마나 많이 봐줬는지 당신도 알 거야. 저 인간은 내가 이 마을에서 유일하게 믿는 개자식이란 말이야."

"난 아무도 안 믿어."

"왜 아니겠어? 그간 당신 스스로 한 짓을 생각하면 그럴 수가 없 겠지."

"그만 좀 해."

"알았어, 나가서 당신 친구들이나 만나봐. 당신은 어떻게 빠져나 갈 셈이야?"

"그놈들 쿠바 인들이잖아. 난 그들을 어느 변두리 술집에서 만난 걸로 할 거야. 그들 중 한 명이 보증 수표를 현금으로 바꾸려고 했 어. 허술한 점 있어?"

"당신은 아무것도 못 본 거고?"

"물론, 난 그들에게 은행 앞에서 만나자고 한 거야."

"누가 그들을 태워다 주지?"

"택시."

"운전사가 그들을 뭐라고 생각하겠냐? 바이올린 연주자?"

"운전사는 하나 구해야겠구나. 머리가 빈 놈으로. 이 마을에는 머 리 빈 놈들이 참 많아. 헤이주즈 좀 봐."

"헤이주즈는 똘똘해. 말을 좀 우습게 해서 그렇지."

"그놈들한테 멍청한 놈으로 하나 데려오라고 해야겠어."

"어린애 말고."

"어린애들 천지야. 어린애 아닌 택시 운전사 본 적 있어?"

"이 망할 쥐새끼가."

"그래도 난 사람은 안 죽였어."

"아무렴. 앞으로도 쭉 그렇게 사셔. 자, 이제 그만 나가지. 당신이랑 같이 있으면 기분이 영 더러워."

"당신이 더러운가 보지."

"당신 그자들 입막음할 수 있겠어?"

"당신이 입방정 떨지 않는다면."

"입방정은 당신이나 떨어."

"난 한잔해야겠어." 해리가 말했다.

가게 앞쪽에 그 관광객 셋이 높다란 스툴에 앉아 있었다. 해리가 바 쪽으로 다가가자 그 여자는 해리를 외면하며 혐오감을 드러냈다.

"뭐 마실래?" 프레디가 물었다.

"숙녀분이 마시는 걸로." 해리가 말했다.

"쿠바리버*야."

"그럼 위스키 스트레이트로 한 잔 줘."

짧은 콧수염을 기르고 두꺼운 안경을 쓴 키 큰 관광객이 콧날이 곧고 커다란 얼굴을 해리 쪽으로 기울여 말했다.

"어이, 무슨 생각으로 내 아내에게 그딴 소릴 지껄인 거야?"

---

* 럼주와 콜라에 라임 주스를 섞은 달콤한 칵테일.

해리는 그를 위아래로 훑어보고는 프레디에게 말했다.

"대체 가게를 어떻게 운영하는 거야?"

"무슨 소리야?" 키 큰 남자가 말했다.

"열 내지 마쇼." 해리가 그에게 말했다.

"그런다고 내가 봐줄 것 같나?"

"이봐요, 기운도 차리고 건강해지려고 여기까지 내려온 거 아닌가? 그럼 열 내지 마쇼." 그러고 나서 해리는 밖으로 나갔다.

"저 자식 패줄 걸 그랬나? 어떻게 생각해, 여보?" 키 큰 관광객이 말했다.

"내가 남자였으면 좋겠어." 그의 아내가 말했다.

"그런 덩치한테는 우회적인 방법을 쓰는 편이 좋아요." 초록색 챙 모자의 남자가 자기 맥주에 고개를 숙인 채 말했다.

"무슨 말이오, 그게?" 키 큰 남자가 물었다.

"차라리 그자의 이름과 주소를 알아내서 그자에 대한 댁의 의견을 편지로 써서 보내는 게 좋다는 뜻이오."

"댁 이름이 뭐요? 지금 뭐하는 거요? 농담하는 거요?"

"그냥 맥월시 교수라고 부르시오."

"내 이름은 로튼이오. 난 작가요."

"만나서 반갑소. 글 자주 쓰시오?"

키 큰 남자가 주변을 둘러보고는 말했다.

"그만 나가지, 여보. 여긴 모욕하는 인간들 아니면 정신 나간 인간들뿐이야."

"이상한 곳이에요. 정말 매혹적이기도 하고. 사람들은 여기를 미국의 지브롤터*라고 부릅니다. 위도상 이집트의 카이로에서 남쪽으로 600킬로미터 정도에 위치하죠. 시간을 내서 구경한 곳은 아직 여기밖에 없지만, 멋진 곳이에요." 맥월시 교수가 말했다.

"교수님 맞네. 난 댁이 마음에 들어요." 아내라는 여자가 말했다.

"나도 당신이 마음에 들어요. 하지만 그만 가봐야 해요." 맥월시 교수가 말했다. 그는 일어나 자기 자전거를 찾으러 밖으로 나갔다.

"여긴 제정신인 인간이 하나도 없나 봐. 우리 한 잔 더 마실까, 여보?" 키 큰 남자가 말했다.

"난 그 교수 마음에 들어. 다정하잖아." 그의 아내가 말했다.

"아까 그 남자는……."

"아, 그 남자 잘생겼더라. 타타르 인**과 닮았어. 그 남자가 날 모욕하지 않았다면 좋았을걸. 얼굴에서 칭기즈칸의 분위기가 흘렀어. 아유, 몸은 또 어쩜 그리 큰지."

"외팔이였어."

"그건 몰랐네. 우리 한 잔 더 할까? 다음엔 또 누가 들어올지 궁금한걸!"

---

* 예로부터 여러 민족이 차지하기 위해 쟁탈전을 벌였던, 이베리아 반도 남단의 영국 식민지.
** 몽골 제국이 발흥했을 당시 몽골 족과 튀르크 족을 포함한 중앙아시아의 사람들.

"티무르*라도 등장하려나?"

"어머나, 유식하기도 하지! 그래도 난 그 칭기즈칸 닮은 남자가 좋아. 그런데, 왜 그 교수는 내가 '객쩍다'라는 말을 했을 때 좋아했을까?"

"모르겠어, 여보. 내가 언제는 알았나 뭐."

"그 사람 말이야, 나를 있는 그대로 좋아하는 것 같았어. 음, 괜찮은 남자였어."

"다시 만나게 될지도 몰라."

"아무 때나 여기 오면 보게 될 겁니다. 여기서 살다시피 하거든요. 2주 전부터 여기서 시간을 보내고 있죠." 프레디가 말했다.

"몹시 무례하게 말하던 남자는 누구예요?"

"그 남자? 아, 여기 근처에 사는 친구요."

"무슨 일 해요?"

"이것저것 조금씩 해요. 어부예요."

"팔은 어쩌다가 잃게 된 거죠?"

"모르겠어요. 어쩌다가 다쳤나 보죠."

"아, 잘생긴 남자였어."

"그 친구에 대한 별별 말을 다 들었지만 그런 말은 또 처음이군."

"그 남자 정말 잘생긴 것 같지 않아요?"

---

* 옛 몽골 제국의 영토를 대부분 차지한 티무르 왕조의 시조. 절름발이였다.

"진정해요, 부인. 햄 같은 얼굴에 코는 부러진 남자예요."

"아유, 남자들은 뭘 모른다니까. 그 사람은 내가 꿈에 그리던 남자란 말이에요."

"그자는 악몽에나 어울리는 남자예요."

그때까지 그 작가라는 남자는 멍청한 표정으로 우두커니 앉아 있다가 아내를 사랑스럽다는 눈길로 쳐다보았다. 저렇게 생긴 여자를 아내로 둔 남자는 작가가 아니면 구빈원 직원밖에 없을 거라고 프레디는 생각했다. 세상에, 저리 형편없는 여자가 또 있을까?

그때 앨버트가 들어왔다.

"해리 어디 있어?"

"부두 아래에."

"고마워."

앨버트는 나갔고 작가와 그의 아내는 그대로 앉아 있었다. 프레디는 그대로 서서 배 걱정을 했다. 온종일 서 있었더니 다리가 아팠다. 시멘트 바닥에 깔개를 깔아두었지만 별 효과는 없었다. 그는 다리가 늘 아팠지만 낮은 고정비용으로 마을의 어느 누구보다 장사를 잘하고 있었다. 저 여자 정말 아둔하구먼. 무슨 남자가 데리고 살 마누라로 저런 여자를 골라? 두 눈 질끈 감고도 불가능해. 잠깐 빌리는 것조차 싫어. 그래도 그들은 칵테일을 마시고 있었다. 비싼 음료. 그건 마음에 들었다.

"예, 손님. 곧 갑니다." 프레디가 말했다.

가무잡잡한 얼굴에 모래 빛깔의 머리카락, 탄탄한 체구, 가로줄 무늬 셔츠와 카키색 반바지 차림의 남자가 얇은 흰 스웨터와 군청색 바지 차림에 머리가 검은 대단한 미인을 대동하고 들어왔다.

"이게 누구야? 리처드 고든과 사랑스러운 헬렌이로군." 로튼이 일어나며 말했다.

"안녕, 로튼. 근처에서 술 취한 교수 하나 못 봤어?" 리처드 고든이 말했다.

"방금 나갔는데요." 프레디가 말했다.

"베르무스* 한 잔 할래, 자기?" 리처드 고든이 아내에게 물었다.

"자기가 마시면." 그녀가 말했다. 그러고는 로튼 부부에게 안녕, 하고 인사한 뒤 말했다. "내 건 프랑스 제와 이탈리아 제를 2대 1 비율로 넣어줘요."

그녀는 스툴에 앉아 다리를 가지런히 모으고 거리를 내다보았다. 프레디는 감탄하는 눈길로 그녀를 쳐다보았다. 올해 겨울 키웨스트에 나타난 외지인 중 가장 아름다운 것 같았다. 아름답기로 유명한 브래들리 부인보다 더 예뻤다. 브래들리 부인은 좀 뚱뚱한 감이 있었다. 이 여자는 사랑스러운 아일랜드 인의 얼굴에 검은 곱슬머리가 어깨까지 늘어졌고 피부는 깨끗하고 매끄러웠다. 프레디는 유리잔을 쥔 그녀의 갈색 손을 쳐다보았다.

---

* 포도주에 향기로운 약초나 향료를 넣은 술.

"잘되어가나?" 로튼이 리처드 고든에게 물었다.

"잘되고 있지. 당신은?" 고든이 말했다.

"제임스는 일 안 해요. 그냥 술만 마시지." 로튼 부인이 말했다.

"저기, 맥윌시 교수란 자 누구야?" 로튼이 물었다.

"경제학과 교수인가 그런데, 안식년인가 그렇대. 헬렌의 친구야." 고든이 말했다.

"나 그 사람 좋아해." 헬렌이 말했다.

"나도 그 사람 좋더라." 로튼 부인이 말했다.

"내가 먼저 좋아했어요." 헬렌이 반색하며 말했다.

"아, 그럼 당신 가져요. 당신처럼 젊고 착한 여자들은 늘 원하는 걸 갖잖아요." 로튼 부인이 말했다.

"원하는 걸 가지니까 착한 거죠." 헬렌이 말했다.

"난 베르무스 한 잔 더 할래." 고든은 로튼 부부에게 물었다. "한 잔 어때요?"

"좋지. 저기, 내일 브래들리 부부가 파티를 여는데 갈 거야?" 로튼이 말했다.

"이이는 당연히 가겠죠." 헬렌이 말했다.

"난 그 여자 좋더라고. 여자로서도 사회적 현상으로서도 흥미로운 여자야." 리처드 고든이 말했다.

"어머나, 당신도 그 교수처럼 유식하게 말할 줄 아는군요." 로튼 부인이 말했다.

"무식한 티 좀 내지 마, 여보." 로튼이 말했다.

"사람들은 사회적 현상과 잠자리를 하나 봐?" 헬렌이 문밖을 바라보며 물었다.

"무슨 헛소리야?" 리처드 고든이 말했다.

"그것도 작가 수업의 일부야?" 헬렌이 물었다.

"작가라면 모든 걸 알아야 해. 경험을 부르주아의 기준에 맞춰 한정할 순 없어." 리처드 고든이 말했다.

"아, 그렇구나. 그럼 작가의 아내는 뭘 하는데?" 헬렌이 말했다.

"할 일이야 많죠. 방금 여기 있다가 나랑 제임스를 모욕한 남자 당신도 봤을 거예요. 끝내주는 남자였죠." 로튼 부인이 말했다.

"그 자식 패줬어야 했는데." 로튼이 말했다.

"진짜 끝내주는 남자였어." 로튼 부인이 말했다.

"난 집에 갈래. 안 갈래, 고든?" 헬렌이 말했다.

"조금만 더 시내에 있을게." 리처드 고든이 말했다.

"그럴래?" 헬렌은 프레디 뒤의 거울을 쳐다보며 말했다.

"응."

프레디는 그녀를 쳐다보았다. 그녀가 울음을 터뜨릴 것만 같아서 여기에선 울음이 터지지 않기를 바랄 뿐이었다.

"한 잔 더 안 할래?" 리처드 고든이 그녀에게 물었다.

"됐어." 그녀는 고개를 저었다.

"무슨 일 있어요? 재미없나 봐요?" 로튼 부인이 물었다.

"재미있어죽겠어요. 그래도 집에 갈래요." 헬렌이 말했다.

"일찍 들어갈게." 리처드 고든이 말했다.

"일부러 그럴 거 없어." 헬렌이 그에게 말했다.

그녀는 밖으로 나갔다. 그녀는 울지 않았고 존 맥월시를 만나지도 못했다.

제16장

부두 아래쪽. 해리 모건은 차를 몰고 그 보트가 정박된 곳으로 갔다. 주변에 아무도 없는 것을 확인한 뒤 차의 앞좌석을 들어 올렸다. 기름칠이 잔뜩 된 납작한 직물 총집을 꺼내 대형 모터보트의 콕핏 안에 떨어뜨렸다.

그는 콕핏 안에 들어가 엔진 해치를 열고 총집 안에 든 기관총을 눈에 띄지 않게 그 밑에 넣었다. 그러고는 연료 밸브를 열고 두 엔진을 가동했다. 이삼 분 뒤 우현 엔진은 매끄럽게 작동했지만 좌현 엔진은 두 번째와 네 번째 실린더가 먹통이었다. 그는 플러그가 끊어진 것을 발견하고 새 플러그를 찾아봤지만 없었다.

플러그를 구하고 연료도 채워야겠어, 하고 그는 생각했다.

그는 아래 엔진을 이용해 기관총의 총집을 열고 개머리판을 총에 끼웠다. 그리고 팬 벨트 두 개와 나사못 네 개를 찾아냈다. 팬 벨트에 길쭉한 구멍을 내 콕핏 바닥 아래쪽에 총을 걸어둘 임시 걸이를 만들었다. 해치 왼쪽 좌현 엔진 바로 위였다. 총은 그곳에 쉽게 자리를 잡았다. 그는 총집 안에 든 탄창 네 개 중 하나를 꺼내 총에 끼우고 두 엔진 사이에 엎드려 총을 향해 손을 뻗었다. 동작은 두 번으로 충분했다. 먼저 총의 노리쇠 바로 뒤에 감긴 팬 벨트 끈을 풀고 나서 총을 당겨 다른 고리에서 벗기면 끝이었다. 연습해보니 한 손으로 쉽게 할 수 있었다. 그는 작은 레버를 밀어 반자동에서 자동 모드로 바꾸었다. 안전장치가 걸렸는지 확인한 뒤 총을 다시 걸어두었다. 여분의 탄창을 둘 데가 마땅하지 않아서 총집을 연료 탱크 밑에 넣고 탄창의 끝이 손에 닿도록 해두었다. 출발한 뒤에 한 번쯤 먼저 이리로 내려올 수 있다면 두 개 정도 주머니에 더 넣을 수 있을 것 같았다. 몸에 지니지 않는 게 더 좋겠지만 언제 어디서 무슨 사고가 터질지 알 수가 없었다.

그는 일어섰다. 온화하고 청명한 오후였다. 춥지도 않았고 가벼운 북풍이 불어 상쾌했다. 화창한 오후, 썰물로 물이 빠지는 중이었다. 넓은 해협 끄트머리의 말뚝 위에 펠리컨 두 마리가 앉아 있었다. 암녹색의 낚싯배 한 대가 통통거리며 수산 시장을 향해 지나갔는데 검둥이 어부가 선미 쪽에서 타륜의 손잡이를 잡고 앉아 있었다. 해리는 바다 저편을 바라보았다. 오후의 태양 아래 회청색 바닷물이 바람과 조류에도 잔잔하게 모래섬까지 쭉 펼쳐졌다. 그 모래섬은 상어 캠프*가 있던 곳에 수로가 준설되면서 만들어진 것이었다. 섬 위로 하얀 갈매기들이 날아다녔다. 예쁜 밤이 되어라, 하고 해리는 생각했다. 건너기 좋게 얌전한 밤이 되어라.

엔진 옆에 있으려니까 땀이 조금 나서 그는 허리를 펴고 걸레로

---

* 여름 동안 아이들이 상어에 관해 배우고 다양한 체험을 하는 해양 캠프.

얼굴을 닦았다. 갑판에 앨버트가 나타났다.

"이봐, 해리, 나 좀 데려가줘." 그가 말했다.

"왜 이래, 진짜?"

"이제 구호 일감을 일주일에 사흘만 주겠대. 오늘 아침에 들었어. 일거리가 필요해."

"알았어." 그는 다시 생각에 잠겼다가 말했다. "그렇게 해."

"잘됐다. 집에 가서 마누라 볼 면목이 없었는데. 내가 구호금을 줄인 것처럼 오늘 점심때 마누라가 어찌나 바가지를 긁어대던지 말이야."

"당신 마누라 대체 왜 그래? 두들겨 패주지 그랬어?" 해리가 쾌활하게 물었다.

"당신이 한번 패봐. 마누라가 뭐라고 할지 궁금하네. 우리 마누라는 말이 안 통하는 여자야."

"이봐, 앨버트, 이거 갖고 내 차로 마린 철물점에 가서 이거랑 똑같은 메트릭 플러그 여섯 개 사 와. 20센트어치 얼음이랑 숭어도 대여섯 마리 구해 오고. 캔 커피 두 개, 콘비프 캔 네 개, 빵 두 덩이, 설탕 조금, 분유 캔 두 개도. 싱클레어네 들러서 이리 내려와 기름 150갤런만 채워달라고 해. 최대한 빨리 돌아와서 좌현 엔진 2번과 4번 플러그 갈아. 플라이휠 쪽에서 거꾸로 세야 해. 연료 값은 내가 가서 준다고 하고. 기다리든지 프레디 가게에서 날 찾든지 하라고. 다 기억할 수 있지? 내일 손님들 태우고 청어 낚시 나갈 거야."

"청어 낚시를 나가기엔 너무 춥잖아."

"손님들은 안 춥대."

"숭어 열 마리는 있어야 하지 않아?" 앨버트가 물었다. "갈까귀 가 뜯어 먹을 경우를 대비해서. 지금 거기 해협에 갈까귀가 많아."

"그럼 열 마리 가져와. 하지만 한 시간 내로 돌아와서 연료 가득 채워놔야 해."

"연료는 왜 그리 많이 채우는데?"

"일찍 출항해서 늦게까지 항해하게 되면 보충할 시간이 없을지 도 몰라."

"태워달라던 그 쿠바 인들은 어떻게 됐어?"

"더는 연락 없어."

"괜찮은 건수였는데."

"이 건도 괜찮아. 자, 어서 가."

"나 얼마나 줄 거야?"

"일당 5달러. 내키지 않으면 하지 마."

"할래. 어느 쪽 플러그라고?"

"플라이휠 쪽에서 거꾸로 두 번째와 네 번째." 해리가 말했다.

앨버트는 고개를 끄덕였다.

"기억할 수 있을 거야." 앨버트는 차에 타고 방향을 돌려 거리를 올라갔다.

해리가 서 있는 보트 안에서 벽돌과 석재로 된 건물과 '퍼스트 스테이트 트러스트 앤드 세이빙스 은행'의 정문이 보였다. 그곳은 거리 끝에서 불과 한 구역 아래에 있었다. 측면 출입구는 보이지 않았다. 그는 손목시계를 쳐다보았다. 2시가 조금 넘은 시각이었다. 그는 엔진 해치를 닫은 뒤 갑판으로 올라갔다. 성공이든 실패든 이제 결판이 나겠군. 내가 할 수 있는 건 다 했어. 올라가서 프레디를 만난 뒤 돌아와서 기다려야겠어. 그는 갑판에서 내려와 오른쪽으로 방향을 튼 뒤 은행 앞을 지나가지 않으려고 뒷길을 걸어갔다.

제17장

프레디의 가게에서 해리는 프레디에게 모든 걸 털어놓고 싶었지만 그럴 수 없었다. 술집 안에는 아무도 없었다. 그는 스툴에 앉았다. 말하고 싶은데 도무지 입이 떨어지지 않았다. 말하기로 결심했을 땐 프레디가 알면 절대 용납하지 않을 거라는 생각이 들었다. 예전 같으면, 그래, 허락했겠지만 이젠 아니야. 예전이었어도 허락 안 했을지도 모르지만. 프레디에게 털어놓을 생각을 하고 나서야 해리는 이것이 얼마나 심각한 일인지를 절감했다. 그냥 여기 죽치고 있으면 아무 일 안 생기겠지. 그냥 여기 죽치고 앉아 술이나 몇 잔 들이켜고 얼큰하게 취하면 나는 그 일과 상관없게 될 거야. 그 배 안에 내 총이 있다는 것만 빼면. 하지만 마누라 외엔 그게 내 거라는 걸 아무도 몰라. 물건을 나르던 시절에 쿠바에서 구한 거니까. 그게 내 거라는 건 아무도 모를 거야. 그냥 여기 죽치고 있으면 그 일에서 빠지게 될 거야. 하지만 그럼 우라질 뭘 먹고 살아? 마리와 딸들을 무슨 돈으로 먹여 살려? 난 배도 돈도 배운 것도 없는데. 외팔이 남자가 할 수 있는 일이 뭐냔 말이야? 가진 거라곤 뒷거래할 배짱밖엔 없는데. 그래도 그냥 여기 죽치고 앉아 술이나 대여섯 잔 들이켜면 모두 끝날 거야. 그땐 너무 늦을 테지. 그냥 손 놓고 앉아 아무것도 하지 않아도 돼.

"한 잔 줘." 그는 프레디에게 말했다.

"그래."

집을 팔고 셋집을 얻어 버티다 보면 일감이 생길지도 몰라. 아니, 무슨 일감? 일감은 없어. 지금 은행으로 내려가서 고해바치면 나한 테 뭐 안 떨어지려나? '고맙습니다.' '천만에요.' '고맙습니다.' 쿠바 정부의 개자식들은 굳이 그럴 필요가 없는데도 나한테 총질해서 내 팔을 앗아갔고 미국 놈들은 내 배를 가져갔어. 이젠 나더러 가정 도 포기하고 달랑 고맙다는 인사만 받으라는 건가? 고맙지만 됐어. 개소리, 하고 그는 생각했다. 다른 길은 없어.

그는 프레디에게 털어놓고 싶었다. 그러면 누군가는 그가 하려 는 일을 알게 될 테니 말이다. 하지만 프레디는 그걸 용납하지 않 을 테니 그에겐 말할 수 없었다. 현재 프레디는 돈벌이를 잘하고 있 었다. 낮에는 손님이 별로 없었지만 밤에는 새벽 2시까지 가게 안 이 꽉꽉 찼다. 프레디는 궁지에 몰려 있지 않았다. 그러니 이 일을 용납할 리 없었다. 그 빌어먹을 불쌍한 앨버트 놈이랑 단둘이 할 수 밖에. 어휴, 아까 부두 아래에서 그 인간 더없이 배고파 보였어. 쫄 쫄 굶다가 결국 도둑질을 하게 되는 콩크들이 있지. 이 마을엔 지금 도 배를 곯는 인간들이 널렸는데 옴짝도 하지 않아. 그저 날마다 조 금씩 굶고 살지. 태어날 때부터 굶주리기 시작한 이들도 있어, 일 부는.

"저기, 프레디, 술 2쿼트*만 줘." 해리가 말했다.

"뭐로?"

"바카디."

"그러지."

"코르크 마개로 막아줄래? 내가 당신 배 빌려서 쿠바 인 몇 명 태우려고 했던 거 기억할 거야."

"당신이 그렇게 말했잖아."

"그런데 그들이 언제 올지 모르겠어. 오늘 밤에 올지. 들은 바가 없어서."

"배는 언제든 내줄게. 오늘 밤은 무난하게 바다를 건널 수 있을 거야."

"그들이 오늘 오후에 낚시 가겠다는 얘기는 했었어."

"배에 낚시 도구 있어. 펠리컨이 훔쳐 가지 않았다면."

"아직 있던데."

"잘 다녀와."

"고마워. 한 잔 더 줘."

"뭐로?"

"위스키."

"당신은 바카디 마시는 줄 알았는데."

---

* 액체의 양을 재는 단위로 4분의 1갤런, 2파인트에 해당하며 미국에서는 약 0.94리터, 영국에서는 1.13리터에 해당한다.

"바다 건널 때 추우면 마시려고."

"이런 산들바람에는 후진만 해도 충분히 건너. 오늘 밤엔 나도 건너고 싶을 정도야." 프레디가 말했다.

그때 그 키 큰 관광객과 그의 아내가 들어왔다.

"꿈에 그리던 남자가 마침 있네." 그녀는 그렇게 말하고는 해리 옆의 스툴에 앉았다.

해리는 그녀를 한 번 쳐다보고는 일어섰다.

"다시 올게, 프레디. 그치들이 낚시하러 가겠다고 할지 모르니 배에 내려가 있어야겠어."

"가지 마. 가지 마요." 작가의 아내가 말했다.

"재미있는 여자로군." 해리는 그렇게 말하고는 밖으로 나갔다.

거리 아래쪽에 리처드 고든이 브래들리 부부의 거대한 겨울 별장으로 가고 있었다. 브래들리 부인이 혼자 있기를 바라면서. 혼자 있을 공산이 컸다. 브래들리 부인은 책뿐 아니라 작가도 수집하고 있었지만 리처드 고든은 그것을 아직 모르고 있었다. 그의 아내는 해변을 따라 집을 향해 걷고 있었는데 존 맥월시와는 마주치지 못했다. 어쩌면 그 사람이 집에 들를지도 몰랐다.

제18장

앨버트가 배 위에 있었다. 배에 연료는 가득했다.

"시동 걸고 두 실린더가 어떻게 돌아가는지 볼게. 물건은 잘 챙겼지?" 해리가 말했다.

"응."

"그럼 미끼를 좀 잘라봐."

"큼직하게 자를까?"

"응, 청어용으로."

앨버트는 선미에서 미끼를 잘랐고 해리는 타륜 앞에서 모터를 예열했다. 모터 하나가 역화하는 듯한 소음이 들렸다. 해리가 거리 아래쪽을 쳐다보았을 때 남자 하나가 은행에서 나오는 게 보였다. 그는 손에 총 한 자루를 들고 달려오다가 시야에서 사라졌다. 또 다른 남자 둘이 손에 가죽 서류 가방과 총을 든 채 밖으로 나와 같은 방향으로 달렸다. 해리는 앨버트를 쳐다보았다. 앨버트는 미끼를 자르느라 바빴다. 그리고 네 번째 남자, 그 덩치 큰 자가 톰슨건을 앞으로 들고 경계하며 은행 문밖으로 나왔다. 그자가 뒷걸음질로 문에서 멀어질 때 은행의 경보음이 숨 막히는 긴 비명을 내질렀다. 그의 총구가 출렁, 출렁, 출렁, 출렁 춤추면서 작고 공허한 경보음의

흐느낌 속에서 탕탕탕탕 하는 소리가 들렸다. 남자는 돌아서서 뛰다가 멈추더니 은행 뒷문을 향해 한 발 더 발사했다. 앨버트가 선미에서 일어서서 말했다.

"세상에, 저놈들 은행을 털고 있잖아. 맙소사, 우리 어쩌지?"

해리는 포드 택시가 곁길에서 나오는 소리를 들었다. 얼마 뒤 택시가 질주해 부두로 내려오는 것이 보였다. 쿠바 인들이 뒷자리에 셋, 운전석 옆에 하나가 타고 있었다.

"그 배 어디 있어?" 한 명이 에스파냐 어로 소리쳤다.

"저기 있잖아, 이 멍청아." 다른 한 명이 말했다.

"저건 그 배가 아니잖아."

"그 선장이야."

"빨리 움직여. 빨리 움직이라고, 젠장."

"내려. 두 손 들고." 그 쿠바 인이 운전사에게 말했다.

그는 운전사를 차 옆에 세우고는 단도를 운전사의 벨트 안쪽에 넣고 앞으로 당겨 벨트와 함께 바지를 거의 무릎까지 찢어버렸다. 그러고는 바지를 밑으로 홱 끌어내렸다.

"꼼짝 마." 그가 말했다.

가방을 든 쿠바 인 둘은 가방을 보트 콕핏에 던져 넣었고 모두 비틀거리며 배에 올랐다.

"출발해." 한 명이 말했다.

기관총을 든 덩치 큰 자가 총부리로 해리의 등을 쿡 찔렀다.

"열 내지 마쇼. 그것 좀 다른 데로 돌리고." 해리가 말했다.

"줄 풀어. 너 말이야!" 덩치 큰 자가 앨버트에게 말했다.

"잠깐만, 출발하지 마. 이자들 은행 강도야." 앨버트가 말했다.

가장 덩치 큰 쿠바 인이 돌아서서 톰슨건을 앨버트에게 겨눴다.

"이봐, 하지 마! 하지 마!" 앨버트가 말했다. "하지 마!"

아주 가까이에서 발사된 총알이 세 차례 그의 가슴을 때렸다. 앨버트는 무릎을 꿇으며 풀썩 주저앉아 휘둥그레진 눈과 헤벌어진 입으로 못다 한 말을 하려는 것처럼 중얼거렸다.

"하지 마!"

"동료는 필요 없어, 외팔이 개새끼야." 거구의 쿠바 인이 말했다. 그리고 에스파냐 어로 생선 칼로 줄 끊어, 하고 말하고는 다시 영어로 덧붙였다. "가. 출발."

그러고는 다시 에스파냐 어로 총부리를 저자의 등에 대, 라고 말한 뒤 영어로 말했다.

"어서. 출발해. 머리통 날려버리기 전에."

"갈 거요." 해리가 말했다.

인디언처럼 생긴 쿠바 인 하나가 권총을 해리의 무용지물인 팔옆에 대고 있었다. 총구가 갈고리 손에 닿을락 말락 했다.

해리는 성한 팔로 타륜을 돌려 배를 빼면서 스쳐 지나가는 말뚝과의 간격을 보려고 선미 쪽을 쳐다보았다. 무릎을 꿇고 머리가 기우뚱한 자세로 피 웅덩이 안에 있는 앨버트가 보였다. 부두 위에는 포드 택시가 있었다. 뚱뚱한 운전사는 속옷 바람으로 바지를 발목까지 내린 채 두 손을 머리 위로 올리고 있었는데 입이 앨버트만큼 떡 벌어져 있었다. 거리를 내려오는 사람은 여전히 아무도 없었다.

부두의 말뚝들을 지나치면서 배는 계류장을 빠져나갔다. 해리는 해협의 등대 부두를 지났다.

"어서, 속도 올려. 시간을 벌라고." 거구의 쿠바 인이 말했다.

"그 총 좀 치우지그래." 해리가 말했다. 배를 크로피쉬 술집에 박아버릴까 하는 생각도 들었다. 그랬다가는 쿠바 인이 나를 벌집으로 만들어놓겠지.

"계속 가." 거구의 쿠바 인이 말했다. 그러고는 에스파냐 어로 말했다. "모두 바짝 엎드려. 선장 계속 감시하고."

그 쿠바 인은 선미에 누워 바닥에 뻗어 있는 앨버트를 끌어당겨 콕핏 안에 넣었다. 다른 셋도 모두 콕핏 안에 납작 누워 있었다. 해리는 타륜 앞의 의자에 앉았다. 그는 앞을 보면서 해협을 빠져나갔다. 요트 전용 표지판과 초록 표시등이 있는 잠수함 기지 입구를 지나 방파제를 빠져나왔다. 요새도 지나고 빨간 표시등도 지났다. 뒤를 돌아보니 거구의 쿠바 인이 주머니에서 초록빛 탄환 상자를 꺼내 탄창을 장전하고 있었다. 그는 총을 옆에 붙인 채 탄창을 쳐다보지도 않고 순전히 감으로 장전하면서 선미 너머 뒤쪽을 바라보고 있었다. 해리를 감시하는 자 외에는 모두 선미 쪽을 쳐다보고 있었다. 인디언처럼 생긴 남자가 권총으로 해리에게 앞을 보라고 손짓했다. 뒤따라 출발한 배는 아직 없었다. 엔진은 순조롭게 작동했고 그들은 조류를 따라 나아갔다. 그는 부표를 지날 때 밑에서 휘도는 물살에 부표가 바다 쪽으로 상당히 기운 것을 보았다.

우리를 따라잡을 만한 쾌속정은 두 대야, 하고 해리는 생각했다. 그중 한 대는 레이의 배인데 지금 메이트컴에서 우편물을 나르고 있어. 나머지 한 대는 어디 있더라? 에드 테일러의 배. 이틀 전 그가 배를 선대에 놓고 손보고 있는 걸 봤어. 비립스를 시켜 빌리려던 배 지. 그는 두 대가 더 기억났다. 한 대는 주 정부의 교통부가 키웨스 트 지역을 따라 이용하는 배였다. 나머지 한 대는 폐선되어 개리슨 바이트에 있었다. 얼마나 멀리 나온 걸까? 돌아보니 요새가 저 멀 리 뒤쪽에 있었다. 우체국의 낡은 빨간 벽돌 건물이 해군 공창 건물 들 위로 나타나기 시작했고 노란 호텔 건물은 마을의 야트막한 윤 곽선 위로 우뚝 솟아 있었다. 6.5킬로미터는 되겠어. 저기 그들이 오는군. 하얀 낚싯배 두 척이 방파제를 돌아 그들을 향해 접근하고 있었다. 그는 생각했다. 속도가 10도 안 돼. 딱하게 됐군.

쿠바 인들은 에스파냐 어로 대화를 나누었다.

"얼마나 빨리 달리고 있나, 선장?" 덩치 큰 자가 선미 쪽에서 돌 아보며 말했다.

"12정도." 해리가 말했다.

"저 배들은 얼마나 달릴 수 있지?"

"10정도."

이제 해리를 감시해야 할 자까지도 모두 그 배들을 쳐다보고 있었다. 하지만 뭘 어쩌겠어? 그는 생각했다. 아직은 별수 없어.

하얀 배 두 척은 더 커지지 못했다.

"저기 좀 봐, 로베르토." 말씨가 상냥한 자가 말했다.

"어디?"

"봐!"

배 뒤로 아주 먼 지점의 물속에서 작은 물줄기가 솟구치는 게 희미하게 보였다.

"우리한테 총 쏘고 있어. 바보들." 상냥한 말씨의 남자가 말했다.

"아이코, 세상에, 5킬로미터는 되겠네." 얼굴이 큰 자가 말했다.

넷이야, 하고 해리는 생각했다. 모두 넷. 해리는 잔잔한 수면에서 솟구치는 작은 물줄기를 보았다. 총성은 들리지 않았다. 딱한 콩크들 같으니. 저치들은 더 한심해. 웃음이 다 나오는군.

"정부 배는 뭐가 있지, 선장?" 얼굴이 큰 자가 선미 쪽에서 고개를 돌리며 물었다.

"해안경비대."

"그건 얼마나 달리지?"

"12정도."

"그럼 안심이군."

해리는 대답하지 않았다.

"이제 안심해도 되는 거 아냐?"

해리는 아무 말도 하지 않았다. 그는 상승하며 퍼지는 샌드키의 소용돌이를 왼편에 끼고 달렸다. 샌드키의 작은 사초들에 꽂힌 말뚝들이 배의 우현과 거의 직각이었다. 이제 10분 뒤엔 암초를 지날 터였다.

"당신 왜 그래? 입이 붙었어?"

"뭐라고 물었지?"

"지금 우릴 따라잡을 게 있냐고?"

"해안경비대 수상기." 해리가 말했다.

"마을에 들어가기 전에 우리가 전화선을 끊었는데." 말씨가 상냥한 자가 말했다.

"무선통신은 못 끊었을 텐데?" 해리가 물었다.

"비행기가 여기로 올 수 있을까?"

"어두워지기 전까진 비행기가 뜰 가능성은 있지."

"어떻게 생각해, 선장?" 얼굴이 큰 자, 로베르토가 물었다.

해리는 대답하지 않았다.

"이봐, 어떻게 생각하냐니까?"

"어째서 저 개새끼가 내 동료를 죽이게 놔둔 거야?" 해리는 옆에서서 나침반의 바늘을 쳐다보는 상냥한 말씨의 남자에게 말했다.

"닥쳐. 너도 죽여버릴 거야." 로베르토가 말했다.

"돈 얼마나 가져왔어?" 해리는 상냥한 말씨의 남자에게 물었다.

"몰라요, 아직 세어보지도 않았어. 어차피 우리 돈도 아니에요."

"그렇겠지." 해리는 등대를 지났을 때 침로를 225도에 맞추었다. 아바나로 갈 때면 으레 택하는 뱃길이었다.

"내 말은 우리를 위해 한 짓이 아니라는 거예요. 혁명 조직을 위한 거지."

"내 동료를 죽인 것도 그걸 위해서인가?"

"정말 미안해요. 나도 그게 마음에 걸려요, 말도 못 하게."

"그렇겠지."

"이제 당신도 알 거예요. 이 로베르토라는 남자가 악당이라는 걸. 훌륭한 혁명가지만 악당이에요. 마차도* 정권 땐 사람을 하도 죽이다가 아예 그 짓을 좋아하게 됐어요. 살인을 재미 삼아 하죠. 물론 명분에 따라 죽이기는 하지만, 대의명분하에." 청년이 조용히 말했다.

그는 로베르토를 돌아보았다. 로베르토는 선미의 낚시 의자에 앉아서 톰슨건을 무릎에 놓고 뒤쪽의 하얀 보트들을 바라보고 있었다. 아까 봤던 그 배들은 이제 훨씬 작아져 있었다.

"한 모금 하지?" 로베르토가 선미 쪽에서 소리쳤다.

"됐어." 해리가 말했다.

"그럼 나 혼자 마시지 뭐."

다른 쿠바 인 하나는 연료 탱크 위에 설치된 의자에 누워 있었다.

---

* 에스파냐와 벌인 쿠바 독립 전쟁 당시 쿠바의 장군이었으며, 1925~1933년 쿠바 대통령을 지낸 독재자.

벌써 뱃멀미를 하는 모양이었다. 또 다른 쿠바 인도 뱃멀미에 시달리는 기색이 역력했지만 그래도 앉아 있었다.

돌아보니 잿빛 보트 한 척이 요새를 벗어나 하얀 보트 두 척에 접근하고 있는 것이 해리의 눈에 들어왔다. 해안경비대 보트가 있었군. 저 배도 딱하긴 마찬가지야.

"수상기가 올까요?" 말씨가 상냥한 청년이 물었다.

"30분 뒤면 어두워져." 해리가 말했다. 그는 타륜 앞의 스툴에 앉았다. "당신들 뭘 어쩔 셈이지? 날 죽일 셈인가?"

"난 그러기 싫어요. 살인하고 싶지 않아."

"너 뭐하는 거야?" 로베르토가 앉아서 손에 위스키 병을 들고 물었다. "선장이랑 친구라도 먹게? 합석해서 밥이라도 같이 먹게?"

"타륜 잡고 항로 좀 봐줄래? 225도야." 해리는 청년에게 말하고는 스툴에서 일어나 선미 쪽으로 갔다. 해리는 로베르토에게 말했다. "한 잔만 줘. 해안경비대 배가 있지만 우릴 따라잡진 못해."

해리는 분노도 증오도 접어두고 계획을 실행했다.

"물론이야, 우릴 따라잡진 못해. 저 멀미하는 애송이들 좀 봐. 어떻게 생각해? 한잔하고 싶다고? 마지막 소원은 그게 다인가, 선장?" 로베르토가 말했다.

"농담 좀 하는군." 해리가 말했다. 그는 한 모금 쭉 들이켰다.

"천천히 마셔! 그것밖에 없단 말이야." 로베르토가 말렸다.

"내가 가진 게 조금 있어. 아깐 농담한 거야."

"또 농담하는 거 아니겠지?" 로베르토가 의심하는 투로 말했다.

"그럴 리가 있나."

"뭐 있는데?"

"바카디."

"가져와."

"진정하쇼. 왜 그리 거칠게 구나?"

해리는 앨버트의 시신을 넘어 뱃머리로 갔다. 타륜 쪽으로 갈 때 나침반을 쳐다보니 청년은 25도쯤 항로를 벗어나고 있었고 나침반 바늘이 흔들리고 있었다. 잰 뱃사람 감은 아니군, 하고 해리는 생각했다. 덕분에 시간을 좀 더 벌었어. 항적 좀 봐.

항적은 이제 선미 쪽에 있는 등대를 향해 두 개의 긴 곡선을 그리고 있었고 등대는 격자 모양의 갈색 원뿔로 수평선 위에 솟아 있었다. 이제 그 보트들은 시야 밖으로 거의 밀려나 있었다. 마을의 무선 송수신 탑들이 있는 곳에 점이 하나 보일 뿐이었다. 엔진은 순조롭게 작동했다. 해리는 머리를 아래로 넣고는 손을 뻗어 바카디 한 병을 꺼내 선미 쪽으로 갔다. 그는 선미에서 한 모금 들이켠 뒤 술병을 로베르토에게 건넸다. 거기 서서 앨버트를 내려다보자니 속이 울렁거렸다. 불쌍하고 배고픈 새끼, 하고 그는 생각했다.

"왜 그래? 저치가 무서워?" 얼굴이 큰 쿠바 인이 물었다.

"저치 치워버리는 거 어때? 쓸데없이 끌고 다닐 필요 없잖아." 해리가 말했다.

"그래, 일리 있어." 로베르토가 말했다.

"당신은 팔 밑을 잡아. 나는 다리를 붙잡을게." 해리가 말했다.

로베르토는 톰슨건을 넓적한 선미에 내려놓고는 몸을 숙여 시체의 어깨를 잡고 들어 올렸다.

"세상에서 가장 무거운 게 죽은 남자야. 죽은 남자 들어본 적 있나, 선장?" 그가 말했다.

"아니, 당신은 덩치 큰 죽은 여자 들어본 적 있어?" 해리가 말했다.

로베르토는 시체를 선미 가장자리 위로 끌어올리고는 말했다.

"억센 친구로군. 같이 한잔할까?"

"그러지."

"이봐, 이 사람 죽인 건 미안하게 됐어. 당신 죽일 땐 기분이 더 더러울 거야."

"그딴 말은 그만해. 왜 그딴 식으로 말하는 거야?"

"어서. 밖으로 넘기자고." 로베르토가 말했다.

그들이 몸을 숙여 시체를 들어 올린 뒤 선미 밖으로 넘길 때 해리는 기관총을 뱃전 너머로 차버렸다. 총이 첨벙 물에 빠지는 순간 앨버트도 물에 빠졌다. 앨버트는 프로펠러 날개 뒤편에서 물거품이 일며 허옇게 꿈틀대는 너울에 두 번 뒤집어진 뒤 가라앉았다. 총은 곧장 가라앉았다.

"이제 좀 낫군, 응? 깔끔해졌어." 로베르토가 말했다. 그때 그는 총이 사라진 것을 알아챘다. "어디 갔지? 당신 그거 어쨌어?"

"그거라니 뭐?"

"아메트랄라도르(기관총)!" 흥분한 그의 입에서 에스파냐 어가 뛰어나왔다.

"뭐?"

"뭔지 알잖아."

"난 못 봤어."

"당신이 선미 밖으로 떨어뜨렸지? 죽여버리겠어."

"진정해. 대체 난 뭣 땜에 죽인다는 거야?"

로베르토는 뱃멀미에 시달리는 쿠바 인 하나에게 에스파냐 어로 말했다.

"총 줘. 빨랑 총 줘!"

해리는 그곳에 서 있었다. 이런 기분은 처음이었다. 어느 때보다 더 당당한 몸으로 우뚝 선 느낌이었다. 땀방울이 겨드랑이 밑으로 흘러내려 옆구리 밑으로 내려가는 느낌이 들었다.

"작작 좀 죽여." 뱃멀미하는 쿠바 인이 에스파냐 어로 말하는 소리가 들렸다. "선장의 동료를 죽여놓고 이젠 선장도 죽이겠다니. 그럼 누가 우릴 데려다 주는데?"

"선장은 내버려둬. 일 끝나면 죽이든가." 다른 이가 말했다.

"저자가 기관총을 배 밖으로 던져버렸어." 로베르토가 말했다.

"돈 있잖아. 기관총은 뭐에 쓰게? 기관총이라면 쿠바에 널렸어."

"진짜야, 지금 저자를 죽이지 않으면 실수하는 거라고. 진짜라니까 그러네. 총 이리 내."

"아, 시끄러워. 술에 취해가지고 말이야. 넌 술에 취했다 하면 사람을 죽이려 들어."

"한 모금 더 해." 해리는 멕시코 만류의 잿빛 너울 저편에 둥글고 빨간 태양이 막 수면에 닿고 있는 지점을 쳐다보았다. "저기 봐. 해가 밑으로 가라앉으면서 밝은 초록색으로 변할 거야."

"개소리 마. 용케 빠져나갔다고 생각하나 본데." 얼굴이 큰 쿠바인이 말했다.

"총은 내가 다른 걸 줄게. 쿠바에선 45달러밖에 안 해. 열 내지 말라고. 이제 당신들 모두 무사해. 해안경비대 수상기는 오지 않을 거야." 해리가 말했다.

"당신 죽여버릴 거야. 당신 일부러 그랬어. 그래서 그걸 들자고 한 거였어." 로베르토는 해리를 쳐다보며 말했다.

"나를 죽이면 안 될 텐데. 그럼 누가 당신들을 데려다 주나?"

"널 지금 죽여야겠어."

"진정하라니까 그러네. 난 엔진 좀 살펴야겠어."

해리는 해치를 열고 안으로 들어가서 두 스터핑박스*에 붙은 그리스컵**과 모터 펠트의 나사못을 조이면서 톰슨건의 개머리판을

---

* 피스톤, 플런저 따위가 드나드는 곳에서 증기나 물이 새는 것을 막는 장치.
** 그리스(윤활유)를 저장해두었다가 마찰이 심한 기계의 부분에 조금씩 공급해주는 장치.

만져보았다. 아직은 아니야, 하고 그는 생각했다. 아니야. 아직은 때가 아니야. 휴, 큰일 날 뻔했어. 앨버트한테는 아무런 상관 없잖아, 어차피 그놈은 죽었으니까. 장사를 지낼 그놈 마누라한테는 상관 있겠지만. 그 얼굴 큰 새끼. 얼굴 큰 살인자 새끼. 젠장, 그 자식 당장 죽이고 싶어. 하지만 기다리는 게 좋겠어.

해리는 일어서서 밖으로 올라와 해치를 닫은 뒤 로베르토에게 말했다.

"좀 어때?" 손을 그자의 두툼한 어깨에 얹었다.

얼굴이 큰 쿠바 인은 해리를 쳐다보고는 아무 말도 하지 않았다.

"해가 초록색으로 변한 거 봤소?" 해리는 물었다.

"개소리." 로베르토가 말했다. 그는 술에 취해 있었지만 의심을 풀지 않고 뭔가 잘못되었다는 걸 동물처럼 직감하고 있었다.

"잠시 내가 배를 맡을게." 해리는 타륜 앞의 청년에게 말했다. "이름이 뭐야?"

"그냥 에밀리오라고 불러요." 청년이 말했다.

"아래에 내려가보면 먹을 게 좀 있을 거야. 빵과 콘비프. 원하면 커피도 끓여 마셔."

"생각 없어요."

"그럼 나중에 내가 끓여주지."

해리는 타륜 앞에 앉았다. 나침반 등이 켜져 있었다. 그는 가벼운 뒤파도 속에서 쉽사리 배를 나침에 맞춰 몰면서 수면 위로 다가오는 밤을 처다보았다. 항해등은 전혀 켜두지 않았다.

바다를 건너기에 예쁜 밤이 되겠어, 하고 그는 생각했다. 예쁜 밤. 노을이 완전히 사라지면 곧장 배를 동쪽으로 돌려야 해. 그러지 않으면 한두 시간 뒤엔 아바나의 불빛이 분명히 보일 테니까. 불빛을 보는 즉시 그 개새끼가 나를 죽이려 들겠지. 그 총을 없애버릴 땐 운이 좋았어. 우라질, 정말 운이 좋았지 뭐야. 마리가 저녁밥으로 무얼 차렸을까? 많이 걱정하고 있을 텐데. 마음을 졸이느라 밥도 못 먹고 있을지도 몰라. 저 개새끼들은 돈을 얼마나 가지고 있는 걸까? 돈을 세어보지도 않다니, 웃겨. 아무리 혁명 자금을 얻기 위해서라지만 이게 못된 짓이 아니란 말이야? 쿠바 인들은 못된 놈들이야.

저 로베르토라는 놈, 비열한 자식이야. 오늘 밤 저놈을 처치해야겠어. 나머지는 어떻게 되든 저놈만큼은 처치하고야 말겠어. 그런다고 해서 앨버트 그 불쌍한 놈에게 도움이 되는 건 아니겠지만. 그 자식을 그렇게 내버린 게 영 마음에 걸려. 내가 왜 그런 생각을 했는지 모르겠어.

그는 담뱃불을 붙이고는 어둠 속에서 담배를 피웠다.

난 잘하고 있어, 하고 그는 생각했다. 예상보다 더 잘하고 있어. 저 꼬마는 착한 종자야. 다른 두 놈도 내 편으로 꾀었으면 좋겠는데. 그들을 한 군데에 몰아넣을 방법이 없을까? 최선을 다해봐야지. 저들이 긴장을 풀게 만들면 더 쉬울 거야. 모든 게 순조롭게 흘러갈

수록 더 좋아.

"샌드위치 먹을래요?" 청년이 물었다.

"고마워. 네 동료에게도 갖다주지그래?" 해리가 말했다.

"그 사람은 술만 마시고 밥은 안 먹어요."

"다른 사람들은?"

"뱃멀미."

"건너기엔 좋은 밤이야." 해리가 말했다. 그는 청년이 나침반을 주시하지 않는 것을 보고는 배가 계속 동쪽으로 나아가도록 했다.

"당신 동료 일만 없었어도 기분 좋게 가고 있을 텐데." 청년이 말했다.

"그 사람 좋은 친구였어. 은행에서 다친 사람 있었나?" 해리가 말했다.

"그 변호사, 이름이 시먼스인가 하는 남자."

"죽었단 말이야?"

"그럴걸요."

그랬군, 하고 해리는 생각했다. 비립스. 그 인간 대체 뭘 기대한 걸까? 어떻게 거길 무사히 빠져나올 거라고 생각한 걸까? 거친 불장난에 섣불리 뛰어든 대가다. 너무 자주 머리를 굴린 대가다. 비립스 씨. 잘 가시게, 비립스 씨.

"그 사람 어떻게 죽었지?"

청년이 말했다.

"상상하는 대로예요. 당신 동료와는 전혀 달랐죠. 그 일은 정말 안됐어요. 그 사람 나쁜 마음을 품은 것도 아닌데. 혁명의 과정에서 그렇게 된 것뿐이지만."

해리는 말했다.

"그자도 좋은 사람이었을 거야."

해리는 말을 뱉어놓고 생각했다. 내 입이 지금 뭐라고 지껄인 거야? 어이구, 맙소사, 내 입이 아무 말이나 막 지껄이는군. 하지만 이 청년과 어떻게든 친해져야 해, 만약을 대비해서.

"당신들이 하려는 혁명이란 게 뭔데?" 그는 물었다.

"진정한 혁명 조직은 우리뿐이에요. 우린 구태 정치인들을 모조리 처단하려고 해요. 우리의 숨통을 조이는 미국 제국주의와 그 군대의 폭정도 함께. 새롭게 시작해서 모든 사람에게 기회를 주려는 거죠. 노예로 살아가는 과히로guajiro, 즉 농부들을 해방하고 거대한 사탕수수 농장들을 거기서 일하는 사람들에게 나눠주려는 거예요. 하지만 우린 공산주의자는 아니에요."

해리는 나침반 지침 면에서 눈을 들어 그를 쳐다보았다.

"무슨 수로?" 해리가 물었다.

"지금은 그 싸움을 하기 위해 돈을 마련하고 있어요. 그러기 위해선 나중엔 사용하지 않을 수단을 써야만 하죠. 나중에 쓰지 않을 사람들도 써야 하고요. 하지만 목적은 수단을 정당화하잖아요. 러시아 인들도 같은 길을 밟아야 했고요. 스탈린도 혁명 전에는 수년간

산적이나 다름없었죠."

과격분자로군, 하고 해리는 생각했다. 그게 이 녀석의 정체야. 과격분자.

"괜찮은 방안 같군. 당신들이 노동자를 도우러 나선다면 말이야. 예전에 키웨스트 시에 공장들이 있었을 땐 나도 파업을 도우러 여러 번 나선 적 있었어. 당신들이 어떤 조직인지 알았다면 나도 기꺼이 어떻게든 동참했을 거야." 해리가 말했다.

"많은 사람이 우릴 도우려 할 거예요. 하지만 현재 상황에선 우리 세력은 사람들을 믿을 수가 없어요. 난 현재의 단계가 불가피하다는 게 너무나 안타까워요. 테러를 싫어하거든요. 필요한 자금을 모으는 방법도 정말 마음에 안 들어요. 그래도 다른 수가 없어요. 쿠바에서 얼마나 심각한 일들이 벌어지는지 당신은 모를 거예요."

"거기 심각한 것 같더군."

"얼마나 심각한지 짐작도 못 할걸요. 악랄한 폭정이 시골의 작은 마을 곳곳에 뻗쳐 있어요. 사람 셋이 거리에 모여 있지 못해요. 쿠바는 적대국이 없어서 군대가 필요 없는데도 현재 약 2만 5000명의 군인이 있고 상병 위로 군대 전체가 국민의 피를 빨아먹고 있죠. 모두, 심지어 졸병들까지도 돈을 벌려고 혈안이 돼 있어요. 현재 예비군에는 갖가지 사기꾼부터 악당, 예전 마차도 시절의 정보원까지 다 모여 있는데 그들은 군대가 눈만 감아주면 뭐든 빼먹어요. 무슨 일이 터지기 전에 우리는 그 군대를 처단해야 해요. 예전엔 곤봉이 우릴 지배했지만 이젠 소총과 권총, 기관총, 총검이 우릴 지배하고 있어요."

"심각하군." 해리는 그렇게 말하며 배가 동쪽으로 나아가도록 조종했다.

"얼마나 심각한지 상상도 못 할걸요. 난 불쌍한 내 조국을 사랑하고 현재 우리가 겪고 있는 이 폭정으로부터 조국을 해방시킬 수만 있다면 뭐든 할 수 있어요. 싫은 일까지도요. 수천 배는 더 싫은 일도 할 각오가 돼 있어요."

해리는 술 생각이 간절했다. 네놈 혁명이 나랑 무슨 상관이야? 혁명 좋아하네. 노동자를 돕는답시고 은행을 털고, 손잡은 동료는 죽이고, 아무 잘못 없는 불쌍한 앨버트까지 죽인 주제에. 네놈들은 노동자를 죽인 거야. 그건 생각 못 하는군. 가정이 있는 남자였는데. 지금 쿠바를 지휘하는 건 쿠바 인들이야. 하나같이 서로를 배신하지. 서로를 팔아먹고. 뿌린 대로 거두는 거 아니겠어? 혁명은 개뿔.

"심각하구먼. 잠깐 타륜 좀 잡아줄래? 한잔하고 싶어." 그는 청년에게 말했다.

"그러죠. 어디로 몰아요?" 청년이 말했다.

"225도."

이제 날은 컴컴했고 해안에서 멀리 떨어진 멕시코 만류 안은 큰 너울이 일었다. 그는 뱃멀미로 의자에 널브러진 두 쿠바 인들을 지나 로베르토가 낚시 의자에 앉아 있는 고물 쪽으로 갔다. 물살이 배를 지나쳐 어둠 속을 달려갔다. 로베르토는 다른 낚시 의자를 자기 쪽으로 돌려놓고 그 위에 발을 올려놓고 있었다.

"나도 좀 줘." 해리는 그에게 말했다.

"꺼져. 이건 내 거야." 얼굴이 큰 남자가 걸걸한 목소리로 말했다.

"알았어."

해리는 그렇게 말하고는 다른 술병을 가지러 뱃머리로 갔다. 어두운 갑판 아래에서 몽땅한 오른팔 밑에 술병을 끼운 뒤 프레디가 빼냈다가 다시 끼운 코르크 마개를 뽑았다. 한 모금 들이켰다.

지금이 기회라고 그는 혼잣말했다. 기다릴 이유가 없어. 꼬마는 속내를 털어놨고 얼굴 큰 개자식은 술에 취했어. 다른 둘은 뱃멀미하고. 지금 하는 게 좋겠어. 해리는 한 모금 더 마셨다. 바카디가 몸을 덥히며 그를 응원했지만 오히려 한기가 느껴졌다. 배 속이 텅 빈 것만 같았다. 온몸이 차가웠다.

"한 모금 할래?" 그는 타륜 앞의 청년에게 물었다.

"고맙지만 됐어요. 난 술 안 마셔요."

해리는 나침반 불빛에 청년이 씩 웃는 걸 볼 수 있었다. 잘생긴 청년이었다. 말도 예쁘게 하는.

"난 한 모금 마실래." 그는 말했다. 한 모금 양껏 삼켰지만 배에서 가슴 전체로 확산된 축축한 한기를 덥힐 수는 없었다. 그는 술병을 콕핏 문 위에 내려놓았다. "지금 항로대로 몰아. 난 모터를 살펴보고 올게."

그는 해치를 열고 아래로 내려갔다. 바닥의 홈에 끼워진 기다란 갈고리로 해치 문을 걸어 잠갔다. 그러고는 모터 위에 몸을 숙여 한 손으로 물 매니폴드*와 실린더**를 더듬다가 스터핑박스에 닿았다. 그리스컵 두 개를 각각 한 바퀴 반 조였다. 그만 좀 망설여, 하고 그는 중얼거렸다. 어서, 그만 좀 망설여. 패기는 다 어디 간 거야? 턱 밑에 있는 거냐?

그는 해치 바깥을 내다보았다. 연료 탱크 위의 두 좌석에는 뱃멀미로 누운 남자들이 손을 뻗으면 닿을 만한 곳에 있었고, 등을 돌리고 높다란 스툴에 앉은 청년의 윤곽선이 나침반 등 불빛에 뚜렷하게 보였다. 돌아서니 선미 쪽 의자에 널브러진 로베르토의 윤곽선이 어두운 물을 배경으로 드러났다.

탄창 하나에 스물한 발이니까 최대한 다섯 발씩 네 번 사격이 다야, 하고 그는 생각했다. 손가락을 날쌔게 놀려야 해. 좋아, 가자. 그만 망설여, 이 소심한 놈아. 어휴, 술 딱 한 잔 더 했으면 소원이 없겠네. 술은 더 없었다. 그는 왼손을 올려 팬 벨트를 벗기고는 손을 방아쇠울 주변에 댔다. 엄지로 안전장치를 쭉 밀며 총을 꺼냈다. 그러고는 엔진실에 쪼그리고 앉아서 청년의 뒤통수 밑부분을 조심스

---

*   하나의 본줄기 관(管)으로부터 여러 개의 지관(枝管)이 갈라져 있는 관. 내연 기관의 흡입 및 배출 따위에 사용한다.

**   증기 기관이나 내연 기관 따위에서 피스톤이 왕복운동을 하는, 속이 빈 원통 모양의 장치.

레 쳐다보았다. 나침반 등의 불빛에 머리의 윤곽선이 보였다.

어둠 속에서 총구가 커다란 불꽃을 내뿜었고 올려진 해치 문에 탄피가 부딪힌 뒤 엔진 위로 또르르 떨어졌다. 청년의 몸이 스툴에서 바닥으로 허물어지기 전 해리는 몸을 돌려 왼편 벤치 위의 형체를 쏘았다. 해리는 불꽃을 내지르는 총을 남자에게 들이대다시피 움켜쥐고 있었기 때문에 그자의 외투가 타는 냄새를 맡을 수 있었다. 그러고는 총구를 다른 벤치로 돌려 벌떡 일어나 권총을 빼 드는 남자를 쏘았다. 해리는 몸을 낮게 웅크리고 선미 쪽을 쳐다보았다. 얼굴이 큰 남자는 의자에서 사라지고 없었다. 의자 둘의 윤곽선이 보였다. 뒤쪽에는 청년이 쓰러져 꼼짝하지 않았다. 청년의 상태는 의심의 여지가 없었다. 한 남자가 한쪽 벤치 위로 풀썩 쓰러졌다. 반대편으로 곁눈질하니 또 다른 남자가 뱃전 밖으로 몸을 반쯤 걸치고 엎어져 있는 게 보였다.

해리는 어둠 속에서 얼굴이 큰 남자의 위치를 가늠하려고 애썼다. 배는 원을 그리며 돌고 있었고 콕핏 쪽은 약간 밝았다. 그는 숨을 죽이고 주시했다. 갑판 구석에 약간 검은 형체가 있었다. 그자가 분명했다. 해리는 그것을 주시하며 약간 움직였다. 그자였다.

남자가 해리 쪽으로 슬금슬금 기어오고 있었다. 아니, 뱃전 너머로 몸을 반쯤 걸치고 엎어진 남자 쪽으로 가고 있었다. 그 남자의 총을 찾는 게 분명했다. 해리는 잔뜩 웅크린 채 그자의 동태를 주시하다가 이때다 싶은 순간에 총을 발사했다. 총이 그의 손과 무릎을 환히 비추었다. 불꽃과 함께 탕탕탕탕 하는 소리가 멈춘 뒤 해리는 그자가 털썩 쓰러지는 소리를 들었다.

"이 개새끼, 얼굴 큰 살인자 새끼." 해리는 말했다.

가슴에 들어찼던 한기가 사라지면서 예전의 그 공허한 느낌, 홍얼거리는 느낌이 일어났다. 그는 아래로 몸을 바짝 숙였다. 연료 탱크를 감싼 네모난 상자 밑으로 손을 넣어 총에 끼울 새 탄창을 더듬었다. 탄창은 찾았지만 손이 차갑고 축축했다.

연료 탱크를 쐈어, 하고 그는 중얼거렸다. 엔진을 꺼야 해. 연료 탱크 어디에 구멍이 났는지 모르겠네.

그는 둥그런 레버를 눌러 빈 탄창을 떨어뜨리고는 새것을 끼워 넣은 뒤 콕핏 밖으로 기어 나왔다.

일어서서 톰슨건을 왼손에 들고 주위를 둘러보았다. 오른팔의 갈고리 손으로 해치를 닫을 때, 왼쪽 어깨에 세 발 관통상을 입고(이 중 두 방이 연료 탱크에 맞았다) 좌현 쪽에 쓰러졌던 쿠바 인이 일어나 앉아 해리의 배를 쏘았다.

해리는 뒤로 움찔하며 주저앉았다. 곤봉으로 복부를 얻어맞은 느낌이었다. 그는 낚시 의자를 지지하는 강철봉에 등을 기댔다. 그 쿠바 인이 다시 해리에게 총질을 하자 그의 머리 위 낚시 의자가 부서졌다. 해리는 손을 밑으로 뻗어 톰슨건을 잡아 조심스레 들어 올린 뒤 갈고리 손으로 전방 손잡이를 걸고는 몸을 숙이고 앉아 총을 쏘는 쿠바 인에게 침착하게 새 탄창의 탄알 절반을 쏟아부었다. 남자는 의자 위로 풀썩 쓰러졌다. 해리는 더듬더듬 콕핏 바닥을 돌아다니다 엎어져 있는 얼굴이 큰 남자를 찾아냈다. 해리는 잘린 팔의 갈고리 손으로 더듬어 그자의 머리를 찾아 돌렸다. 총구를 그자의 머리에 대고 방아쇠를 당겼다. 총구가 머리에 닿아 있었기 때문에 곤봉으로 호박을 치는 소리가 났다. 해리는 총을 내려놓고 콕핏 바닥 위 그자의 옆에 누웠다.

"난 개새끼야." 해리는 입술을 바닥의 널빤지에 대고 말했다.

이젠 한물간 개새끼지만. 엔진을 꺼야 해. 아니면 모두 타버릴 거야. 아직은 기회가 있어. 기회가 있단 말이야. 하느님 맙소사. 단 한 번에 기회가 날아가네. 단 한 번에 일이 틀어져. 우라질. 아, 빌어먹을 쿠바 새끼. 내가 그 자식을 놓칠 줄 누가 알았겠나.

그는 두 손과 무릎을 짚고 몸을 일으켜 엔진 위쪽의 해치를 쾅 떨어뜨리고는 타륜 앞 스툴이 있는 쪽을 향해 해치를 넘어 기어나갔다. 몸을 일으켜 스툴에 앉는데 몸을 자유자재로 움직일 수 있다는 게 놀라웠다. 그러다 몸을 펴고 일어서자 갑자기 어지럽고 기운이 쭉 빠졌다. 그는 성치 않은 팔로 나침반 등을 짚고 몸을 앞으로 숙여 스위치 두 개를 껐다. 엔진이 잠잠해지자 배 옆으로 물살이 철썩이는 소리가 들렸다. 다른 소리는 없었다. 배는 좁고 긴 만 안의 작은 바다로 밀려 들어갔다. 북풍에 큰 너울이 이는 바다에서 배가 뒤흔들리기 시작했다.

그는 타륜에 기대어 매달려 있다가 타륜 앞의 스툴에 주저앉아 해도 탁자에 몸을 기댔다. 희미한 메스꺼움이 가시질 않고 기운이 빠져나가는 느낌이 들었다. 그는 성한 손으로 셔츠를 열고 구멍에 손바닥을 댔다가 손가락으로 그곳을 만져보았다. 피는 거의 나지 않았다. 안에 박혔군, 하고 그는 생각했다. 누워서 진정되기를 바랄 수밖에.

달이 떠 있어서 그는 콕핏 안의 풍경을 볼 수 있었다.

엉망이군, 하고 그는 생각했다. 엉망진창이야.

쓰러지기 전에 눕는 게 좋겠다는 생각이 들어 그는 콕핏 바닥에 누웠다.

옆으로 누웠을 때 배가 뒤흔들리면서 달빛이 안으로 들어와 콕핏 전체가 훤히 보였다.

만원이군, 하고 그는 생각했다. 그래, 만원이야. 그 여자, 어떻게 할지 궁금해. 마리가 어떻게 할까? 사람들이 마리한테 보상금을 줄 테지. 그 망할 쿠바 새끼. 그 여잔 잘살 거야. 똑똑한 여자니까. 우리 잘살았을 텐데. 그래, 미친 짓이었어. 씹을 수 없을 정도로 너무 많이 뜯어 먹은 거지. 하지 말았어야 했어. 끝까지 잘 버텼는데. 어떻게 된 일인지 아무도 모르겠지. 마리한테 뭐라도 해주고 싶은데. 이 배엔 돈이 많잖아. 얼마인지도 모를 만큼. 저 돈이면 누구라도 인생 펼 텐데. 해안경비대가 꿀꺽하는 건 아닐까? 아마도 일부는 그러겠지. 어떻게 된 건지 마누라한테 알려주고 싶어. 마누라가 어떻게 할까? 모르겠어. 주유소 같은 데서 일자리를 찾았어야 했어. 배를 팬

히 탔어. 이젠 배를 타고 정직하게 돈을 벌 길이 없어. 망할 놈의 배, 그만 좀 흔들려라. 제발 그만 좀 흔들려. 몸 안에서 출렁거리는 느낌이 나. 나도, 비립스도, 앨버트도, 얽힌 모든 사람도, 이 개자식들까지도 재수 없는 일에 얽인 거야. 재수 더럽게 없는 일. 나 같은 남자는 주유소 같은 걸 운영해야 해. 제길, 내가 무슨 수로 주유소를 운영해? 마리, 그 여잔 뭐든 운영할 거야. 이젠 너무 늙어 몸을 팔수도 없을 텐데. 이 빌어먹을 게 자꾸 흔들리네. 열 내지 말자. 최대한 마음 편히 먹고. 물 마시지 말고 가만히 누워 있으라고 했어. 특히 물은 절대 마시지 말라고 했어.

그는 달빛에 드러난 콕핏 안을 쳐다보았다.

배를 청소할 필요는 없겠어, 하고 그는 생각했다. 열 내지 마. 그게 내가 해야 할 일이야. 열 내지 마. 최대한 마음 편히 먹어야 해. 기회가 있을 거야. 가만히 누워 물을 마시지 않는다면. 그는 똑바로 누워 침착하게 숨을 쉬려고 애썼다. 큰 보트는 멕시코 만류의 너울에 떠밀려갔고 해리 모건은 콕핏 안에 똑바로 누워 있었다. 처음에는 성한 팔로 이리저리 떠밀리는 몸을 감싸려다가 이내 조용히 누워 받아들였다.

제19장

다음 날 아침 키웨스트. 리처드 고든은 은행 강도 사건이 궁금해 프
레디의 가게에 갔다가 집으로 향했다. 그는 자전거를 타고 가다가
몸집이 크고 뚱뚱한 파란 눈의 여자를 지나쳤다. 염색한 금발에 남
편의 펠트 모자를 눌러쓴 여자는 울어서 빨개진 눈으로 허둥지둥
길을 건넜다. 저 커다란 소 좀 보게, 하고 그는 생각했다. 저런 여자
는 무슨 생각을 하며 살까? 침대에서는 어떨까? 저 여자 몸이 저렇
게 됐을 때 저 여자 남편은 기분이 어땠을까? 그런 남자는 이 마을
에서 누구랑 어울릴까? 참으로 무시무시하게 생긴 여자 아닌가?
전투함 같군. 대단해.

그는 집에 도착해 자전거를 현관 포치에 세워두고 복도로 들어
가 흰개미가 굴과 구멍을 숭숭 파놓은 현관문을 닫았다.

"뭐래, 고든?" 그의 아내가 부엌에서 소리쳤다.

"말 걸지 마. 나 일할 거야. 머릿속이 꽉 찼어."

"잘됐네. 당신 혼자 있어 그럼."

고든은 응접실의 커다란 탁자 앞에 앉았다. 그는 섬유 공장의 파
업에 관한 소설을 쓰고 있었다. 오늘 쓸 장章에는 집에 오는 길에
본, 울어서 눈이 충혈된 그 거대한 여자를 써먹을 생각이었다. 여자

의 남편은 밤에 집에 오면 여자를 미워해. 여자의 무식한 태도도 불어난 몸도 싫고, 그녀의 염색한 머리카락도 커다란 젖가슴도 노동조합 간부로서 그가 하는 일을 이해 못 하는 것도 혐오하지. 그는 그날 저녁 모임에서 대화를 나눈 유대인 여자와 아내를 비교해. 그 유대인 여자는 젊고 젖가슴이 탄탄하며 입술이 도톰하고 아담하지. 좋았어. 그래, 쉽고 근사해. 게다가 사실이잖아. 그런 부류 여자의 속사정은 단번에 꿰뚫어 보았지.

초반에 여자가 남편의 애무에 대해 보인 무관심. 안정된 삶과 아이들에 대한 그녀의 욕망. 남편의 목표에 대한 이해 부족. 성행위 중 어떻게든 흥미를 끌어보려 애쓰지만 반감만 유발하는 그녀의 슬픈 시도들. 멋진 장이 되겠어.

그가 본 여자는 보안관 사무실에서 집으로 돌아가는 해리 모건의 아내, 마리였다.

제20장

프레디 월레스의 보트, 퀸콩크 호는 탬퍼*에서 배 번호를 받은 10미터 길이의 흰색 배였다. 뱃머리 갑판과 콕핏 안쪽의 색깔은 이른바 '상큼한 초록'이었다. 조타실 지붕도 같은 색깔이었다. 선미에는 배의 이름과 모항母港인 '키웨스트, 플로리다'가 검은색으로 쓰여 있었다. 아우트리거**는 구비하지 않았고 돛대도 없었다. 조타실 유리창은 타륜 앞쪽이 깨져 있었다. 새로 페인트칠을 한 선체의 널빤지에는 나뭇조각이 떨어져 나가며 뚫린 구멍이 여러 개 있었다. 양쪽 뱃전에서 30센티미터쯤 아래에도, 콕핏의 한가운데에서 조금 벗어난 뱃머리 쪽에도 널빤지가 쪼개진 부분들이 보였다. 조타실이나 차양을 받치는 선미 지지대의 맞은편 좌현 쪽 흘수선 부근 선체에도 쪼개진 부위가 여러 군데 있었다. 아래쪽에 난 구멍들에서 검은 것이 뚝뚝 떨어져 새로 칠한 선체에 구불구불한 밧줄 모양을 그리며 흘러내렸다.

배는 부드러운 북풍에 밀려 유조선의 북쪽 항로에서 15킬로미터쯤 벗어나 있었고 선명한 흰색과 초록색의 자태는 파란 멕시코 만

---

*   멕시코 만 근처 플로리다 서해안에 위치한 항구도시.
** 뱃전에서 밖으로 내민 노 받침대.

류를 배경으로 도드라져 보였다. 물에 뜬 샛노란 모자반이 해류를 타고 북동쪽을 향해 천천히 배 옆을 지나갔다. 그동안 배를 떠미는 물살보다 다소 더 센 바람이 배를 꾸준히 만류 속으로 끌고 갔다. 배 안에 인기척은 없었다. 그저 부풀어 오른 듯한 한 남자의 시체가 좌현 연료 탱크 위 벤치에 누워 있었고 우현을 따라 놓인 긴 의자에도 또 다른 남자가 뱃전 밖으로 몸을 내민 채 바닷물에 머리를 박고 있는 것 같았다. 햇빛이 그자의 머리와 두 팔에 쏟아졌고 손가락이 바닷물에 닿을락 말락 하는 곳에는 작은 물고기들이 떼 지어 있었다. 5센티미터 정도의 길이에 타원형의 몸체, 황금빛 바탕에 보랏빛 띠가 그려진 물고기였는데, 모자반 대신 표류하는 보트 밑에 드리운 그림자를 피난처로 삼고는 뭔가가 바닷물 속으로 떨어질 때마다 우르르 몰려들어 떨어진 것이 완전히 사라질 때까지 그것을 밀치고 으깼다. 길이가 45센티미터쯤 되는 잿빛 빨판상어 두 마리가 보트 주변의 어두운 물속을 빙빙 돌면서 납작한 머리 위의 빨판을 벌렸다가 닫았다. 하지만 물속으로 똑똑 규칙적으로 떨어지는 것을 작은 물고기가 먹어치우고 있음을 알지는 못하는 듯했다. 방울이 떨어질 때 그 근처에 있기도 했지만 보트 반대편에 있기도 했다. 그리고 가장 아래쪽 구멍에서 흘러나온 구불구불한 줄기, 암적색의 덩어리, 실타래를 풀어헤치면서 빨판이 달린 못생긴 머리와 가느다란 꼬리가 달린 유선형의 길쭉한 몸체를 흔들어댔다. 그것들은 느닷없이 풍성한 먹잇감이 출몰한 그곳을 망설이며 떠나지 못했다.

보트의 콕핏 안에는 남자 셋이 더 있었다. 한 명은 타륜 앞의 스툴에서 떨어져 똑바로 누워 죽어 있었고 또 한 명은 커다란 몸뚱이를 선미의 우현 지지대 옆 배수구에 기댄 채 웅크리고 누워 죽어 있었다. 세 번째 남자는 아직 살아 있었지만 팔을 베고 모로 누운 채 오래전부터 의식이 없었다.

배 밑바닥에는 가솔린이 꽉 차 있어서 배가 표류할 때마다 출렁이는 소리가 났다. 해리 모건은 그것을 자기 복부에서 나는 소리라고 생각했다. 복부가 호수만큼 크게 느껴졌다. 물이 양쪽 물가에서 철썩이는 호수. 그것은 그가 등을 대고 똑바로 누워 무릎을 끌어올리고 머리를 젖혔기 때문이었다. 그의 복부에 찬 호수 물은 몹시 차가웠다. 가장자리에 발을 디디면 얼얼해질 만큼 차디찼다. 그는 극심한 추위에 시달렸고 연료 탱크에 호스를 꽂고 빨아 마신 것처럼 온통 가솔린 맛이 났다. 그럴 리 없다는 걸 알면서도 고무호스가 입을 통해 몸속으로 들어온 것처럼 입안에서 차가운 고무호스 맛이 났다. 그의 몸을 관통하는 그 호스는 돌돌 말려 있었고 커다랗고 차가웠으며 무거웠다. 매번 숨을 들이쉴 때마다 하복부 안에 돌돌 말린 호스는 더 차갑고 단단해졌다. 복부 안에 들어앉은 커다란 뱀이 철썩이는 호수 물 위로 미끄러지듯 움직이는 느낌이었다. 무서웠다. 그것은 몸속에 있었지만 아득히 멀게 느껴졌다. 이제 괴로운 건 추위였다.

추위가 온몸을 휘감았다. 고통스러운 추위가 가시지 않아서 그는 그것을 느끼며 가만히 누워 있었다. 몸을 웅크릴 수 있다면 온기가 이불처럼 그를 덮어줄 것 같다는 생각이 잠시 들었지만 이미 몸을 웅크렸고 몸이 따뜻해지기 시작했다는 느낌이 들었다. 하지만 그 온기는 그가 무릎을 끌어올리면서 일어난 출혈 때문이었다. 그 온기마저 잦아들자 더는 몸을 웅크릴 수 없어 추위를 받아들일 수밖에 없었다. 그는 그대로 누워 죽지 않으려고 안간힘을 썼지만 생각은 이미 오래전에 달아나고 없었다. 보트가 표류하는 동안 어둠이 드리우자 추위가 더 심해졌다.

보트는 어젯밤 10시부터 줄곧 표류하고 있었다. 어느덧 오후가 저물고 있었다. 멕시코 만류 저편에는 모자반 외에는 아무것도 보이는 게 없었고 부푼 분홍빛 풍선 같은 몇몇 고깔해파리들이 발랄하게 까딱거렸다. 저 멀리 짐을 실은 유조선의 연기가 탬피코*에서 북쪽으로 나아갔다.

---

* 멕시코 동남부의 항구도시.

제21장

"어……." 리처드 고든이 그의 아내에게 말했다.

"당신 셔츠에 립스틱 자국 묻었다고. 귀에도 묻었고." 그녀가 말했다.

"이건 어때?"

"뭐가 어때?"

"당신이 술 취한 놈팡이랑 소파에 누워 있는 걸 발견한 거."

"어이가 없어서."

"내가 당신을 어디에서 발견했더라?"

"우린 그냥 소파에 앉아 있었어. 당신이 그걸 본 거야."

"캄캄한 데 있었잖아."

"당신 어디 갔었어?"

"브래들리네."

"그래, 그럴 줄 알았어. 옆에 올 생각 하지 마. 당신한테서 그 여자의 악취가 나니까."

"당신한테선 무슨 악취가 나는데?"

"아무 냄새 안 나. 난 앉아서 친구랑 얘기하고 있었어."

"그놈한테 키스했지?"

"아니."

"그놈이 당신한테 키스했나?"

"응, 기분 좋던데."

"나쁜 년."

"그따위로 나를 부르면 당신과는 끝이야."

"나쁜 년."

"좋아, 우린 끝났어. 당신이 그렇게 오만하지만 않았어도, 내가 당신한테 너무 잘해주지만 않았어도, 우리가 오래전에 끝났다는 걸 당신도 진작 알았을 거야."

"나쁜 년."

"천만에, 난 나쁜 년 아니야. 난 좋은 아내가 되려고 노력했어. 당신이야말로 천박한 수탉처럼 이기적인 데다 거만해. 항상 꼬끼오 울어대지. '내가 한 것 좀 봐. 내가 당신을 어떻게 행복하게 해주었나 보라고. 이제 저리 가서 꼬꼬댁거리든가 해.' 흥, 이제 당신은 나를 행복하게 해주지 못해. 당신이라면 넌더리가 나. 더는 꼬꼬댁거리지 않겠어."

"당신이 꼬꼬댁거릴 자격이나 있어? 뭘 낳기나 하고 꼬꼬댁거리든지."

"그게 누구 잘못인데? 내가 아이를 마다했어? 우린 아이들을 가질 여유가 없었어. 수영하러 앙티브에 가거나 스키 타러 스위스에 갈 여유는 있었지만, 여기 키웨스트에 내려올 여유는 있었지만 말이야. 당신, 넌더리 나, 싫어. 오늘 이 브래들리라는 여자가 마지막이야. 더는 못 참아."

"아, 그 여잔 빼."

"온몸에 립스틱을 묻혀 와놓고 씻지도 않아? 이마에도 묻었어."

"당신은 주정뱅이 팔푼이랑 키스했잖아."

"안 했어. 당신이 무슨 짓을 했는지 알았으면 했을 텐데."

"왜 그 자식이 키스하게 놔뒀어?"

"당신한테 화났으니까. 우린 기다리고 기다리고 또 기다렸어. 당신은 내 옆에 없었어. 그 여자랑 훌쩍 나가서 몇 시간이나 돌아오지 않았잖아. 존이 나를 집에 데려다줬어."

"아, 그놈이 존이구나, 응?"

"그래, 존, 존, 존."

"그놈 성은 뭐야? 토머스?"

"그 남자 이름은 맥월시야."

"철자가 어떻게 돼?"

"몰라." 그녀는 그렇게 말하고는 웃음을 터뜨렸다. 그것은 그녀의 마지막 웃음이었다. "내가 웃었다고 이제 괜찮겠거니 하는 생각은 마."

그녀의 눈에 눈물이 차올랐다. 그녀의 입술이 움직였다.

"괜찮지 않아. 이건 일상적인 부부싸움이 아니야. 우린 끝났어. 이젠 당신이 밉지도 않아. 그냥 당신이 싫어. 지긋지긋하게 당신이 싫어. 당신이랑은 끝났어."

"알았어." 그가 말했다.

"아니, 알긴 뭘 알아? 완전히 끝났다니까. 무슨 소린지 이해해?"

"짐작만."

"짐작하지 말고."

"멜로드라마 쓰지 마, 헬렌."

"내가 멜로드라마 쓴다고? 하, 천만에. 당신이랑은 끝났어."

"아니, 안 끝났어."

"두 번 말 안 해."

"뭘 어쩌려고?"

"아직은 모르겠어. 존 맥월시랑 결혼하든가 할 거야."

"말도 안 돼."

"하고 싶으면 할 거야."

"그자는 당신이랑 결혼 안 해."

"아, 천만에. 할 거야. 오늘 오후에 나한테 결혼하자고 했어."

리처드 고든은 아무 말도 하지 않았다. 마음이 있던 자리에 구멍
이 뻥 뚫리고 말았다. 이제까지 듣거나 한 말들이 모두 남의 얘기처
럼 느껴졌다.

"그자가 당신한테 뭘 하자고 했다고?" 자기 목소리가 아득히 멀
리에서 들려왔다.

"결혼하자고 했어."

"왜?"

"그 사람은 나를 사랑하니까. 나랑 같이 살고 싶으니까. 그 사람은 돈도 잘 벌어, 나를 충분히 먹여 살릴 수 있을 만큼."

"당신은 나랑 결혼했어."

"아니, 교회에선 안 했어. 당신이 교회에서 결혼하지 않겠다고 하는 바람에 불쌍한 우리 엄마의 가슴이 찢어진 거 잘 알잖아. 그때 난 당신한테 완전히 미쳐서 당신을 위해서라면 누구의 가슴도 찢을 각오가 돼 있었어. 참 한심한 바보였지. 스스로 내 가슴마저 찢어놓았으니. 가슴이 찢어지다 못해 무너져버렸어. 믿었던 모든 것들, 아끼던 모든 것들을 당신을 위해 팽개쳤어. 너무나 멋진 당신이 나를 끔찍이 사랑해줘서 사랑 외엔 안중에도 없었거든. 참 대단한 사랑이었어, 안 그래? 우리의 사랑은 아무도 한 적 없고 앞으로도 없을 사랑이었어. 당신은 천재였고 나는 당신의 삶 자체였잖아. 난 당신의 동반자였고 당신의 작은 검은 꽃이었어. 참 우습지. 사랑은 한낱 더러운 거짓말에 지나지 않는데. 당신이 아기 갖는 걸 꺼려서 할 수 없이 먹은 낙태 약, 그게 사랑이야. 사랑은 귀가 먹을 때까지 먹는 키니네*, 키니네, 키니네야. 사랑은 당신이 내게 안겨준 낙태의 끔찍한 공포야. 사랑은 만신창이가 된 내 배야. 절반은 도뇨 관이고 절반은 질 세척 피임이지. 난 사랑을 알아. 사랑은 항상 화장실 문

---

* 키나나무 껍질에서 얻는 물질로 말라리아 치료제나 해열제, 진통제로 쓰였는데 두통과 현기증, 귀울림, 약시 등 부작용이 있었다.

뒤를 맴돌아. 소독약 냄새가 나지. 사랑은 개뿔. 당신이 날 행복하게 해주고는 곧장 곯아떨어져 입 벌리고 자는 동안 나는 내가 기도할 자격이 없는 걸 아니까 기도도 마음대로 못 하고 그냥 누워 뜬눈으로 밤을 새우는 거, 그게 사랑이야. 사랑은 당신이 나한테 가르친 온갖 더러운 기교야. 어떤 책에서 보고 배웠겠지. 됐어, 난 당신이랑 끝났고 사랑도 끝났어, 당신네 너절한 사랑과는, 당신네 작가들과는."

"이 아일랜드 잡년."

"날 그런 식으로 부르지 마. 그런 말은 당신한테나 어울려."

"알았어."

"아니, 알긴 뭘 알아? 틀려먹었어. 정말 틀려먹었어. 당신이 훌륭한 작가였다면 계속 견딜 수 있었겠지. 하지만 내가 본 당신은 고약하고 질투심이 많은 데다 시류에 맞춰 정치관도 바꾸고 면전에선 알랑대고는 뒤에서 욕하는 인간이야. 그런 당신을 지켜봤더니 이젠 아주 지긋지긋해. 그런데 오늘은 그 더러운 부잣집 여편네와 놀아나다니. 아, 진짜 지긋지긋해. 난 당신을 아껴주었고 웃게 해주었고 돌봐주었어. 당신에게 요리를 해주었고 당신이 원하면 입을 다물었고 당신이 원하면 쾌활해졌어. 당신의 관능을 뜨겁게 자극했고 나도 그게 좋은 척 연기했고 당신의 분노와 시기심과 비열함을 감내했지만, 이젠 끝이야."

"그래서 그 주정뱅이 교수랑 결혼하겠다 이거야?"

"그이는 진짜 남자야. 친절하고 너그럽고 마음을 편하게 해줘. 우린 근본이 같고 당신 따위는 절대 가질 수 없는 가치를 공유했어. 그이는 우리 아버지와 비슷해."

"그놈은 주정뱅이야."

"그래, 하지만 우리 아버지도 술은 마셨어. 양모 양말을 신었고 저녁에는 양모 양말 신은 발을 의자 위에 올려두고 신문을 보셨어. 우리가 감기에 걸리면 우리를 돌봐주셨어. 아버진 보일러공이었고 손이 성한 데가 없었어. 술에 취하면 시비도 잘 붙었고 맨정신에도 잘 싸웠지. 훌륭한 노조원이었고 미사에도 참석했어. 어머니가 원했으니까. 부활절도 지켰어, 어머니와 우리 주님을 위해서. 하지만 무엇보다 어머니를 위해서였어. 설령 다른 여자에게 한눈팔았다고 해도 어머니는 절대 몰랐을 거야."

"한눈팔았을 거야, 여러 번."

"그랬을지도 모르지. 하지만 그랬다면 분명 어머니가 아니라 신부님한테 말했을 거야. 만약 그랬다면 어쩔 수 없이 그랬겠지. 미안해하고 후회했을 거야. 호기심이나 시답잖은 자만심에서 그런 짓을 하진 않았을 거야. 아내한테 자기가 얼마나 대단한 남자인지 떠벌리지도 않았어. 만약 한눈팔았다면 어머니가 여름내 우리 자식들을 데리고 멀리 떨어져 있을 때 그랬을 거야. 하지만 그럴 때도 아버진 남자들과 어울리고 술을 마셨어. 진짜 남자였어."

"작가는 당신이 해야겠군. 당신 아버지에 대해 글 한번 써봐."

"당신보다야 나은 작가가 되겠지. 존 맥월시는 좋은 남자야. 당신은 이 모양이지만. 당신은 어림도 없어, 당신의 정치관이나 종교와는 상관없이."

"난 무교야."

"나도 마찬가지야. 하지만 난 종교를 가진 적 있었고 다시 가질 거야. 당신도 그건 빼앗지 못해. 이제까지 당신은 내 모든 걸 빼앗아갔지만."

"아니야."

"아니, 당신은 헬레네 브래들리처럼 부잣집 여자와 잠자리를 할 수 있잖아. 어쩌다 그 여자가 당신을 좋아했을까? 당신이 멋지다고 생각했을까?"

슬픔과 분노가 어린, 울어서 더 예뻐진 그녀의 얼굴과, 비가 온 뒤 느껴지는 싱그러움을 간직한 도톰한 그녀의 입술, 흐트러진 검은 곱슬머리를 보며 리처드 고든은 그녀를 포기하고는 마침내 말했다.

"이제는 나를 사랑하지 않는다는 거야?"

"그 말은 듣기도 싫어."

"알았어."

그는 그렇게 말하고는 별안간 그녀의 얼굴을 세게 후려쳤다. 그녀는 분노가 아니라 고통에 울음을 터뜨리며 얼굴을 탁자 위로 숙였다.

"이렇게까지 할 필요 없었잖아." 그녀는 말했다.

"하, 아니, 필요했어. 당신은 형편없는 작자는 알면서 이게 내게
얼마나 절실했는지는 모르는군."

그날 오후, 문이 열렸을 때 그녀는 그를 보지 못했다. 문이 열리
면서 별안간 쏟아진 햇빛에 보인 것은 하얀 천장과 케이크 장식에
등장할 법한 큐피드와 비둘기, 소용돌이 문양뿐이었다. 리처드 고
든은 고개를 돌려 그를 보았다. 턱수염을 기른 육중한 남자가 문간
에 서 있었다.

"멈추지 마. 제발 멈추지 마." 헬레네의 밝은 머리카락이 베개 위
에 흩어져 있었다.

리처드 고든은 동작을 멈추고는 머리를 돌린 채 응시했다.

"그 사람은 신경 쓰지 마. 아무것도 신경 쓰지 마. 지금은 멈추면
안 된다는 거 몰라?" 여자가 절박하고 다급한 어조로 말했다.

턱수염의 남자가 문을 살짝 닫았다. 그는 웃고 있었다.

"왜 그래, 자기?" 헬레네 브래들리가 어둠 속에서 다시 물었다.

"가야겠어."

"가면 안 되는 거 몰라?"

"저 남자가······."

"그냥 티머시야. 그이는 이런 거 다 이해해. 그이는 신경 쓰지 마.
얼른, 자기. 계속해."

"못 하겠어."

"하라고."

그는 그녀의 몸이 떨리는 것을 느꼈다. 그의 어깨 위에 닿은 그녀의 머리가 덜덜 떨고 있었다.

"맙소사, 자기 지금 뭐가 뭔지 모르는 거야? 여자를 배려하는 마음이 그렇게 없어?"

"가봐야겠어." 리처드 고든이 말했다.

어둠 속에서 그는 뺨을 얻어맞았다. 눈앞에서 불빛이 번쩍한 뒤 다시 한 대 얻어맞았다. 이번에는 입이었다.

"당신 이런 남자였구나. 세상 물정 아는 남잔 줄 알았는데. 여기서 나가."

그것이 오늘 오후에 일어난 일이었다. 그렇게 브래들리 부부의 집에 파국이 닥쳤다.

지금 그의 아내는 탁자 위에 놓인 두 손으로 머리를 감싼 채 앉아 있었다. 두 사람 모두 아무 말도 하지 않았다. 리처드 고든은 시계가 똑딱거리는 소리를 들었다. 방이 고요한 만큼 공허한 기분이 들었다. 잠시 뒤 그의 아내가 그를 쳐다보지 않고 말했다.

"이렇게 돼서 미안해. 하지만 당신도 우리가 끝났다는 걸 알아야 하잖아?"

"그래, 끝난 게 사실이라면."

"항상 그랬던 건 아니지만 오래전부터 그렇게 흘러왔어."

"때린 건 미안해."

"아, 그건 아무것도 아니야. 본질과는 상관없어. 안녕을 고하는 방법일 뿐이지."

"그러지 마."

"내가 나가야겠지. 유감스럽게도 큰 가방을 가져가야겠네." 그녀는 몹시 지친 어조로 말했다.

"아침에 해. 아침에 한꺼번에 해도 되잖아."

"지금 하는 게 나아, 고든. 더 쉬울 거고. 근데 너무 피곤해. 지독하게 피곤하고 머리도 아파."

"하고 싶은 대로 해."

"아, 하느님. 이렇게 되지 않기를 바랐는데. 하지만 이렇게 되어버렸네. 당신을 위해 하는 데까지 정리해볼게. 당신 돌볼 사람도 구해야겠지. 내가 그런 말을 하지 않았다면, 당신이 나를 때리지 않았다면, 어쩌면 우리 다시 헤쳐나갔을지도 모르는데."

"아니, 진작에 끝났어."

"정말 미안해, 고든."

"미안해하지 마. 안 그러면 또 때릴 거야."

"차라리 맞고 나니 속이 후련한 것 같기도 해. 미안해. 정말이야."

"지옥에나 가."

"당신이 침대에서 별로라고 말한 건 미안해. 난 그런 건 아무것도 몰라. 당신 멋진 거 같아."

"당신도 최고는 아니야."

그녀는 다시 울기 시작했다.

"뺨 맞은 거보다 더 아픈 말이네."

"하, 당신은 뭐라고 했더라?"

"몰라, 기억 안 나. 너무 화가 났었고 당신 때문에 너무 아팠어."

"모두 끝난 일인데 뭐가 그리 원통해?"

"아, 끝내고 싶지 않아. 하지만 끝나버렸어. 이젠 어쩔 수 없어."

"당신한텐 그 주정뱅이 교수가 있잖아."

"그러지 마. 우리 그냥 입 다물고 말 안 하면 안 될까?"

"그러지."

"그럴 거지?"

"응."

"난 여기 밖에서 잘게."

"아니, 당신이 침대 써. 난 잠시 외출할 거야."

"아, 나가지 마."

"나가야 해." 그가 말했다.

"안녕." 그녀는 말했다.

그는 그녀의 얼굴을 보았다. 그가 언제나 사랑해마지않던 그녀
의 얼굴, 울어도 절대 추해지지 않은 그녀의 얼굴, 곱슬거리는 검은
머리카락, 탁자 가장자리 밖으로 튀어나온 스웨터 안쪽의 작고 탄

탄한 젖가슴. 그가 그토록 사랑했던 그녀의 나머지 부분들은 보이지 않았다. 행복하게 해주었다고 생각했는데 아무런 기쁨도 주지 못한 그녀의 나머지 부분들은 탁자 밑에 있었다. 그가 문을 나설 때 그녀는 탁자 너머로 그를 쳐다보았다. 그녀는 두 손을 턱에 대고 울고 있었다.

제22장

그는 자전거를 타지 않고 거리를 따라 걸었다. 달이 떠 있었고 달을 등진 나무들이 까맣게 보였다. 좁은 마당이 딸린 목조 주택들을 지났다. 덧창이 내려진 창문들에서 불빛이 새어 나왔다. 두 줄로 이어진 집들 사이로 비포장 길이 나 있었다. 패배가 만연한 콩크 마을. 드리운 덧창, 미덕, 실패, 보글보글 끓는 옥수수 죽, 영양실조, 편견, 정의, 교배, 종교의 위안. 출입이 자유롭고 불이 켜진 쿠바볼리토* 도박장, 로맨스는 허울뿐인 판잣집**, 치카*** 술집 '더레드하우스', 징발된 석조 교회 건물, 달빛을 등진 뾰족한 첨탑과 흉한 삼각형 들. 수도원의 널찍한 마당과 길고 검은 돔 지붕이, 달빛이 근사했다. 미니 골프 코스가 마련된 커다란 공터 옆에는 환하게 불을 밝힌 주유소와 샌드위치 가게가 있었다. 가로등이 환한 큰길에 약국 셋, 음반 가게 하나, 보석 상점 다섯, 당구장 셋, 이발소 둘, 맥줏집 다섯, 아이스크림 가게 셋, 후진 식당 다섯, 괜찮은 식당 하나, 잡지와 신문을

---

* 19세기 후반에서 20세기 초반 쿠바의 노동자층에서 유행했던 게임으로, 1부터 100까지 숫자에 돈을 걸고 각각 숫자가 적힌 100개의 공을 뒤섞은 뒤 공을 뽑아 당첨자를 가렸다.

** shack는 판잣집의 뜻도 있지만 '연인과 동거하다'라는 뜻도 있다.

*** 옥수수로 만든 발효주나 저알코올 음료수.

파는 가게 둘, 중고 상품점 넷(한 군데에서는 열쇠를 만든다), 사진
관 하나, 위층에 치과 병원 넷이 자리한 사무실 빌딩, 커다란 싸구
려 잡화점, 맞은편엔 택시가 정차한 모퉁이의 호텔. 길을 건너 호텔
뒤편으로 들어가 정글 타운으로 이어지는 길에 접어들었다. 칠하
지 않은 큰 목조 주택의 불이 켜진 문간에 여자들이 나와 있었고 기
계 피아노가 돌아갔다. 선원 하나가 길거리에 앉아 있었다. 계속 뒷
길로 법원 벽돌 건물 뒤편을 지났다. 법원 건물의 은은히 빛나는 시
계가 10시 30분을 가리켰다. 달빛에 환하게 빛나는 회칠한 감옥 건
물을 지나 입구에 수목이 무성하고 자동차가 골목까지 즐비한 '라
일락타임'으로 향했다.

　라일락타임은 불이 환하게 켜져 있었고 사람들로 북적였다. 리처
드 고든은 안으로 들어가면서 사람들이 붐비는 도박장을 쳐다보았
다. 휠이 돌아가고 작은 공이 휠 안의 우묵한 금속 홈에 부딪히며 또
르르 굴렀다. 휠이 천천히 돌아가면서 공은 뱅글뱅글 돌다가 튀어 오
른 뒤 멈추었다. 휠이 돌아가고 칩이 딸가닥거리는 소리만이 들렸
다. 스탠드바에서 바텐더 둘과 함께 접객하고 있는 주인장이 말했다.

　"어서 와요, 고든 씨. 뭐 드시겠소?"

　"글쎄요."

　"기분이 안 좋아 보여요. 무슨 일 있어요? 기분 별로예요?"

　"별로."

　"괜찮은 걸로 한 잔 만들어드리죠. 끝내주는 걸로. 스페인 압생트

오헨* 드셔보셨소?"

"그걸로 줘요."

"이걸 마시면 기분이 좋아질 겁니다. '다 덤벼봐' 하는 마음이 생기죠. 고든 씨한테 특제 오헨 한 잔 만들어드려."

리처드 고든은 바 앞에 서서 특제 오헨을 석 잔 들이켰지만 기분이 나아지지 않았다. 희뿌옇고 달착지근하고 차갑고 감초 맛이 나는 술은 그의 기분을 달래주지 못했다.

"다른 걸로 줘요." 그는 바텐더에게 말했다.

"무슨 일 있어요? 특제 오헨 별로예요? 기분 별로예요?" 바텐더가 말했다.

"별로."

"그거 마신 다음엔 살살 달려야 해요."

"위스키 스트레이트로."

위스키 덕에 혀와 목구멍 뒤쪽이 달아올랐지만 머릿속의 생각은 달라지지 않았다. 바 뒤의 거울에 비친 자신의 모습을 쳐다보자 별안간 지금은 술을 마셔도 아무런 소용이 없다는 생각이 들었다. 지금은 무얼 마시든 소용없을 것이다. 앞으로 계속. 정신을 잃을 때까지 퍼마셔도 깨어나면 여전히 그 자리일 테지.

껑다리에 말라깽이, 금발의 짧은 턱수염이 드문드문 난 청년이

---

* 쑥 등 약초로 맛을 낸 알코올 도수 68의 독한 술.

바 앞 그의 옆에 서 있다가 말했다.

"리처드 고든 맞죠?"

"맞아요."

"난 허버트 스펠만입니다. 브루클린의 한 파티에서 만난 적 있는 것 같은데요."

"그랬나? 뭐 그랬나 보죠."

"마지막 책 좋던데요. 다 좋았어요."

"다행이로군. 한잔할래요?"

"내가 마시는 거 마셔봐요. 오헨 마셔봤어요?"

"그거 난 별로던데."

"왜요?"

"기분이 처져."

"한 잔 더 드실래요?"

"아니, 난 위스키 마실 거요."

"당신을 만나다니, 이런 특별한 일도 생기는군요. 당신은 그 파티에서 날 만난 거 기억 못 하겠지만."

"기억 안 나요. 원래 좋은 파티는 기억 안 나는 게 정상 아니오?"

"그렇겠죠. 어쨌든 그건 마거릿 밴 브런트네 파티였어요. 기억나요?" 그는 기대하는 투로 물었다.

"애쓰는 중이오."

"그때 난 불을 지폈죠."

"모르겠소."

"맞아요. 그게 나였어요. 내 생애 최고의 파티였죠." 스펠만이 흡족하게 말했다.

"무슨 일 하시오?" 고든이 물었다.

"특별한 건 없고요, 이것저것 조금씩. 지금은 좀 쉬고 있죠. 새 책 쓰고 계십니까?"

"네, 절반쯤."

"대단하네요. 무슨 얘긴데요?"

"섬유 공장의 파업."

"멋진데요? 난 사회적 분쟁이라면 껌뻑 죽죠."

"뭐요?"

"좋아한다고요. 그걸 제일 좋아하죠. 당신은 최고 중의 최고예요. 근데, 거기에 아름다운 유대인 선동가도 나와요?"

"왜요?" 리처드 고든은 수상쩍다는 듯 물었다.

"그 역할엔 실비아 시드니가 딱이라서요. 제가 사랑하는 배우죠. 그 여자 사진 볼래요?"

"예전에 봤소."

"한잔해요." 스펠만이 반색하며 말했다. "여기서 당신을 만날 줄이야. 난 정말 행운아야. 운수 대통했어."

"왜?" 리처드 고든이 물었다.

"나 미쳤거든요. 얼마나 좋은데요. 사랑에 빠지는 족족 잘되는 기분이랄까."

리처드 고든은 약간 물러났다.

"그러지 마요. 난 폭력 안 써요. 폭력은 쓴 적 거의 없어요. 자, 한 잔 더 해요." 스펠만이 말했다.

"언제부터 미친 거요?"

"항상 미쳐 있는 것 같아요. 때론 말이죠 이게 행복해지는 유일한 길이에요. 더글러스에어크래프트가 뭘 하든 내가 무슨 상관입니까? AT&T가 뭘 하든 내가 무슨 상관이냐고요? 그들은 날 건드리지 못해요. 그저 당신의 책을 집어 들거나 한잔하거나 실비아의 사진을 쳐다보면 난 행복해져요. 난 한 마리의 새와 비슷해요. 새보다 더 우월하죠. 난······." 그는 망설이며 적당한 말을 고르는 듯하다가 서둘러 말을 이었다. "난 사랑스러운 작은 황새예요."

그는 불쑥 내뱉고는 얼굴을 붉혔다. 그가 리처드 고든을 빤히 쳐다보며 입을 놀리고 있는데 덩치 큰 금발 청년이 바 저편의 일행에서 떨어져 나와 다가와서는 그의 팔에 손을 얹었다.

"가자, 해럴드. 그만 집에 가는 게 좋겠어." 청년이 말했다.

스펠만은 리처드 고든을 거친 눈초리로 쳐다보았다.

"그는 황새를 비웃었다. 그는 황새한테서 물러났다. 황새는 뱅글뱅글 비행하며······."

"가자, 해럴드." 덩치 큰 젊은이가 말했다.

스펠만은 리처드 고든에게 손을 내밀고는 말했다.

"악의는 없었어요. 당신은 훌륭한 작가예요. 계속 밀고 나가요. 나는 항상 행복하다는 거 기억해주고. 사람들에게 휘둘리지 말고. 또 봐요."

덩치 큰 젊은이의 팔이 그의 어깨를 둘렀고 두 사람은 사람들을 헤치고 문으로 갔다. 스펠만은 뒤를 돌아보며 리처드 고든에게 윙크했다.

"좋은 친구예요." 바텐더가 말했다. 그는 손가락으로 자기 머리를 톡톡 두드렸다. "아주 많이 배운 친구고. 그런데 공부를 너무 많이 했나 봐요. 유리잔 깨는 걸 좋아하죠. 악의는 없어요. 깬 건 다 값을 치르거든요."

"여기 자주 와요?"

"저녁에요. 자기를 뭐라고 합디까? 백조?"

"황새."

"지난번에는 말이었어요, 날개가 달린. 날개 한 쌍이 달린 하얀 말 모양의 병에 얹힌 말 같다나. 좋은 친구예요. 돈도 많고. 생각도 재미있고. 가족들이 매니저를 붙여 여기로 내려보냈대요. 여기에서 지내라고. 선생 부츠가 마음에 든다고 그 친구가 그러더군요. 고든 씨, 뭐 드실래요? 공짜로 한 잔 드리죠."

"위스키."

리처드 고든은 다가오는 보안관을 쳐다보았다. 보안관은 키가 몹시 커서 유령 같은 분위기가 나지만 실은 대단히 사교적인 남자였

다. 그날 오후 리처드 고든은 브래들리네 파티에서 보안관을 만나
은행 강도 사건에 대해 얘기했었다.

"어이, 별일 없으면 이따가 나랑 같이 좀 가지. 해안경비대가 해
리 모건의 배를 견인하고 있어. 어떤 유조선이 마타컴에서 신고했
어. 전원 발견했대." 보안관이 말했다.

"세상에, 다 잡았다고?" 리처드 고든이 말했다.

"전갈에 의하면 한 사람 빼고 모두 죽었대."

"산 사람이 누군지는 모르고?"

"몰라, 그건 말 안 했어. 무슨 일이 있었는지는 하느님만 알겠지."

"돈은 찾았고?"

"그거야 아무도 모르지. 하지만 배가 쿠바에 도착하지 않았다면
배에 있을 거야."

"언제 들어오는데?"

"아, 도착하려면 두세 시간 걸려."

"배를 어디로 가져가는데?"

"해군 공창으로 가겠지. 해안경비대가 거기 정박하니까."

"그때 거기에 내려가려면 당신을 어디서 만나야 하지?"

"여기 다시 들를 테니 그때 보자고."

"여기 아니면 저 아래 프레디네에서. 여긴 오래 붙어 있을 수 없
거든."

"오늘 프레디네는 북새통이라서. 위쪽 키웨스트에서 내려온 제

대군인들로 바글바글해. 그 인간들은 꼭 난동을 부려."

"거기 가서 둘러봐야겠군. 지금 좀 우울해." 리처드 고든이 말했다.

"괜히 말썽에 휘말리지 마. 두 시간쯤 뒤에 거기서 내 차 타고 나와. 나올 때 차편 필요하지?"

"고마워."

그들은 군중을 비집고 밖으로 나갔고 리처드 고든은 보안관의 차 조수석에 앉았다.

"모건의 배에서 무슨 일이 일어난 걸까?" 고든이 물었다.

"하느님만이 알겠지. 꽤 오싹한 사건 같아." 보안관이 말했다.

"다른 정보는 없고?"

"전혀. 저거 좀 봐."

맞은편에 불이 환히 밝혀진 프레디의 가게가 있었다. 밖의 보도까지 사람들로 북적였다. 해군 작업복 차림의 남자들이 맨머리이거나, 옛날 군모, 혹은 골판지로 만든 헬멧을 쓴 채 술집 앞에 세 겹으로 늘어서 있었다. 5센트 동전을 넣는 주크박스에서는 〈카프리섬〉*이 요란하게 흘러나왔다. 인파가 쫙 갈라지더니 열린 문에서 한 남자가 튀어나왔고 다른 남자가 그를 덮쳤다. 그들은 쓰러져 보도 위를 나뒹굴었다. 덮친 남자가 두 손으로 상대방의 머리카락을 움켜쥐고 머리를 시멘트 바닥에 내려치자 오싹한 소리가 났다. 이

---

* 1934년 발표되어 미국에서 크게 유행한 탱고 풍의 노래.

들에게 관심을 보이는 사람은 술집에 아무도 없었다.

보안관은 차에서 내려 덮친 남자의 어깨를 움켜잡았다.

"그만해. 일어나."

남자는 몸을 일으켜 보안관을 쳐다보았다.

"빌어먹을, 당신 일에나 신경 쓰시지, 응?"

머리에 피가 묻은 또 다른 남자가 보안관에게 대들었다. 피가 그의 귀에서 주근깨투성이 얼굴로 뚝뚝 흘러내리고 있었다.

"내 친구 건드리지 마. 무슨 짓이야?" 그가 걸걸한 목소리로 말했다. "내가 이 정도도 감당 못 할까 봐?"

"감당하고말고, 조이." 머리를 내려친 남자가 말했다. 그러고는 보안관에게 말했다. "이봐요, 내가 알아서 하게 놔두면 안 되겠소?"

"안 돼." 보안관이 말했다.

"그럼 지옥에나 가." 그러고 나서 그는 리처드 고든에게로 고개를 돌렸다. "여긴 어쩐 일이야, 친구?"

"내가 한 잔 살게." 고든이 말했다.

그 제대군인은 가자, 라고 말하고는 고든의 팔을 잡았다.

"이따가 들를게." 보안관이 말했다.

"응, 기다릴게."

함께 바 끄트머리 쪽으로 슬슬 들어가면서 빨간 머리에 주근깨 얼굴의 남자는 피투성이가 된 귀와 얼굴을 해서는 고든의 팔을 잡았다.

"내 친구." 그가 말했다.

"이 자식 괜찮아. 이 정도는 감당할 수 있어." 다른 제대군인이 말했다.

"봤지? 나 감당할 수 있다니까. 그래서 내가 그놈들한테 열불을 낸 거야." 피투성이 남자가 말했다.

"그럼 혼자 감당해. 나누지 말고." 누군가 말했다. "밀지 말란 말이야."

"좀 들여보내줘. 나랑 내 친구 좀 들여보내달라고." 피투성이 얼굴의 남자가 말했다. 그는 리처드 고든의 귀에 속삭였다. "난 나누지 않고 혼자 다 감당할 수 있어. 알지?"

"이봐." 그들이 겨우 맥주에 젖은 바에 접근했을 때 다른 제대군인이 말했다. "정오에 캠프파이브 매점에서 너도 그놈 봤을 거야. 내가 그놈 쓰러뜨리고 병으로 머리를 후려쳤어. 드럼 치듯이. 한 쉰 번은 친 것 같아."

"더 쳤어." 피투성이 얼굴의 남자가 말했다.

"그랬는데도 그 자식 아직도 정신을 못 차렸어."

"까짓것 받아주지 뭐." 다른 남자가 말했다. 그러고 나서 리처드 고든의 귀에 속삭였다. "비밀 있어."

리처드 고든은 흰 상의의 배불뚝이 검둥이 바텐더가 꺼내 밀어준 맥주 세 병 중 두 병을 건네주었다.

"무슨 비밀?" 리처드 고든이 물었다.

"나. 내 비밀." 피투성이 얼굴의 남자가 말했다.

"이놈 비밀 있어. 이놈 거짓말은 안 해." 다른 제대군인이 말했다.

"들어볼래?" 피투성이 얼굴의 남자가 리처드 고든의 귀에 대고 말했다.

고든이 고개를 끄덕였다.

"손해 볼 건 없지."

다른 남자도 고개를 끄덕였다.

"가장 심한 걸로 얘기해줘."

빨간 머리 남자는 피 묻은 입술을 고든의 귀에 바짝 대고 말했다.

"난 가끔 이런 게 기분 좋더라고. 어찌 생각하나?"

고든의 팔꿈치 옆에는 한쪽 눈꼬리에서 턱까지 흉터가 쭉 이어진 키가 크고 호리호리한 남자가 있었다. 그가 빨간 머리 남자를 내려다보며 씩 웃었다.

"처음엔 예술이더니 점점 재밌어지더군. 이 세상에 내 비위를 뒤집는 게 있다면 그건 너야, 레드." 키 큰 남자가 말했다.

"넌 툭하면 비위가 상하잖아. 너 어디 소속이었지?" 첫 번째 제대군인이 말했다.

"그게 너랑 무슨 상관이야, 펀치드렁크*." 키 큰 남자가 말했다.

"한잔하시겠소?" 리처드 고든은 키 큰 남자에게 물었다.

---

* 권투 선수처럼 뇌에 큰 충격을 받아 나타나는 뇌세포 손상증.

"고맙지만 이미 마시고 있소." 키 큰 남자가 대답했다.

"우리 잊지 마시게." 고든과 함께 온 두 남자 중 한 명이 말했다.

"맥주 세 병 더." 리처드 고든이 말했다.

검둥이가 맥주를 꺼내 쭉 밀어주었다. 고든은 팔꿈치도 들지 못할 만큼 사람들 틈에 꽉 끼어 있었기 때문에 키 큰 남자와 몸이 밀착되었다.

"배 타고 온 거요?" 키 큰 남자가 물었다.

"아뇨, 여기서 지내요. 댁은 플로리다 군도에서 왔지요?"

"우린 오늘 밤 토투가스에서 왔어요. 우리가 하도 난장을 치니까 우릴 거기에 붙잡아두지 못했지."

"저 인간 빨갱이야." 첫 번째 제대군인이 말했다.

"너도 두뇌라는 게 있다면 그렇게 안 되고는 못 배길 거다. 그들은 우리를 없애려고 거기로 한꺼번에 보냈지만 말이오, 우린 그들이 감당 못 할 만큼 난장을 쳤지요." 그는 리처드 고든을 보고 씩 웃었다.

"저 자식 조져." 누군가 소리쳤다.

리처드 고든은 바로 옆에서 어떤 주먹이 어떤 얼굴을 후려치는 걸 보았다. 얻어맞은 남자는 두 사람에 의해 바에서 끌려 나갔다. 넓은 곳에서 한 남자가 그자의 얼굴을 다시 세게 쳤고 또 다른 남자는 그의 몸을 쳤다. 그는 시멘트 바닥에 쓰러져 팔로 머리를 감쌌고 한 명이 그의 허리를 걷어찼다. 그는 내내 찍소리 한 번 내지 않았다. 두 남자 중 한 명이 그를 홱 일으켜 세우고는 벽에 밀어붙였다.

"열 좀 식혀라, 이 개새끼야." 그가 말했다.

남자가 하얗게 질린 얼굴을 벽에 박고 쭉 늘어지자 두 번째 남자는 무릎을 살짝 구부리며 자세를 잡더니 오른 주먹을 그에게 휘둘렀다. 주먹은 시멘트 바닥 근처에서 올라와 하얗게 질린 남자의 턱 옆쪽을 강타했다. 남자는 무릎을 꿇으며 주저앉은 뒤 스르륵 쓰러졌다. 그의 머리 주변에 작은 피 웅덩이가 고였다. 두 남자는 그자를 버려두고 곧장 돌아왔다.

"아, 당신 주먹깨나 쓰는군." 둘 중 하나가 말했다.

"저 개새끼 말이야, 마을에 들어와서는 우편저금 들먹이면서 비용이란 비용은 죄다 달아놓고 바에서 술을 슬쩍슬쩍 집어 마시잖아. 내가 저 새끼 열을 식혀준 것도 벌써 두 번째야." 다른 남자가 말했다.

"이번에도 네가 저놈 열을 식혀줬구나."

"저놈을 때리는 순간 놈의 턱이 구슬 넣은 주머니처럼 쭉 밀렸어." 다른 남자가 신 나서 말했다.

남자는 벽에 기대어 뻗어 있었고 아무도 그에게 신경 쓰지 않았다.

"이봐, 당신이 나를 저렇게 쳤다면 난 눈 하나 깜짝 안 했을 거야." 빨간 머리 제대군인이 말했다.

"닥쳐, 등신아. 올드랠* 걸린 주제에."

---

* 매독.

"아니, 안 걸렸어."

"네놈 주먹은 구역질 나. 왜 내가 네놈 몸에 주먹질하겠냐?"

"그거야 주먹질하는 게 네놈 일이니까." 빨간 머리 남자가 고든에게 말했다. "어이, 친구, 한 잔 더 할래?"

"참 멋진 남자들 아니오?" 키 큰 남자가 말했다. "전쟁은 정화하는 힘이자 격상하는 힘이죠. 문제는 여기 우리 같은 사람들만 군인으로 선발되었느냐, 아니면 전체 구성원들 중에 다른 종류의 군인들도 있느냐지요."

"난 모르겠소." 리처드 고든이 말했다.

"장담컨대 여기 있는 남자들 중 징집된 자는 세 명도 안 될 거요. 이들은 엘리트예요, 쓰레기 위에 얹힌 크림. 웰링턴이 워털루에서 승리할 때 함께한 이들. 후버 대통령은 우릴 안티코스티 섬*에서 몰아냈고, 루스벨트 대통령은 우릴 없애려고 배에 실어 여기로 내려보냈죠. 그 부대는 전염병을 유포할 방편으로 운영돼온 건데, 불쌍한 자식들이 도무지 죽질 않는 거라. 그래서 그들은 우리 중 일부를 배에 실어 토투가스로 보냈는데 지금은 규모가 꽤 커졌죠. 게다가 우리가 참고 있지만 않았거든. 그래서 그들은 우릴 다시 불러들였죠. 그다음 수순은 뭐겠소? 그들은 어떻게든 우릴 없애야 해요. 무슨 말인지 아쇼?"

---

* 캐나다 퀘벡 주의 섬.

"왜요?"

"왜냐하면 우리는 궁지에 몰린 놈들이니까. 잃을 게 없는 놈들이 니까. 우린 철저히 학대당한 놈들이오. 고대 스파르타쿠스*의 동료 들보다 훨씬 더 독종이지. 하지만 함께 무얼 하기엔 또 너무 거칠 어. 왜냐하면 우린 이제까지 하도 고생을 해서 술을 위안으로 삼고 오로지 자존심 하나로 버티거든. 물론 우리 모두 그런 건 아니오. 일부는 그걸 남과 나누지."

"군부대에 공산주의자가 많소?"

"고작 마흔 명쯤. 1000명에 두 명꼴이지. 공산주의자가 되려면 훈련과 자제력이 필요해. 주정뱅이는 공산주의자가 될 수 없어."

"저놈 말 듣지 마. 저놈은 망할 과격분자야." 빨간 머리 제대군인 이 말했다.

"이보쇼, 내가 해군에서 있었던 일 하나 얘기해주지. 너도 들어 봐, 망할 과격분자야." 리처드 고든과 함께 맥주를 마시는 다른 제 대군인이 말했다.

"저놈 말 듣지 마. 함대가 뉴욕에 있을 때였어. 저녁에 거기 뭍으 로 올라가서 리버사이드드라이브 밑에 가면 턱수염을 길게 기른 영감들이 있거든. 1달러 내면 영감의 턱수염에 오줌을 눌 수 있어. 어떤가?" 빨간 머리가 말했다.

---

* 고대 로마 시대의 검투사. 반란을 일으켰다가 진압되었다.

"내가 한 잔 사지. 그 얘기는 잊어버려. 그런 얘기는 듣고 싶지 않아." 키 큰 남자가 말했다.

"난 아무것도 안 잊어. 대체 왜 그래, 이 자식아?" 빨간 머리가 말했다.

"그 턱수염 얘기 진짜야?" 리처드 고든이 물었다. 속이 좀 울렁거렸다.

"하느님과 우리 어머니를 걸고 맹세해." 빨간 머리가 말했다. "젠장, 헛소리 아니야."

바 저편에서는 한 제대군인이 술값을 놓고 프레디와 시비가 붙었다.

"당신이 그만큼 마셨다니까." 프레디가 말했다.

리처드 고든은 그 제대군인의 얼굴을 주시했다. 그자는 몹시 취한 데다 눈은 충혈되었고 싸울 빌미를 찾는 중이었다.

"어디서 거짓말을 씨불여?" 그가 프레디에게 말했다.

"85센트 내." 프레디가 그에게 말했다.

"잘 봐." 빨간 머리 제대군인이 말했다.

프레디는 양손을 벌려 바를 짚고는 그 제대군인을 물끄러미 쳐다보았다.

"어디서 거짓말을 씨불여." 제대군인은 그렇게 말하고는 맥주잔을 던지려고 집어 들었다.

제대군인의 손이 잔을 쥐는 순간 프레디의 오른손이 바 위에서 반원을 그렸다. 행주에 싸인 커다란 소금 그릇이 제대군인의 옆통수를 강타했다.

"깔끔하지? 근사하지?" 빨간 머리 제대군인이 말했다.

"주인장이 짧은 당구 큐로 두들겨 패는 걸 봤어야 해." 다른 사람이 말했다.

소금 그릇에 얻어맞아 쓰러진 사내 옆에 제대군인 둘이 서서 프레디를 사납게 노려보았다.

"이놈 열 좀 식혀줄까?"

"진정해요. 내가 한 잔 대접하리다. 어이, 윌레스. 이 친구 좀 저기 벽에 기대어놔." 프레디가 말했다.

"근사하지? 짜릿하지 않아?" 빨간 머리 제대군인이 리처드 고든에게 말했다.

덩치 큰 청년이 소금 그릇에 얻어맞은 사내를 군중 사이로 질질 끌고 갔다. 청년이 사내를 일으켜 세우자 사내는 청년을 멍하니 쳐다보며 말했다.

"딴 데 가서 놀아. 나가서 놀라고."

열이 식은 사내는 벽에 기대어 앉아 두 손으로 머리를 감쌌다. 덩치 큰 청년이 그를 내려다보았다.

"댁도 딴 데 가서 노쇼. 여기서 분란 일으키지 말고."

"내 턱 부서졌어." 열을 식힌 사내가 잠긴 목소리로 말했다. 피가 입에서 턱으로 흘러내리고 있었다.

"주인장에게 된통 얻어맞고도 죽지 않은 걸 다행으로 알아. 이제 딴 데 가서 놀아."

"내 턱 부서졌어. 놈들이 내 턱을 부쉈어."

"딴 데로 가는 게 좋을 거야. 분란 일으키지 말고."

턱이 부서진 사내는 청년의 부축을 받아 일어나서 비틀비틀 거리로 나갔다.

"저번 밤에는 아주 난리가 나서 벽에 기대 널브러진 사람만 십수 명 봤어. 어느 아침엔 저기 덩치 큰 검둥이가 양동이로 마무리하고. 그때 양동이로 마무리한 거 당신 맞지?" 빨간 머리 제대군인이 커다란 흑인 바텐더에게 물었다.

"맞아요, 손님. 한두 번이 아니에요. 그래도 내가 누구랑 싸우는 건 못 봤을걸요?" 바텐더가 말했다.

"내가 뭐랬어, 양동이로 그랬다니까." 빨간 머리 제대군인이 말했다.

"아무래도 오늘 밤에 난리 통이 벌어지겠군." 다른 제대군인이 말했다. 그리고 리처드 고든에게 물었다. "어떤가, 친구? 한 잔 더 할 텐가?"

리처드 고든은 취기를 느꼈다. 바 뒤의 거울에 비친 자기 얼굴이 이상하게 보이기 시작했다.

"이름이 뭐요?" 그는 키 큰 공산주의자에게 물었다.

"잭스. 넬슨 잭스." 키 큰 남자가 말했다.

"여기 오기 전엔 어디 있었소?"

"아, 여기저기. 멕시코, 쿠바, 남아메리카, 여기저기."

"부럽군."

"왜 나를 부러워하쇼? 당신도 하면 될 거 아뇨?"

"이제까지 난 책을 세 권 썼어요. 지금은 개스토니아*에 대한 책을 쓰고 있고."

"잘됐군. 멋있어. 이름이 뭐라고 했소?" 키 큰 남자가 말했다.

"리처드 고든."

"아."

"'아'라니, 무슨 뜻이오?"

"아무것도."

"내 책 읽은 적 있소?"

"있지."

"마음에 들던가?"

"아니."

"왜?"

"말하기 싫어."

"말해봐요."

"쓰레기 같더군." 키 큰 남자는 말하고 나서 돌아섰다.

---

* 미국 노스캐롤라이나 주의 남부 도시.

"오늘 밤 아주 제대로 걸렸군. 진짜 끝내주는 밤이야. 당신 얼마나 가졌다고 했지?" 고든은 빨간 머리 제대군인에게 물었다. "난 2달러 남았어."

"맥주 한 병 값. 이봐, 넌 내 친구고 네 책은 훌륭해. 저 과격분자 개새끼는 개소리 말라고 해." 빨간 머리 남자가 말했다.

"지금 책 가진 거 없어? 읽어보고 싶은데. 혹시 『웨스턴 스토리스』나 『워 에이시스』에는 글 안 써? 『워 에이시스』는 매일 읽는데." 다른 제대군인이 물었다.

"저 키 큰 자식 누구야?" 리처드 고든이 물었다.

"말했잖아, 과격분자 개새끼라고. 군대에 저런 인간들이 우글우글해. 우린 저런 인간들을 쫓아냈어. 하지만 누차 말한 대로 군대 안에 있는 사람들은 대부분 기억도 못 해." 두 번째 제대군인이 말했다.

"뭘 기억 못 한다는 거야?" 빨간 머리가 물었다.

"어차피 아무것도 기억 못 하지만." 다른 제대군인이 대답했다.

"나 보여?" 빨간 머리가 물었다.

"응." 리처드 고든이 말했다.

"세상천지에 우리 마누라보다 더 좋은 여잔 없는 거 같지 않아?"

"왜 아니겠어."

"정말이야. 그리고 그 여잔 나라면 납죽 엎드리거든. 노예처럼. 커피 한 잔 가져오라고 하면 '네, 아빠' 하고 말하거든. 그리고 나서

커피를 대령하지. 모든 게 그런 식이야. 우리 마누라는 나라면 껌뻑
죽어. 내 변덕도 마누라에겐 법이야."

"문제는 그 마누라가 지금 어디 있느냐지, 응?" 다른 제대군인이
물었다.

"그러게 말이야, 친구. 우리 마누라 지금 어디 있을까?" 빨간 머
리가 말했다.

"이놈은 지금 자기 마누라가 어디 있는지도 몰라." 두 번째 제대
군인이 말했다.

"그것뿐이 아니야. 마지막으로 마누라를 본 게 어딘지도 모르겠
어." 빨간 머리가 말했다.

"이놈은 자기 마누라가 지금 어느 나라에 있는지도 몰라."

"근데, 이봐, 친구. 내 마누라가 어디 있든 말이야, 그 여자는 정
숙해."

"그건 하느님도 아는 진실이지. 목숨 걸어도 돼." 다른 제대군인
이 말했다.

"가끔 말이야, 그 여자가 진저 로저스는 아닐까, 영화계에 진출한
건 아닐까 하는 생각이 들어." 빨간 머리가 말했다.

"왜 아니겠나?" 다른 제대군인이 말했다.

"그러다가도 그 여자가 내 집에서 조용히 기다리는 모습이 눈에
선하단 말이지."

"집의 난롯불도 지펴놓고." 다른 이가 말했다.

"아무렴, 그 여잔 세상에서 가장 멋진 여자거든." 빨간 머리가 말했다.

"이봐, 우리 어머니도 훌륭했어." 다른 이가 말했다.

"맞아."

"돌아가셨지만. 어머니 얘긴 그만하지." 두 번째 제대군인이 말했다.

"결혼 안 했지, 친구?" 빨간 머리 제대군인이 리처드 고든에게 물었다.

"했어." 그는 대답했다.

바 저쪽으로 남자 넷을 지나, 붉은 얼굴에 파란 눈, 맥주 방울이 맺힌 노란 콧수염의 맥월시 교수가 보였다. 맥월시 교수는 앞을 똑바로 바라보고 있었고 리처드 고든이 지켜보는 동안 맥주잔을 비웠다. 그는 아랫입술을 내밀어 콧수염에서 거품을 닦았다. 리처드 고든에게는 그자의 눈이 유난히 새파랗고 도드라져 보였다.

그자를 지켜보자니 리처드 고든은 속이 뒤집어졌다. 아내를 빼앗아 간 남자를 쳐다보는 기분이 어떤 것인지 처음으로 알 것 같았다.

"왜 그러나, 친구?" 빨간 머리 제대군인이 말했다.

"아무것도 아냐."

"기분이 안 좋구나. 기분이 안 좋아 보여."

"아냐."

"유령이라도 본 얼굴이야."

"저기 콧수염 기른 남자 보여?"

"저 남자?"

"응."

"저 남자가 왜?" 두 번째 제대군인이 물었다.

"아무것도 아냐. 빌어먹을. 아무것도 아냐." 고든이 말했다.

"저 자식이 거슬러서 그래? 우리가 저놈 열 좀 식혀주지 뭐. 우리 셋이면 저자를 덮칠 수 있어. 네가 부츠 발로 저놈 밟아버려."

"아냐, 다 부질없어."

"저놈이 밖에 나갔을 때 잡자. 저 자식 생긴 게 마음에 안 들어. 버러지 같이 생겼네, 저 개새끼." 빨간 머리 제대군인이 말했다.

"저놈 싫어. 저놈이 내 삶을 망쳐놨어." 리처드 고든이 말했다.

"저 자식 손봐주자, 저 노란 쥐새끼. 이봐, 레드, 병 두 개만 집어. 저 자식 죽도록 패주자고. 이봐, 저놈이 언제 그런 거야, 친구? 좋아. 한 병 더 있지?" 두 번째 제대군인이 말했다.

"우리 1달러 70센트 있어." 리처드 고든이 말했다.

"그럼 1파인트짜리가 더 낫겠어. 나 지금 오줌 쌀 거 같아." 빨간 머리 제대군인이 말했다.

"참아, 이 맥주 몸에 좋은 거야. 생맥주란 말이야. 맥주 다 마셔. 가서 저놈 두들겨 패고 돌아와서 더 마시자." 다른 남자가 말했다.

"됐어, 저놈 그냥 내버려둬." 리처드 고든이 말했다.

"아니야, 친구. 우린 그런 꼴 못 봐. 저 쥐새끼가 네 안사람을 망쳤다며."

"내 삶. 내 안사람 말고."

"아이고! 용서하게. 미안해, 친구."

"그자가 돈을 안 갚아서 은행을 파산시켰어. 분명 그에 대한 대가를 받았을 거야. 있잖아, 오늘 우체국에서 그놈 사진을 봤어." 다른 제대군인이 말했다.

"넌 대체 우체국에서 뭐 하고 있었어?" 다른 이가 수상하다는 투로 말했다.

"나는 편지 좀 받으면 안 되냐?"

"부대에서 편지 받으면 어디 덧나?"

"내가 우편저금하려고 갔다고 생각하는 거야?"

"그럼 우체국에서 뭐 하고 있었는데?"

"그냥 지나다가 들렀어."

"이거나 먹어." 그의 친구는 그렇게 말하고는 사람들 틈에서 휘두를 수 있는 만큼 손을 휘둘러 친구를 때렸다.

"감방 동료 탄생이요." 누군가 말했다.

두 사내가 서로를 붙들고 주먹질하고 무릎을 꿇고 박치기하다가 문밖으로 밀려났다.

"길바닥에서 싸우든지 해. 개자식들, 하룻밤에도 서너 번은 싸움질이야." 어깨가 딱 벌어진 청년이 말했다.

"박력 있는 친구들이군. 한때는 레드도 싸움깨나 했는데 올드랠에 걸리고 말았어." 또 다른 제대군인이 말했다.

"아까 그 둘도 걸렸어."

"레드는 링에서 어떤 녀석이랑 권투하다가 옮은 거야. 그 녀석이 올드랠에 걸린 놈이었거든. 어깨고 등이고 온통 발진투성이었어. 서로 끌어안을 때마다 녀석이 어깨나 얼굴을 레드의 코 밑에 대고 문질렀어." 한 땅딸막한 제대군인이 말했다.

"어이가 없네, 정말. 대체 왜 얼굴을 문지른 거야?"

"붙어서 싸울 때 머리를 그렇게 대는 게 레드의 버릇이거든. 아래로, 이렇게. 그래서 그 녀석은 레드와 거칠게 몸싸움한 거고."

"어이가 없네, 정말. 헛소리도 정도껏 해야지. 권투하다가 올드랠 옮는 사람이 누가 있나."

"그건 당신 생각이고. 이봐, 레드는 세상에 다시없는 깨끗한 놈이었어. 훌륭한 선수이기도 했고. 정말 훌륭했다니까. 멋진 여자랑 결혼도 했었고. 그런데 그 베니 심슨이란 놈이 올드랠을 옮긴 거야. 그건 지금 내가 여기 서 있는 것만큼이나 명백해."

"그럼 앉으면 되겠네. 푸치는 어쩌다 걸렸더라?" 다른 제대군인이 말했다.

"그놈은 상하이에서 걸렸어."

"넌 어디에서 걸렸는데?"

"난 안 걸렸어."

"수즈는 어디에서 걸렸지?"

"브레스트에서 어떤 여자한테. 집에 오는 길에."

"당신들은 만날 그 얘기야. 올드랠. 올드랠에 걸리든 말든 뭐가 달라져?"

"전혀. 우린 우리야. 그냥 이대로 만족들 하셔." 어떤 제대군인이 말했다.

"푸치는 더 만족하나 본데. 자기가 어디 있는지도 모를 만큼."

"올드랠이 뭐요?" 맥월시 교수가 바 앞에서 옆의 남자에게 묻자 남자가 설명해주었다.

"어원이 뭔지 궁금하군." 맥월시 교수가 말했다.

"그건 몰라요. 입대했을 때부터 그걸 늘 올드랠이라고 부르던데요. 누구는 랠이라고 부르기도 하고. 하지만 대개는 올드랠이라고 불러요."

"알고 싶네요. 그런 용어들은 대부분 옛날 영어 단어죠."

"왜 그걸 올드랠이라고 부르는 거지?" 맥월시 교수 옆의 제대군인이 다른 이에게 물었다.

"모르겠어."

아무도 아는 사람이 없는 듯했지만 모두 그 진지하고 지적인 대화의 분위기를 즐겼다.

리처드 고든은 이제 맥월시 교수 바로 옆에 있었다. 레드와 푸치가 싸우기 시작하면서 그는 그 자리로 떠밀려갔지만 저항하지 않았다.

"안녕하쇼, 한잔할래요?" 맥월시가 그에게 말을 걸었다.

"당신이랑은 안 마셔." 리처드 고든이 말했다.

"그렇겠지. 이런 광경 본 적 있소?" 맥월시 교수가 말했다.

"아니."

"대단히 진기한 광경이야."

"놀라운 사람들이야. 난 밤엔 늘 여기 옵니다."

"싸움에 휘말린 적은 없고?"

"아뇨, 내가 왜요?"

"취하면 싸우잖아."

"난 싸움에 휘말린 적 없는데."

"몇 분 전에 내 친구 둘이 당신을 두들겨 패려고 했어."

"그랬군."

"그러라고 놔둘 걸 그랬어."

"그런다고 뭐가 달라지진 않아." 맥월시 교수는 그답지 않은 생소한 말투로 말했다. "내가 여기 있어 당신이 불편하다면 내가 가지."

"아니. 어쩐지 당신 옆에 있고 싶군."

"그렇군."

"결혼한 적 있소?"

"있지."

"어떻게 됐지?"

"아내는 1918년 독감이 유행했을 때 죽었소."

"다시 결혼하려는 이유가 뭐요?"

"이젠 잘할 수 있을 것 같아서. 이젠 더 나은 남편이 될 수 있을 것 같소."

"그래서 내 아내를 골랐군."

"맞아."

"재수 없는 새끼." 리처드 고든은 그렇게 말하고는 교수의 얼굴을 쳤다.

누군가 그의 팔을 붙잡았다. 그가 손을 홱 뿌리치자 누군가 그의 귀 뒤를 쳤다. 맥월시 교수는 눈앞에 있었다. 여전히 바 앞에 그자의 붉은 얼굴이 눈을 깜빡이고 있었다. 맥월시는 고든이 쏟아버린 맥주 대신 다른 맥주를 집으려고 손을 뻗었고 리처드 고든은 다시 그를 때리려고 팔을 뒤로 당겼다. 그때 뭔가가 그의 귀 뒤에서 폭발했다. 불빛이 한꺼번에 확 타오르다가 빙그르 돌고는 꺼져버렸다.

어느새 그는 프레디 가게의 문간에 서 있었다. 머리가 쿵쿵 울렸다. 사람들로 북적이는 술집 안이 흔들리며 살짝 빙그르 돌았다. 속이 메스꺼웠다. 어깨가 딱 벌어진 청년이 옆에 서 있었다. 청년이 말했다.

"잘 들어. 이 안에서 더는 말썽 일으키지 마. 싸움은 주정뱅이들로 충분해."

"누가 날 때렸지?" 리처드 고든이 물었다.

"내가 때렸어. 그 사람은 여기 단골손님이야. 진정해. 이 안에선 싸우지 말란 말이야."

리처드 고든은 위태롭게 서서 맥월시 교수가 붐비는 바에서 나
와 그를 향해 다가오는 것을 보았다.

"미안해. 당신이 맞는 건 원치 않았는데. 당신이 이런 기분인 거
당연해." 맥월시가 말했다.

"재수 없는 새끼." 리처드 고든은 그렇게 말하고는 그에게 덤벼
들었다.

그것을 끝으로 그의 기억은 사라졌다. 덩치 큰 청년이 자세를 잡
고 어깨를 살짝 떨구었다가 고든을 다시 움켜잡았기 때문이다. 이
번에 고든은 시멘트 바닥에 얼굴을 처박으며 추락했다. 덩치 큰 청
년은 맥월시 교수에게로 돌아서서 상냥하게 말했다.

"괜찮아요, 교수님. 이젠 녀석이 괴롭히지 못할 겁니다. 이놈이랑
무슨 일 있어요?"

"이 사람 집으로 데려가야겠는데. 이 사람 괜찮겠죠?"

"그럼요."

"이 사람을 택시에 태우게 도와주시오."

그들은 리처드 고든을 양쪽에서 부축해 데려간 뒤 운전사의 도
움을 받아 낡은 모델티 택시 안에 태웠다.

"진짜 이 사람 괜찮을까?" 맥월시 교수가 말했다.

"깨우고 싶을 때 귀를 세게 잡아당겨요. 물 좀 뿌리고. 정신 들면
싸우려고 덤빌지 모르니 조심하세요. 이자의 손에 잡히지 마요, 교

수님."

"그러죠."

리처드 고든의 머리는 택시 뒷좌석에서 이상한 각도로 꺾여 젖혀져 있었다. 숨을 쉴 때마다 크고 거친 숨소리가 났다. 맥월시 교수는 고든의 머리가 좌석에 부딪히지 않게 팔을 그의 머릿밑에 넣어 받쳤다.

"어디로 갈까요?" 택시 운전사가 물었다.

"마을 외곽으로. 공원을 지나서 숭어 파는 곳 아래 거리."

"거긴 로키로드예요."

"맞아요."

그들이 그 거리의 첫 번째 커피숍을 지날 때 맥월시 교수는 운전사에게 멈추라고 말했다. 가게에 들어가 담배를 사고 싶었기 때문이다. 그는 리처드 고든의 머리를 조심스럽게 좌석 위에 내려놓고 커피숍 안으로 들어갔다. 가게 밖으로 나와 택시에 다시 탔을 때 리처드 고든은 없었다.

"그 사람 어디 갔소?" 그는 택시 운전사에게 물었다.

"저기 길 위에 있어요."

"저 사람 따라잡아요."

택시가 그의 옆에 섰을 때 맥월시 교수는 차에서 내렸다. 보도를 따라 비틀비틀 걷고 있는 리처드 고든에게 다가갔다.

"이봐, 고든. 우리 집에 가야지."

리처드 고든은 그를 쳐다보았다.

"우리?" 그는 휘청대며 말했다.

"이 택시 타고 집에 가자고."

"지옥에나 가."

"갑시다. 당신이 무사히 집에 갔으면 좋겠어."

"당신 패거리 어디 있어?"

"무슨 패거리?"

"날 두들겨 팬 패거리."

"문지기가 그런 거야. 그자가 당신을 때릴 줄은 몰랐어."

"거짓말."

그는 앞에 있는 붉은 얼굴의 남자에게 주먹을 휘둘렀지만 맞히지 못했다. 그 바람에 무릎을 꿇으며 앞으로 엎어졌다가 천천히 일어났다. 무릎이 길바닥에 쓸려 상처가 났지만 그걸 알지도 못했다.

"덤벼, 싸우자." 그는 혀 꼬부라진 소리로 말했다.

"난 싸우지 않아. 당신이 택시에 타면 나는 그냥 갈게." 맥월시 교수가 말했다.

"지옥에나 가." 리처드 고든은 그렇게 말하고는 거리를 걷기 시작했다.

"그냥 가게 둬요. 그 사람 이제 괜찮을 겁니다." 택시 운전사가 말했다.

"정말 괜찮을까요?"

"에이, 멀쩡하구먼 뭐."

"걱정되는데."

"저자는 싸우지 않고는 차에 못 태워요. 그냥 가게 둬요, 괜찮아
요. 손님 동생이에요?"

"그런 셈이오."

그는 리처드 고든이 비틀거리며 사라지는 모습을 바라보았다. 리
처드 고든은 나뭇가지가 밑으로 자라 뿌리처럼 땅속으로 파고든
커다란 나무의 그늘 속으로 사라졌다. 고든의 모습을 지켜보고 있
자니 마음이 착잡해졌다. 이건 대죄*야. 엄중하고 치명적인 죄, 몹시
잔혹한 짓. 엄밀히 보면 우리의 최종 성적은 각자의 종교가 매기는
거겠지. 그래도 나는 나 자신을 용서할 수 없어. 그렇다고 해서 환
자가 아파한다고 외과 의사가 수술 도중에 수술을 그만둘 수는 없
는 노릇이지. 하지만 어째서 인생의 모든 수술은 마취제 없이 이루
어질 수밖에 없는 걸까? 내가 더 좋은 남자였다면 그자가 날 실컷
패도록 놔두었겠지. 그게 그자에게 더 좋았을 거야. 불쌍하고 어리
석은 남자. 가정을 잃은 불쌍한 남자. 나는 마땅히 그자 옆에 있어
주어야 했지만 그자는 그걸 감당할 수 없었을 거야. 나 자신이 수치
스럽고 역겨워. 내가 한 짓이 증오스러워. 모든 게 엉망진창이 될지
도 몰라. 그래도 그런 생각은 하지 말아야겠지. 지난 17년간 사용

---

* mortal sin. 기독교에서 하느님의 법을 거스르는 큰 죄.

한 마취제로 다시 돌아가진 않겠어. 더는 필요하지도 않을 테고. 내가 무슨 핑계를 대도 이건 나의 악행이겠지. 적어도 내게 어울리는 악행. 하지만 나한테 몹쓸 짓을 당하는 그 불쌍한 남자를 도와주고 싶었어.

"프레디 가게로 다시 갑시다." 그는 말했다.

제23장

해안경비대의 소형 쾌속정이 퀸콩크 호를 끌고 호크 해협을 따라 암초와 플로리다 군도 사이를 지나 다가오고 있었다. 밀물의 역방향으로 부는 가벼운 북풍에 삼각파도가 일어나 방향이 틀어졌지만 하얀 보트는 순조롭게 끌려왔다.

"바람만 불지 않으면 배는 괜찮을 거야. 보트도 잘 끌고 있고. 로비가 배는 잘 만들어. 그런데 그자가 지껄이는 헛소리 알아듣겠나?" 해안경비선의 선장이 말했다.

"횡설수설한 말이라서요. 그 사람 제정신이 아니에요." 항해사가 대꾸했다.

"살기 힘들 거야. 그렇게 배에 총을 맞았으니. 그자가 그 쿠바 인 넷을 죽였을까?"

"그거야 모르죠. 물어봤지만 그 사람은 내 말을 알아듣지 못했어요."

"다시 가서 얘기해볼까요?"

"가서 좀 어떤지 살펴봅시다." 선장이 말했다.

그들은 해협 아래로 음파 탐지기를 작동하는 갑판수를 타륜 앞에 남겨두고 조타실 뒤편 선장실로 갔다. 해리 모건은 거기 철제 침대에 눈을 감고 누워 있었다. 선장이 해리의 널찍한 어깨를 건드렸다. 해리가 눈을 떴다.

"좀 어때, 해리?" 선장이 해리에게 물었다.

해리는 선장을 쳐다보며 아무 말도 하지 않았다.

"뭐 좀 가져다줄까?" 선장이 물었다.

해리 모건은 선장을 쳐다보았다.

항해사가 말했다.

"선장님 말씀이 들리지 않나 봅니다."

"해리, 뭐 필요한 거 없어?" 선장이 말했다.

그는 침대 옆 짐벌* 위에 놓인 물병으로 수건을 적셔 해리의 깊게 갈라진 입술을 적셨다. 그의 입술은 바짝 마르고 검게 보였다. 해리 모건은 선장을 쳐다보며 말하기 시작했다.

"한 사람." 그가 말했다.

"그래, 말해봐." 선장이 말했다.

"한 사람만으로는." 해리 모건은 아주 느릿느릿 말했다. "안 돼 아니 못해 아무것도 힘들어 출구가 없어."

그는 말을 멈추었다. 그의 얼굴엔 아무런 표정도 없었다.

"계속해, 해리. 누가 그랬는지 말해봐. 어떻게 된 일이야?"

"한 사람." 광대뼈가 도드라진 넓적한 그의 얼굴은 실눈을 뜨고

---

* 수상 구조물 내의 장비가 수평 및 연직을 유지하도록 하는 회전 허용 지지 틀.

선장을 쳐다보며 말하려고 애썼다.

"네 사람이겠지." 선장이 도와주려고 말했다. 그는 다시 수건을 짜서 물을 몇 방울 해리의 입술 사이에 떨어뜨려 적셔주었다.

"한 사람으로는." 해리는 선장의 말을 고치고는 말을 멈췄다.

"그래, 한 사람으로는." 선장이 말했다.

"한 사람으로는." 해리는 마른 입으로 아주 단조롭고 느릿느릿 다시 말했다. "세상일이 그런 거고 그렇게들 가고 아무리 발버둥 쳐도 불가능해."

선장은 항해사를 쳐다보고는 고개를 절레절레 저었다.

"누가 그랬어, 해리?" 항해사가 물었다.

해리는 그를 쳐다보았다.

"자신을 속이지 마." 해리가 말했다.

선장과 항해사는 둘 다 해리 위로 몸을 숙였다. 이제 제대로 말하려나 보군.

"언덕 꼭대기에서 차들을 지나칠 때처럼. 쿠바의 그 길에서. 어느 길이든. 어디든. 다 똑같아. 세상일이 그렇단 말이지. 세상 사람들이 그렇단 말이지. 잠깐은 그래 괜찮아. 행운이 따라준다면. 한 사람으로는." 그는 말을 멈추었다.

선장은 다시 항해사를 보며 고개를 흔들었다. 해리 모건은 덤덤하게 그를 쳐다보았다. 선장은 해리의 입술을 다시 적셨다. 수건에 핏자국이 묻었다.

"한 사람으로는." 해리 모건은 그렇게 말하며 두 사람을 쳐다보았다. "한 사람으로는 안 돼. 이제 혼자로는 안 돼."

그는 말을 멈추었다.

"한 사람만으로는 아무리 발광해도 기회가 없어." 그는 눈을 감았다. 그 말을 하는 데 오랜 시간이 걸렸고 그것을 배우기까지 평생이 걸렸다. 그는 누운 채 다시 눈을 떴다.

"가지." 선장은 항해사에게 말했다. "진짜 원하는 거 없나, 해리?"

해리 모건은 그를 쳐다보았지만 대답하지 않았다. 하고 싶은 말을 했는데 그들이 알아듣지 못했다.

"다시 올게. 편히 쉬라고." 선장이 말했다.

해리 모건은 그들이 선실 밖으로 나가는 것을 쳐다보았다.

항해사는 뱃머리 조타실 안에서 날이 저물어 솜브레로 은하의 빛이 바다에서 물러가는 것을 바라보면서 말했다.

"저 사람 저렇게 제정신이 아니니 좀 불안한데요."

"불쌍한 친구. 이제 곧 도착하겠어. 얼마 뒤 자정이 지나면 저자를 데리고 들어가게 될 거야. 견인 때문에 속도를 늦추는 일만 없다면."

"저 사람 살까요?"

"아니. 하지만 사람 일이라는 게 모르는 거니까." 선장이 말했다.

제24장

철문 바깥의 컴컴한 거리에 많은 사람이 모여 있었다. 닫힌 철문은 옛날 잠수함 기지를 개조한 요트 계류장으로 가는 길목을 가로막고 있었다. 쿠바 인 경비원은 아무도 들이지 말라는 명령을 받았고 사람들은 철문에 달라붙어 철봉 사이로 안쪽의 어둑한 공터를 들여다보았다. 돌출 잔교에 정박된 요트들의 불빛이 물가를 따라 이어지며 그 컴컴한 공터를 비추고 있었다. 군중은 조용했다. 오로지 키웨스트 사람들만이 그렇게 조용할 수 있었다. 그때 요트 주인들이 팔꿈치로 밀치며 철문 앞까지 비집고 들어와 경비원 옆에 섰다.

"어이, 안에 못 들어가요." 경비원이 말했다.

"무슨 개소리야. 우린 요트 주인인데."

"아무도 안에 못 들어간다고요. 돌아가요."

"웃기지 마쇼." 요트 주인 하나가 경비원을 옆으로 밀치고는 안으로 들어가 부두를 향해 난 길을 올라갔다.

철문 밖에는 사람들과 왜소한 경비원이 남겨졌다. 모자를 쓴 긴 콧수염의 경비원은 불편하고 불안한 마음으로 철문 옆에 서 있었다. 권위가 구겨진 터라 철문을 잠글 열쇠가 없는 게 못내 아쉬웠

다. 요트 주인들은 활기찬 걸음으로 성큼성큼 오르막길을 올라갔
다. 앞쪽에 해안경비대 잔교에서 대기 중인 한 무리의 남자들이 보
였다. 요트 주인들은 개의치 않고 그들을 지나 부두를 따라 걸어갔
다. 요트들이 정박한 잔교를 지나 5번 잔교로 가서 건널 판자가 닿
는 잔교로 나갔다. 투광 조명등 불빛이 거친 목재 잔교에서 '뉴엑수
마II 호'로 이르는 길을 환히 비추었다. 그들은 주선실 안의 큰 가죽
의자에 앉았다. 의자 옆의 기다란 탁자 위에는 잡지들이 펼쳐져 있
었다. 한 사람이 벨을 눌러 승무원을 불렀다.

"난 스카치 소다. 당신도, 헨리?" 그는 말했다.

"그러지." 헨리 카펜터가 말했다.

"아까 철문 앞에 그 한심한 멍청이들 무슨 일일까?"

"나야 모르지."

흰 상의 차림의 승무원이 유리잔 두 개를 가져왔다.

"내가 저녁 먹고 꺼내놓은 그 음반 좀 틀어보게." 요트 주인인 월
레스 존스턴이 말했다.

"죄송하지만 제가 치웠는데요, 나리." 승무원이 말했다.

"망할 자식. 그럼 바흐 새 앨범 틀어."

"알겠습니다, 나리." 승무원이 말했다. 그는 음반 캐비닛으로 가
서 앨범을 하나 꺼내 전축으로 가져갔다. 그는 〈사라반드〉를 틀기
시작했다.

"오늘 티머시 브래들리 봤나?" 헨리 카펜터가 물었다. "비행기가

들어올 때 그자를 봤거든."

"꼴도 보기 싫은 놈. 그 인간도 그놈의 창녀 마누라도 꼴 보기 싫어." 월레스가 말했다.

"난 헬레네는 좋던데. 즐길 줄 아는 여자야."

"시도는 해봤나?"

"당연하지. 끝내주던데."

"그 여자 꼴도 보기 싫어. 도대체 그 여자는 왜 여기 내려와서 사는 거야?"

"그거야 그들이 여기에 멋진 집을 가졌으니까."

"요트 계류장은 깔끔하더군. 티머시 브래들리가 발기불능이라던데 사실이야?"

"아닐걸? 다들 그렇게 떠들지만 그자는 그저 마음이 넓은 것뿐이야."

"마음이 넓은 거야 누가 뭐라나. 그 여자는 정말이지 뼛속까지 매춘부야."

"대단히 멋진 여자야. 당신도 좋아할 만한 여자라고, 월레스."

"난 싫어. 그 여자는 내가 싫어하는 여자들의 총집합체야. 티머시 브래들리는 모든 면에서 내가 싫어하는 남자들의 전형이고."

"오늘 밤 아주 강경하군."

"당신은 일관성이 없으니까 강경하지 못한 거야. 도무지 결심이라고는 하지를 못하잖아. 자기가 어떤 사람인지도 모르고."

"난 빼줘." 헨리 카펜터가 말했다. 그는 담뱃불을 붙였다.

"왜 그래야 하지?"

"우선 말이야, 내가 당신의 빌어먹을 요트에 당신과 함께 있기 때문이야. 그리고 내가 하는 일들의 절반은 당신이 시키는 일인 데다 당신이 버스 운전사와 선원 들의 협박에 돈을 뜯기지 않도록 내가 막아주잖아. 그 외에도 이것저것. 나는 그게 뭔지도 알고 당신이 어떤 사람인지도 알거든."

"배알이 단단히 꼬였구먼. 알다시피 내가 어디 협박에 돈 뜯길 사람인가?" 월레스 존스턴이 말했다.

"아무렴. 그러기엔 당신은 너무 인색하지. 그래서 당신한텐 나 같은 친구들이 있는 거야."

"난 당신 같은 친구 둔 적 없어."

"재롱은 이제 그만 떨어. 오늘 밤은 영 그럴 기분이 아니야. 그냥 가서 바흐나 틀고 당신 승무원이나 괴롭히다가 술이나 진탕 퍼마시고 잠이나 자러 가."

"뭐 잘못 먹었어?" 월레스가 일어서며 말했다. "왜 이렇게 재수 없게 구는 거야? 당신도 알겠지만 당신은 그다지 고분고분한 인간은 아니야."

"알아. 내일 난 콧노래를 흥얼거릴 거야. 하지만 오늘 밤은 영 별로야. 오늘 밤과 내일 밤이 다르다는 거 몰라? 하긴, 엄청난 부자 양반에겐 아무런 차이가 없겠지."

"여학생처럼 말하는군."

"잘 자. 난 여학생도 아니고 남학생도 아니야. 난 자러 가겠어. 아침엔 콧노래가 절로 나올 거야."

"얼마나 잃었나? 그래서 그렇게 우울한 거야?"

"300달러 잃었어."

"어쩐지. 내 그럴 줄 알았지."

"당신은 모르는 게 뭐야?"

"이봐, 당신 300달러나 잃었어."

"아니, 그보다 더 잃었어."

"더라니, 얼마나?"

"잭팟. 영원한 잭팟. 난 이제 더는 잭팟이 터지지 않는 기계에서 게임하고 있거든. 오늘 밤은 거기에 생각이 미쳤지. 보통은 그 생각을 하지 않는데 말이야. 지루한 얘긴 그만두지. 난 자러 가겠어."

"지루하지 않아. 하지만 무례하게 굴진 말게."

"내가 무례하고 지루하게 굴었다니 유감이로군. 잘 자. 내일은 다 잘될 거야."

"재수 없게 무례하구먼."

"받아들이든지 말든지 해. 난 평생 그중 하나를 선택해왔어." 헨리가 말했다.

"잘 자게." 월레스 존스턴은 기대하는 투로 말했다.

헨리 카펜터는 대답하지 않았다. 그는 바흐를 듣고 있었다.

"그냥 그렇게 자러 가지 마. 왜 그리 심통을 부려?" 월레스 존스턴은 말했다.

"그만하지."

"왜 그래야 하지? 전에도 당신 이러다가 기운 냈었잖아."

"그만하라고."

"한잔하고 기운 내."

"한잔하기도 싫거니와 그런다고 기운이 나지도 않아."

"그래, 그럼 자러 가."

"나는⋯⋯." 헨리 카펜터가 말했다.

그날 밤 뉴엑수마II 호에서는 이런 대화가 오갔다. 선장 닐스 라슨을 비롯해 열두 명의 승무원을 거느린 그 범선의 선주 월레스 존스턴은 서른여덟 살로, 하버드 대학 인문학 석사면서 작곡가였고 실크 공장에서 돈을 벌고 있었으며 미혼이었다. 파리에서는 추방령을 받았고 알제에서 비스크라까지는 유명세를 떨치는 자였다. 손님인 헨리 카펜터는 서른여섯에 하버드 대학 인문학 석사로 매달 어머니의 신탁 기금에서 나오는 200달러의 수입이 있었다. 예전에는 매달 450달러에 달하던 수입이 줄어든 것은 신탁 기금을 관리하는 은행이 신탁 기금의 우량 증권을 다른 우량 증권으로, 다시 비우량 증권들로 차츰 교환하다가 급기야 은행이 떠안게 된 무용지물인 사무실 건물의 주식으로 교환하면서 초래된 결과였다. 수입이 줄어들기 전에는 헨리 카펜터라면 1.5킬로미터 상공에서 낙하

산 없이 떨어져도 부잣집 탁자 밑에 무릎을 대고 사뿐히 착지할 거라는 말이 오랫동안 돈 적도 있었다. 하지만 그는 사람들과 어울려 즐겁게 지내는 것에 가치를 두는 사람이었는데, 얼마 전부터 그의 친구들은 그가 망가지고 있음을 느끼고 있었고, 최근 들어 드물게 오늘 같은 밤이면 그도 그것을 직감하거나 그런 징후를 드러내고 말았다. 만약 그가 자신이 망가져간다는 걸 감지하지 못했다면, 함께 어울리는 무리 중 한 명이 눈에 거슬린다는 걸 육감적으로 느끼고 그자를 쫓아내고픈 건전한 욕구가 발동하지 않았다면, 그자를 박살 내는 게 불가능했더라면, 그런 부자들의 속성이 발동하지 않았더라면, 그는 월레스 존스턴의 환대를 받아들이는 짓 따위는 하지 않았을 것이다. 이런 상황에서 헨리 카펜터에게 월레스 존스턴은 오히려 특별한 즐거움이었고 마지막 저항이었다. 그는 자신의 솔직한 태도가 그들의 관계를 파국으로 이끈다는 걸 알고 있었지만 생각보다 자신의 위치를 잘 사수하고 있었다. 그의 혹독한 언행과 불안한 재정 상태는 늘 군림하는 데 싫증이 난 상대방에게 신선한 자극과 유혹으로 작용했다. 그래서 헨리 카펜터는 자신의 불가피한 자살 실행을 몇 달 뒤 아니면 몇 주 뒤로 미뤄두었다.

그가 한 달 동안 헛되이 쓰는 돈은 사흘 전 사망한 어부 앨버트 트레이시가 가족을 먹여 살렸던 생활비보다 170달러나 더 많았다.

부두 잔교에 정박한 여러 요트 중에는 제각각 다른 문제를 안은 각양각색의 사람이 타고 있었다. 크기가 가장 큰 축에 들고 돛대가

세 개인 멋들어진 어느 검은 범선에는 예순 살의 한 곡물 중개상이
자신의 회사에서 작성한 국세청 수사관들의 활동 보고서를 걱정하
며 누워 있었다. 평소대로라면 스카치 하이볼로 근심을 달래면서
성품으로 보나 행동 기준으로 보나 그와 흡사한 바닷가의 늙은 사
내들처럼 강단이 발동해 될 대로 돼라 하고 개의치 않았을 것이다.
하지만 그의 주치의는 한 달간, 사실은 석 달간 금주령을 내렸다.
적어도 석 달 동안 술을 끊지 않으면 1년도 못 살 거라는 말을 들은
터라 그는 한 달 정도 술을 멀리할 참이었다. 시내를 떠나기 전 국
세청에서 걸려온 전화가 마음에 걸렸다. 그들은 그에게 어디에 갈
것인지, 미합중국의 연안 해역을 벗어날 것인지 물었다.

   그는 파자마 차림으로 널찍한 침대에 베개를 두 개 베고 켜진 독
서 등 아래 누웠지만 갈라파고스 여행서에 집중할 수 없었다. 예전
에는 결코 책을 침실에 들인 적이 없었다. 책은 선실에서 읽은 뒤
침실로 왔다. 그에게 침실은 사무실과 마찬가지로 혼자만 쓰는 사
적 공간이었다. 침실로 여자를 불러들일 생각을 한 적이 없었다. 여
자를 원할 땐 여자의 집으로 갔고, 여자와 볼일이 끝나면 그것으
로 끝이었다. 여자와는 영영 끝이 난 지금 그의 두뇌는 그 옛날 관
계 뒤에 얻곤 했던 냉철함을 늘 유지했다. 지금 그는 한 점의 모호
함도 없이 수년 동안 그의 머리를 식히고 가슴은 데웠던 화학적 용
기를 거부하며 누워 있었다. 국세청이 무얼 가졌는지, 무얼 찾아냈
고 무얼 왜곡할 것인지, 무얼 정상으로 용납하고 무얼 탈법으로 주

장할지 궁금했다. 그는 그들이 두렵지 않았다. 그저 그들과 그들의 권력을 증오할 뿐이었다. 그들이 휘두르는 오만불손한 권력이 모질고 강인하며 끈질긴 그의 작은 오만함에, 그가 획득한 유일하고 영원하며 진정으로 가치 있는 그것에 흠을 내는 것이 두려웠다. 두려운 것이 있다면 그것뿐이었다.

그의 머릿속에는 추상적인 관념이 아닌 거래와 판매, 이동, 증여에 대한 생각들이 오갔다. 그는 주식과 보석금·수천의 부셸*·옵션**을 생각했고, 회사와 신탁·자회사를 보유하는 문제를 고민했다. 그들이 가진 증거가 충분하다는 걸 고려하면 앞으로 오랫동안 마음 편히 지내기는 틀렸다는 생각이 들었다. 만약 그들이 타협을 거부한다면 상황은 대단히 심각해질 것이다. 예전 같으면 걱정하지 않았겠지만 이제는 그의 투지도 다른 부분과 마찬가지로 지쳐 쓰러진 상태였다. 현재 그는 철저히 혼자였고, 커다랗고 널찍한 옛날 침대에 누워 책을 읽을 수도 잠을 잘 수도 없었다.

10년 전 그의 아내가 이혼을 요구하면서 허울뿐이었던 20년간의 결혼 생활은 끝이 났다. 그는 아내를 그리워한 적도 사랑한 적도 없었다. 아내의 돈으로 사업을 시작했고 아내는 그에게 두 아들을 낳아주었지만 아들들은 아내와 마찬가지로 바보들이었다. 한때는 아내한테 잘해준 적도 있었지만 자신이 벌어들인 돈이 아내의 종잣

---

* 곡물이나 과일의 단위로 8갤런에 해당한다.

** 특정 자산을 장래의 일정 시점에 미리 정한 가격으로 매매할 수 있는 권리.

돈의 두 배가 되면서 아내의 눈치를 볼 필요가 없어지자 더는 아내에게 잘해주지 않았다. 자기가 번 돈이 일정 수준을 넘었을 때 그는 아내가 두통에 시달리든 말든, 불평하든 말든, 어떤 계획을 세우든 아랑곳하지 않고 철저히 무시했다.

그는 투기 분야에서 발군의 실력을 보였다. 유달리 강한 성적 에너지가 도박에 대한 자신감을 불어넣었기 때문이다. 상식과 뛰어난 계산적 두뇌, 그칠 줄 모르지만 통제된 의심. 그의 의심은 기압을 측정하는 정밀한 아네로이드 기압계처럼 임박한 재난에 민감하게 작동했고, 탁월한 타이밍 감각은 꼭대기나 바닥에 도달하지 않게 막아주었다. 그는 윤리 의식도 빈약했다. 좋아하지도 믿지도 않는 사람들의 호감을 사는 재주와 우정을 지키는 양 그들을 속이는 열렬한 설득력까지 있었다. 사람들은 미적지근한 우정이 아닌 자신들의 성공에 지대한 관심을 쏟는 듯한 그의 모습에 자연스럽게 넘어가 공범이 되었다. 그는 후회하거나 동정할 줄 모르는 마음에 힘입어 현재의 위치까지 올 수 있었고 지금 그 현재의 위치에서 줄무늬 실크 파자마를 입고 누워 있었다. 파자마 안에는 늙은 남자의 쪼그라든 가슴과 볼록한 배, 그리고 한때는 그의 자부심이었으나 이제는 무용지물이 되어 어울리지 않게 비대해진 그의 물건과 축 늘어진 작은 두 다리가 있었다. 그는 침대에 누웠지만 잠을 이룰 수 없었다. 마침내 후회하기 시작했기 때문이었다.

하지만 후회라고 해봐야 5년 전에 왜 똑똑하게 굴지 못했나 하는 생각이 전부였다. 그때 장부를 조작하지 않고 그냥 세금을 낼 수도 있었는데 말이다. 그랬더라면 지금쯤 아무런 문제도 없었을 것이다. 그는 누워 그런 생각을 하다가 겨우 잠이 들었다. 하지만 일단 후회가 빈틈을 비집고 침투하기 시작했기 때문에 잠을 자면서도 자는 것 같지가 않았다. 두뇌가 깨어 있을 때처럼 계속 돌아갔기 때문이다. 휴식은 없었다. 그의 나이엔 한번 이렇게 되면 무너지는 데 그리 오랜 시간이 걸리지 않는다.

걱정은 호구들이나 하는 짓이며 자기는 걱정을 모르는 사람이라고 입버릇처럼 큰소리를 치던 그였는데, 그랬던 그가 이제 잠을 이룰 수 없었다. 잠이 들기 전까지는 가까스로 걱정을 견제한 것 같았는데 잠이 드니 어김없이 걱정이 밀려왔다. 늙고 나니 걱정 앞에 무력했다.

그는 과거에 자기가 남들에게 어떤 짓을 했든, 그로 인해 그들에게 무슨 일이 생겼든, 그들이 어떻게 파국을 맞이했든 개의치 않았다. 누가 레이크쇼의 집을 팔고 오스틴으로 이사한 뒤 하숙생들을 차에 태우고 외출을 하든 말든, 상류층 사교계에 진출했던 딸들이 일자리가 필요해 치과에서 보조원으로 일하게 됐든 말든, 예순셋의 나이에 궁지에 몰려 야간 경비원으로 전락했든 말든, 식전 이른 아침에 권총 자살을 하든 말든, 그의 자식들이 아버지를 발견하든 말든, 그 현장이 얼마나 참혹하든 말든. 간신히 일감을 얻은 누군가가 버원에서 차를 타고 레이크쇼를 지나든 말든. 그가 처음에는 채

권을 팔다가 그다음엔 자동차로, 그다음엔 방문판매용 잡동사니와 특산품을 팔게 되었고('잡상인 필요 없어요. 여기서 나가요.' 그의 면전에서 문이 쾅 닫힌다) 그러다 결국 42층에서 떨어진 자기 아버지의 전철을 다른 방식으로 밟게 되든 말든. 그가 한 마리 독수리가 하강하듯 서두르지 않고 세 번째 선로로 한 걸음 내밀어 오로라엘진* 기차 앞에 서든 말든. 절대 팔리지 않을 달걀 거품기와 과일즙 짜는 기구 들이 그의 외투 주머니에 잔뜩 들어 있든 말든. '한번만 구경이라도 하시죠, 부인. 이걸 여기에 대고 이 기구의 나사를 조이세요. 자 보십시오.' '아뇨, 필요 없어요.' '한번 해보세요.' '필요 없다니까 그러네. 나가요.' 그래서 그는 목조 주택과 텅 빈 마당, 줘도 안 가져갈 헐벗은 개오동나무 들이 있는 거리로 나가 오로라엘진 기차선로로 내려갔던 것이다.

어떤 이는 아파트나 사무실 창문에서 한참을 추락하기도 했고, 어떤 이는 자동차 두 대용 차고에서 자동차의 시동을 켜고 조용히 떠나기도 했다. 어떤 이는 전통에 따라 콜트나 스미스앤드웨슨 총을 택하기도 했다. 잘 만들어진 그 도구는 불면증을 끝냈고 후회를 몰아냈으며 암을 치료했고 파산을 물리쳤다. 손가락 하나로 당기기만 하면 궁지에서 탈출구가 열렸다. 그 훌륭한 미국의 도구는 휴대도 대단히 간편하고 효과도 대단히 탁월해서 악몽으로 변질된

---

* 1957년 운행이 중지되기까지 시카고와 일리노이스 등 도시를 연결하던 철도.

'아메리칸드림'을 끝장내기에 그만이었지만 친척들이 지저분한 뒤처리를 해야 한다는 유일한 단점이 있었다.

그가 파산으로 내몬 사람들은 이런 다양한 탈출구를 선택했지만 그는 한 번도 그들을 걱정한 적 없었다. 누군가는 패배해야 했고 걱정은 호구들이나 하는 짓이었다. 아무렴. 그는 그 사람들도 성공적인 투기의 부작용도 고려해야 할 까닭이 없었다. 내가 이기면 누군가는 져야 하고 걱정은 호구들이나 하는 거니까.

5년 전에 현명하게 처신했다면 상황이 얼마나 나아졌을까 하는 생각만으로도 그의 나이에는 균열이 생기기에 충분했다. 머지않아 돌이킬 수 없는 것을 되돌리고 싶은 소망이 균열을 만들 테고 그 틈새로 걱정이 스며들 것이다. 걱정은 호구들이나 하는 짓이다. 스카치소다 한 잔이면 걱정을 물리칠 수 있건만. 의사가 한 말은 개소리다. 그는 벨을 눌렀고 승무원이 졸린 얼굴로 들어왔다. 술을 들이켜자 이제 그 투기꾼은 더는 호구가 아니었다. 죽음 앞엔 그렇지 않았지만.

옆의 요트에는 수더분하고 둔감하며 강직한 가족이 자고 있었다. 옆으로 누워 깊이 잠든 아버지는 양심적인 사람이었다. 그의 머리 위 액자 안에는 바람을 받으며 달리는 클리퍼 범선*의 모형이 있었고 켜진 독서 등 아래 책 한 권이 침대 옆에 떨어져 있었다. 어머니

---

* 19세기에 쓰였던 돛대가 세 개가 달린 쾌속 범선.

는 곤히 잠들어 자신의 정원에 대한 꿈을 꾸고 있었다. 올해 쉰 살이었지만 아름답고 건강하며 단정한 여자였고 자는 모습이 매력적이었다. 딸은 내일 비행기를 타고 올 약혼자의 꿈을 꾸고 있었다. 잠결에 뒤척이며 웃음을 터뜨리고는 깨지 않고 두 무릎을 턱까지 끌어올려 고양이처럼 웅크렸다. 고불거리는 금발에 매끄러운 피부의 어여쁜 얼굴로, 잠이 든 모습은 어머니의 처녀 적 모습과 닮아 있었다.

그들은 행복한 가족이었고 서로 사랑했다. 아버지는 모범 시민으로 선행을 베풀고 금지령에 반대하며 편견이 없는 남자였고, 관대하고 동정심과 이해심이 많으며 화를 내는 일이 거의 없었다. 이 요트의 승무원들은 충분한 보수를 받아 배불리 먹고 좋은 집에서 살았다. 그들은 모두 선주를 존경했고 그의 아내와 딸을 좋아했다. 딸의 약혼자는 '스컬앤드본스*'로, '가장 성공할 것 같은 인물'과 '가장 인기 있는 인물'로 뽑힌 바 있고 자기 자신보다는 남을 먼저 생각했으며 프랜시스 같은 사랑스러운 처녀 외에는 감히 넘볼 수 없을 만큼 대단히 멋진 남자였다. 어쩌면 프랜시스한테도 다소 과분한 상대일 수 있었지만 프랜시스는 오랜 세월이 흐른 뒤에야 그것을 깨닫게 될 터였다. 행운이 따라준다면 영영 깨닫지 못할 테지만. 스컬앤드본스에 뽑힌 남자는 잠자리에서 뛰어난 경우가 드물지만

---

* 예일 대학 학부생들의 비밀 단체로 미국 대통령을 비롯해 엘리트들을 다수 배출했다.

프랜시스처럼 사랑스러운 처녀의 의지는 남자의 실력만큼이나 중
요하다.

어쨌든 그렇게 그들은 모두 곤히 잠들어 있었다. 그런데 그들 모
두가 풍족하게 쓰는 돈, 우아하게 펑펑 쓰는 돈은 어디에서 나오는
걸까? 그것은 누구나 쓰는 병을 수백만 개씩 판매하여 생기는 돈이
었다. 제작비는 쿼트짜리의 경우 3센트, 큰 파인트 병은 1달러, 중
간 것은 50센트, 작은 것은 25센트였다. 하지만 큰 병을 사는 것이
이득이었다. 주당 10달러를 버는 사람한테나 백만장자한테나 가격
은 동일했다. 그것은 대단히 훌륭한 상품이었고 기대를 충족시켰
을 뿐 아니라 기대 이상이기도 했다. 만족한 전 세계의 사용자들은
계속 새로운 용도를 발견해 글을 썼고 기존의 사용자들은 약혼자
인 해럴드 톰킨스가 스컬앤드본스를 대하듯, 스탠리 볼드윈*이 해
로**를 대하듯 그 병에 애착을 가졌다. 돈을 이런 식으로 버는 경우
엔 자살하는 일이 없다. 요트 '알지라Ⅲ 호'에서는 모두가 편안히 잠
이 들었다. 선장 존 제이컵슨을 비롯한 열네 명의 승무원과 선주를
비롯한 그의 가족들 모두.

4번 잔교에는 10미터 급 욜요트***가 있었다. 이 배에는 세계 각지
를 항해하는 324명의 에스토니아 인들 중 두 명이 타고 있었는데

---

* 　수상을 세 차례 지낸 영국 보수당 정치인.
** 　처칠과 볼드윈을 비롯한 유명인을 배출한 영국의 유서 깊은 남학교.
*** 　선미 쪽의 돛이 작으며 돛대가 두 개인 범선.

이들은 8미터에서 10미터 급의 배를 타고 다니면서 에스토니아의 신문사로 기사를 송고했다. 이들의 기사는 에스토니아에서 대단한 인기를 누렸고 그 대가로 작가들은 칼럼 당 1달러에서 1달러 30센트를 받았다. 이들의 글은 '용감무쌍한 항해자의 영웅담'이라는 제목으로 미국 신문이라면 야구나 축구 기사가 실렸을 법한 자리를 당당히 차지했다. 남쪽 바다에서 잘나가는 요트 계류장이라면 햇볕에 탄 피부에 소금기를 머금은 염색한 금발의 에스토니아 인 둘이 마지막 기사의 검토 작업이 끝나기를 기다리는 모습을 어김없이 볼 수 있었다. 검토가 마무리되면 그들은 또 다른 요트 계류장을 향해 항해하며 또 다른 영웅담을 쏠 것이다. 이들 역시 대단히 행복했다, 알지라Ⅲ 호에 탄 사람들만큼. 용감무쌍한 항해자가 되는 것은 멋진 일이었다.

'아이라이더Ⅳ 호'에는 어느 갑부의 사위인 한 전문가 남성과 그의 애인 도로시가 잠들어 있었다. 도로시는 몸값이 높은 할리우드의 감독 존 홀리스의 아내였다. 존 홀리스는 두뇌가 간과의 경쟁에서 앞서기 시작한 데다, 이미 시들기 시작해 속수무책인 특정 신체 기관과 영혼을 구원하기 위해서라도 자신을 공산주의자라고 선언해야 할 판이었다. 갑부의 사위는 커다란 체구에, 포스터에 등장할 법한 미남형으로 똑바로 누워 코를 골고 있었지만 영화감독의 아내 도로시는 깨어 있었다. 그녀는 화장 가운을 걸치고 갑판으로 나가 요트 계류장의 검은 물 건너편에 방파제가 그리는 선을 바라보았다. 갑판 위는 시원했다. 바람에 머리카락이 나부꼈다. 그녀는 햇볕에 가무잡잡해진 이마에서 머리카락을 뒤로 쓸어 넘기고는 가운을 더 바짝 여몄다. 차가운 공기에 젖꼭지가 섰다. 어느 보트의 불빛들이 방파제 바깥에서 이쪽으로 들어오는 것이 보였다. 그녀는 빠른 속도로 꾸준히 움직이는 그 불빛들을 지켜보았다. 계류장 입구에서 그 보트의 수색 등이 켜지더니 물 위를 쓱 훑었다. 눈부시게 환한 그 불빛에 해안경비대의 잔교와 그곳에서 기다리는 한 무리의 남자들, 그리고 반들반들한 검은색 새 구급차가 보였다. 구급차는 장례식장에서 보낸 것으로 영구차로도 쓰였다.

수면제를 좀 먹어야겠다고 도로시는 생각했다. 잠을 좀 자둬야 해. 불쌍한 에디, 아주 고주망태가 됐어. 이이에겐 중요한 일이야. 이이는 참 좋은 남자지만 술에 취하면 곧장 잠들어버려. 이이는 정말 착해. 물론 나랑 결혼한다고 해도 다른 여자에게 가버릴 테지. 하지만 이이는 착해. 불쌍한 양반, 너무 취했어. 아침에는 기운을 좀 차리면 좋으련만. 가서 머리 말고 좀 자야겠어. 꼴이 말이 아니야. 이이에게 예쁘게 보이고 싶은데. 착한 양반. 하녀를 데려왔으면 좋았을걸. 그럴 수가 있어야 말이지. 베이츠도 못 데려오는걸 뭐. 불쌍한 존은 어찌하고 있을까? 아휴, 그이도 착해. 건강을 회복해야 할 텐데. 간이 그 모양이니. 내가 거기서 그이를 보살펴야 하는데. 내일 꼴이 엉망이 되지 않으려면 가서 좀 자야 해. 에디는 착해. 존도 그이의 불쌍한 간도 그렇고. 아, 그이의 불쌍한 간. 에디는 착해. 이이가 고주망태가 되지 않았다면 좋았을걸. 덩치는 산만 한 양반이 어찌나 활기차고 멋진지. 설마 내일도 고주망태가 되진 않겠지.

그녀는 아래로 내려가 선실로 들어갔다. 거울 앞에 앉아 머리를 빗기 시작했다. 100번쯤 빗었을까. 기다랗고 빳빳한 빗이 그녀의 사랑스러운 머리카락을 쓱쓱 훑는 동안 그녀는 거울 속의 자신을 보고 빙긋 웃었다. 에디는 착해. 착하고말고. 저리 취하지 않았다면 좋았을걸. 남자들은 죄다 저렇다니까. 존의 간 좀 봐. 물론 눈으로 볼 수야 없겠지만. 이미 망가졌을 거야. 눈으로 볼 수 없는 게 다행이지 뭐야. 사실 남자들에 관한 건 뭐든 추하지 않아. 사람들이 그렇게 생각하는 게 우스운 거지. 그래도 간은 좀 그래. 콩팥도. 콩팥 꼬치구이. 거기엔 콩팥이 몇 개나 들어갈까? 위장과 심장을 빼곤 거의 모든 게 두 쪽씩 있는데 말이야. 두뇌도 그렇고. 거기도. 100번쯤 빗었나? 난 머리 빗는 게 좋아. 유익하면서 재미도 있는 건 이것뿐이야. 혼자서 할 수 있는 것 말이야. 아, 에디는 착해. 안에 들어가 볼까? 아냐, 그이는 너무 취했어. 불쌍한 양반. 수면제나 먹어야지.

그녀는 거울 속의 자신을 쳐다보았다. 그녀는 빼어나게 아름다웠고 아담한 몸매가 대단히 멋졌다. 아, 나 쓸 만해, 하는 생각이 들었다. 더러는 예전 같지 않은 곳도 있지만 당분간은 쓸 만할 거야. 그래도 잠은 자둬야 해. 잠자는 거 좋아. 단 한 번만이라도 아이 때처럼 저절로 잠이 들어 푹 자봤으면. 어른이 되고 결혼하고 아이를 갖고 술을 너무 많이 마시고 해서는 안 될 짓들을 하니 문제가 생기

지. 잠만 잘 잔다면 그런 걸 나쁘다고 할 수도 없지만. 술을 너무 많
이 마시는 건 빼고. 존도 그이의 간도 에디도 불쌍해. 에디는 사랑
스러워, 귀엽고. 수면제를 먹는 게 좋겠어.

그녀는 거울 속의 자기 자신에게 인상을 썼다.

"수면제를 먹는 게 좋겠어." 그녀는 그렇게 중얼거린 뒤 침대 옆
로커 위에 놓인 크롬 도금 보온 유리병의 물을 유리잔에 따라 수면
제를 삼켰다.

이걸 먹었으니 넌 불안해질 거야, 하고 그녀는 생각했다. 그래도
잠은 자야 하니까. 결혼하게 되면 에디는 어떻게 될까? 아마 더 어
린 여자를 데리고 다닐 테지. 그들은 그렇게 생겨먹었고 그건 우리
도 어쩌지 못해. 난 그거 많이 하고 싶어. 기분이 정말 좋거든. 다른
사람도 새로운 사람도 그리 중요한 게 아니야. 그건 그거일 뿐이야.
그들이 그걸 주는 이상 넌 그들을 사랑하게 돼 있어. 한 사람을 말
이야. 하지만 그들은 애초에 그렇게 생겨먹지 않았어. 그들은 새로
운 사람, 더 어린 사람, 혹은 가져서는 안 될 사람, 다르게 보이는 사
람을 원해. 네가 검은 머리면 그들은 금발을 원하지. 네가 금발이면
그들은 빨간 머리에 환장해. 네가 빨간 머리면 또 다른 걸 찾겠지.
유대인 여자나. 그들은 원하는 걸 충분히 얻으면 중국 여자든 레즈
비언이든 별별 희한한 여자를 원한다니까. 모르겠어. 그러다 지칠
지도 모르지. 원래 그렇게 생겨먹은 거라면 그들을 탓할 순 없는 거
야. 존의 간도, 그이가 술을 너무 마셔서 잘 못하는 것도 어쩔 수 없

는 거고. 그이도 예전엔 잘했어. 대단했었지. 대단했고말고. 에디도 잘해. 하지만 지금은 술에 곯아떨어졌어. 난 결국 잡년으로 끝나고 말 거야. 이미 잡년인지도 모르지. 자기가 잡년인지 아닌지 아는 여자가 어디 있겠어? 그건 절친한 친구들만 얘기해주는 거야. 윈셸* 씨의 글에는 나오지 않아. 그 사람 그걸 새 이야깃거리로 삼아도 괜찮겠어. 잡년들. '존 홀리스의 암캐 마누라가 바닷가에서 시내로 귀환했다.' '우리 애기'라는 말보다 낫네. 더 평범하고 말이지. 하지만 여자들 진짜 고생해. 네가 남자한테 잘할수록, 남자를 얼마나 사랑하는지 보여줄수록 남자는 더 빨리 싫증을 낸다고. 잘난 남자들은 자연히 아내를 여럿 두게 돼. 하지만 여러 아내 중 하나가 된다는 건 엄청 피곤한 일이야. 그리고 남자가 그것에 싫증을 느낄 때쯤 누군가 그를 쉽게 낚아채 가지. 결국 우리는 모두 잡년으로 끝나겠지만 그게 누구 잘못이겠어? 가장 신 나게 사는 건 잡년들이지만 좋은 잡년이 되려면 엄청 멍청해야 해. 헬레네 브래들리처럼. 좋은 잡년이 되려면 멍청한 데다 선의도 있어야 하고 진짜 이기적이어야 하지. 어쩌면 난 이미 멋진 잡년인지도 몰라. 그건 누구도 모르는 거고, 자기 자신에 대해선 항상 반대로 생각한다고들 하잖아. 너를, 그걸 싫증 내지 않을 남자가 분명 있을 거야. 분명히. 근데 그런 남자들은 대체 누가 차지할까? 우리가 아는 남자들은 죄다 잘못 컸

---

* 20세기 초반, 신문과 라디오 방송을 통해 연예인과 유명 인사들의 비화를 주로 다루어 인기를 끌었던 사회 비평가.

어. 그런 생각일랑 그만두자. 그래, 그만둬. 자동차니 춤판이니 하는 것도 집어치우고. 수면제가 효과를 내면 좋겠는데. 에디, 나쁜 놈. 그렇게 고주망태가 되면 어떡해. 너무하잖아, 정말. 남자들이 그렇게 생겨먹은 건 어쩔 수 없다 치더라도 고주망태가 되는 건 그거랑 아무 상관 없잖아. 그래, 나 잡년 맞는 거 같아. 근데 여기 밤새 이러고 누워 잠도 못 자다간 미치고 말 거야. 저 빌어먹을 약을 너무 많이 먹어도 내일 온종일 기분 엉망일 거고. 가끔 약을 먹어도 잠이 안 올 때가 있어. 이제 슬슬 화딱지도 나고 불안하고 무서워질 텐데. 아, 그래, 그러는 게 낫겠어. 난 그러기 싫어, 하지만 네가 뭘 어쩔 수 있어? 뭘 어쩔 수 있느냐고? 그 수밖에 없잖아. 근데 말이야, 근데 말이야, 어쨌든 말이지. 아, 그이는 착해. 아니, 아니야. 내가 착해. 그래, 넌 착해. 넌 사랑스러워. 아, 넌 정말 사랑스러워. 사랑스럽고말고. 원한 건 아니었지만 난 그래. 지금 난 정말 그래. 그이는 착해. 아냐, 안 그래. 그이는 지금 여기에 있지도 않잖아. 난 여기 있고. 난 늘 여기 있어. 물러설 수 없는 쪽은 바로 나야. 아무렴. 어림도 없지. 넌 착해. 넌 사랑스러워. 그렇고말고. 넌 사랑스럽고 사랑스럽고 사랑스러워. 아, 사랑스럽고말고. 그리고 넌 나야. 그러니까 됐어. 그게 세상 이치지. 그러니까 관건은 항상 지금인 거야. 이제 다 끝났어. 이제 다 끝났어. 괜찮아. 신경 안 써. 신경 쓴다고 뭐가 달라져? 내가 기분이 안 나쁘면 그게 이상한 거지. 그런데 기분이 안 나빠. 지금은 그저 졸려. 깨면 다시 그거 해야지, 완전히 깨기 전에.

그러고 나서 그녀는 잠이 들었다. 잠들기 직전에 옆으로 돌아누워야 얼굴이 베개에 닿지 않는다는 게 기억났다.

항구에는 또 다른 요트가 두 척 더 있었다. 거기에 탄 사람들이 모두 잠들어 있을 때 해안경비선은 프레디 월레스의 보트 퀸콩크호를 끌고 어두운 요트 계류장으로 들어와 해안경비대 잔교에 줄을 묶었다.

제25장

그들이 잔교에서 들것을 밑으로 건넸을 때 해리 모건은 의식이 없었다. 남자 둘이 투광 조명등이 켜진 소형 쾌속정의 잿빛 갑판 위 선장실 밖에서 들것을 들고 있었고, 다른 남자 둘은 해리를 선장의 침대에서 들어 밖으로 비틀비틀 옮긴 뒤 들것에 실었다. 해리는 새벽부터 이미 의식이 없었기 때문에 남자 넷이 잔교 쪽으로 들것을 들어 올렸을 때 그의 커다란 몸에 들것의 캔버스천이 밑으로 축 처졌다.

"이제 들어 올려."

"다리 붙잡아. 이 사람 미끄러질라."

"들어 올려."

그들은 들것을 잔교 위로 옮겼다.

"이 사람 좀 어떻습니까, 의사 선생님?" 남자들이 들것을 구급차에 실을 때 보안관이 물었다.

"숨은 붙어 있어요. 지금 확실한 건 그것뿐이오." 의사가 말했다.

"우리가 발견했을 땐 이미 이 사람 제정신이 아니었거나 의식이 없었어요." 항해사의 동료인 해안경비선의 책임자가 말했다. 그는 키가 작고 땅딸막한 남자였다. 안경이 투광 조명등에 반짝였다. 면

도를 못 한 얼굴이었다. "쿠바 인들 시체는 모두 보트 뒤쪽에 있어
요. 전부 그대로 두었어요. 아무것도 만지지 않았습니다. 배 밖으로
떨어질까 염려되는 둘만 아래로 내려놓았고. 모든 건 원래대로예
요. 돈도 총도. 모두."

"저기 말이오, 저기 뒤쪽 조명등 켤 수 있소?" 보안관이 말했다.

"부두 위에 등을 하나 켤게요." 독마스터*가 말했다. 그는 전등과
전선을 가지러 사라졌다.

"갑시다." 보안관이 말했다. 그들은 손전등을 가지고 선미 쪽으
로 갔다. "그들을 발견했을 때 정확히 어떤 상태였는지 알려줘요.
돈은 어디 있죠?"

"저기 가방 두 개 안에."

"얼마나 들었죠?"

"나야 모르죠. 하나만 열어봤는데 안에 돈이 있기에 도로 닫았거
든요. 건드리기도 싫어서."

"그렇군. 정확해."

"모든 게 그대롭니다. 배 밖으로 굴러떨어질까 봐 시체 둘을 연료
탱크에서 떼 콕핏 안에 넣고 황소만 한 해리를 옮겨 내 침대에 눕힌
건 빼고. 안으로 들여놓기 전부터 그자는 이미 정신이 없는 것 같았
어요. 꼴이 엉망이더군요."

---

* 선박을 부두에 입, 출항시키고 관리하는 사람.

"계속 의식이 없었소?"

"처음부터 제정신이 아니었죠. 알아들을 수 없는 말만 중얼거리고. 여러 번 들어봤지만 횡설수설하다가 의식을 잃었어요. 배치가 어떻게 되어 있었냐면 저기 검둥이처럼 생긴 옆으로 누운 자는 해리가 누운 곳에 누워 있었어요. 우현 연료 탱크 위 벤치에서 코밍* 위로 걸쳐져 있었죠. 그리고 그자 옆에 있는 또 다른 흑인은 좌현 쪽 벤치 위에서 고개를 숙이고 웅크리고 있었고. 조심해요. 성냥불 붙이지 마요. 배에 연료가 가득하니까."

"시체가 하나 더 있을 텐데요?"

"저게 다예요. 돈은 저기 가방 안에 있고. 총도 원래 있던 그대로예요."

"돈은 은행 사람이 와서 열어보는 게 좋겠소."

"그러죠. 그게 좋겠어요."

"돈 가방을 내 사무실에 가져가서 봉할 수도 있지만."

"그러시든가요."

투광 조명등 불빛 아래 하얀색과 초록색의 보트는 새것처럼 윤이 났다. 갑판과 조타실 지붕에 내린 이슬 때문이었다. 하얗게 칠해진 배에 갓 뚫린 구멍들이 보였다. 선미 쪽으로는 불빛 아래 맑은 초록빛 물과 말뚝 근처를 맴도는 작은 물고기들이 보였다.

---

* 물이 들어오지 않게 선상 갑판 주위에 높이 두른 테두리.

콕핏 안에 있는 죽은 남자들의 얼굴은 부풀어 올라 불빛에 번들거렸고 피가 말라붙은 부위는 갈색 래커를 칠한 것처럼 보였다. 빈 45구경 탄피가 콕핏 안 시체 주변에 여기저기 흩어져 있었고 톰슨건은 해리가 놓아둔 대로 선미에 놓여 있었다. 남자들이 배에 탈 때 돈을 담아 온 가죽 서류 가방 두 개는 연료 탱크에 기대어 있었다.

"배를 견인하는 동안에는 돈을 옮겨 실어야겠다고 생각했었는데 날씨가 쾌청하니 원래대로 그냥 두는 게 좋겠다는 생각이 들더군요." 선장이 말했다.

"그냥 두는 게 맞아요. 다른 남자는 어떻게 됐소? 앨버트 트레이시, 어부 말이오." 보안관이 말했다.

"몰라요. 저 둘을 옮긴 것 외에는 원래 이랬다니까요. 타륜 밑에 등을 대고 누운 저자 말고는 모두 총에 난자당했어요. 저자는 뒤통수만 맞았고. 총알이 앞으로 관통했죠. 보이는 그대로예요."

"저자는 어린애 같은데요?"

"이젠 아무것도 아니죠 뭐."

"저기 덩치 큰 자가 자동 소총을 가지고 로버트 시먼스 변호사를 죽였어요. 어떻게 된 일 같소? 아니, 어떻게 이리 몽땅 총에 맞을 수가 있지?"

"자기들끼리 싸웠겠지요. 돈을 나누는 문제로 분란이 일었을 겁니다."

"아침이 오기 전에 저자들을 덮어야겠어. 저 가방들은 내가 가져가겠소."

그들이 콕핏 안에 서 있을 때 한 여자가 해안경비선 옆의 잔교 위를 달려왔고 사람들이 우르르 뒤따라왔다. 수척한 중년 여자는 머리에 아무것도 쓰고 있지 않았는데 부스스하고 끝쪽이 엉킨 머리카락이 손질이 안 된 채 목 위로 드리워져 있었다. 그녀는 콕핏 안의 시체들을 보고는 비명을 지르기 시작했다. 그녀가 잔교 위에 서서 고개를 뒤로 젖히며 비명을 내지르는 동안 다른 여자 둘이 그녀의 팔을 붙잡았다. 여자 뒤에 바짝 붙어 있던 사람들이 그녀를 에워싸고 다닥다닥 붙어서 아래의 보트 안을 쳐다보았다.

"빌어먹을, 누가 문을 열어둔 거야? 뭐라도 가져와서 시체 덮어요. 담요든 침대 시트든 아무거나. 그리고 사람들은 여기에서 내보내고." 보안관이 말했다.

그 여자는 비명을 멈추고는 보트 안을 내려다보더니 다시 머리를 젖히고 비명을 내질렀다.

"그 사람 어디서 발견했어요?" 그 여자 옆에 있는 어느 여자가 말했다.

"앨버트는 어디에 있어요?"

비명을 지르던 여자가 비명을 멈추고 다시 보트 안을 내려다보았다.

"그이가 없네. 저기, 이봐요, 로저 존슨. 앨버트 어디 있어요? 앨버트 어디 있어요?" 그녀가 보안관에게 소리쳤다.

"그 사람은 배에 없어요, 트레이시 부인." 보안관이 말했다.

여자는 고개를 뒤로 젖히고 다시 비명을 질렀다. 비쩍 마른 목 안의 성대가 경직되고 두 손은 주먹이 되고 머리카락이 요동쳤다.

뒤쪽에 있는 사람들이 부두 가장자리로 나오려고 서로 떠밀고 팔꿈치로 밀고 있었다.

"이봐요. 다른 사람도 좀 봅시다."

"시체를 덮으려고 해."

그리고 에스파냐 어가 들려왔다.

"좀 지나갑시다. 나도 좀 보자고. 해이 콰트로 무에르토스(죽은 사람이 넷 있다). 토도스 손 무에르토스(모두 죽었다). 나도 좀 봅시다."

그 여자는 고래고래 소리쳤다.

"앨버트! 앨버트! 아, 하느님, 앨버트 어디 있어?"

막 도착한 쿠바 인 청년 둘이 군중 뒤편에 있었다. 그들은 군중 안으로 비집고 들어갈 수 없어서 뒤로 물러섰다가 함께 돌진해 들어갔다. 맨 앞줄의 사람들이 휘청하더니 불쑥 떠밀려 나왔고 트레이시 부인과 옆에서 부축하던 여자 둘이 비명을 지르며 고꾸라졌다가 아슬아슬 균형을 잡으며 앞으로 기우뚱 기울어졌다. 부축하던 여자들은 마구잡이로 주변을 붙잡고 몸을 지탱했지만 트레이시 부인은 계속 비명을 지르며 초록빛 물속으로 떨어지고 말았다. 비명 소리는 풍덩 하는 소리와 물보라로 바뀌었다.

해안경비대원 남자 둘이 맑은 초록빛 물속으로 뛰어들어 투광 조명등 불빛 아래 여자가 첨벙대는 곳으로 갔다. 보안관은 선미 너머로 몸을 내밀어 그녀에게 갈고리 장대를 내밀었다. 밑에서 경비대원 둘이 밀어주고 보안관이 두 팔로 끌어올린 덕에 여자는 보트 선미 위로 올라왔다. 군중 속에서 그녀를 도와주려고 나선 사람은 없었다. 그녀는 물을 뚝뚝 흘리며 선미에 서서 그들을 쳐다보고는 불끈 쥔 주먹을 그들에게 흔들며 소리쳤다.

"나쁜 놈들! 잡것들아!" 그러고는 콕핏 안을 들여다보며 흐느꼈다. "앨버트, 앨버트 어딨어?"

"그 사람은 배에 없어요, 트레이시 부인." 보안관은 그녀를 덮어주려고 담요를 하나 꺼내며 말했다. "진정하세요, 트레이시 부인. 마음 단단히 먹어요."

"틀니. 내 틀니 잃어버렸어." 트레이시 부인이 비참하게 말했다.

"날이 밝으면 우리가 잠수해서 찾아볼게요. 찾아줄게요." 해안경비선 선장이 그녀에게 말했다.

해안경비대원들이 선미 위로 올라와서 물을 뚝뚝 흘리며 서 있었다.

"이제 가죠. 오슬오슬해요." 한 명이 말했다.

"괜찮아요, 트레이시 부인?" 보안관이 담요를 그녀에게 둘러주며 말했다.

"갠찬나고여? 갠찬나고?" 그녀는 두 손을 꽉 움켜쥐고는 고개를 뒤로 젖히고 고래고래 울부짖었다. 트레이시 부인의 슬픔은 그녀가 감당하기엔 너무 컸다.

군중은 그녀의 울음소리를 들으며 조용히 예의를 표했다. 트레이시 부인의 소리는 강도들이 죽어 있는 풍경에 어울리는 효과를 자아냈다. 이제 강도들은 해안경비대 담요에 덮여 있었다. 보안관과 보안관보가 강도들을 담요로 덮자 오래전 이슬레뇨가 컨트리로드에서 집단폭행을 당한 이후 벌어진 가장 큰 구경거리가 사라지고 말았다. 이슬레뇨 때는 그를 수색하러 나온 자동차들의 불빛이 전신주에 매달려 흔들리는 그를 비추고 있었다.

시체가 덮이자 군중은 실망했지만 그래도 온 마을에서 시체를 본 것은 그들뿐이었다. 게다가 트레이시 부인이 물에 빠지는 것도 보았고, 들어오기 전에는 해리 모건이 들것에 실려 마린 병원으로 이송되는 것도 보았다. 보안관이 그들에게 요트 계류장에서 나가라고 명령하자 그들은 흡족한 마음으로 조용히 자리를 떴다. 자기들이 누린 특권을 의식하면서.

한편 마린 병원에서는 해리 모건의 아내 마리와 그녀의 세 딸이 대기실 벤치에 앉아 대기 중이었다. 세 딸은 울고 있었고 마리는 손수건을 씹고 있었다. 그녀는 정오 무렵부터 눈물이 나오지 않았다.

"아빠가 배에 총 맞았어." 딸들 중 한 명이 자매에게 말했다.

"끔찍해." 다른 딸이 말했다.

"조용히 해. 아빠를 위해 기도하는 중이야. 방해하지 마." 맏딸이 말했다.

마리는 아무 말 없이 그저 우두커니 앉아서 손수건과 아랫입술만 씹었다.

잠시 뒤 의사가 밖으로 나왔다. 그녀는 의사를 쳐다보았고 의사는 고개를 저었다.

"들어가도 돼요?" 그녀가 물었다.

"아직은 안 됩니다." 의사가 말했다.

그녀는 의사에게 다가갔다.

"우리 그이 떠났나요?"

"유감이지만 그런 것 같습니다, 모건 부인."

"들어가서 그이를 봐도 돼요?"

"아직은 안 됩니다. 부군은 수술실에 있어요."

"아, 세상에, 세상에. 딸들을 집에 데려다 주고 다시 올게요." 마리가 말했다. 갑자기 목이 메어 침을 삼킬 수조차 없었다. "가자, 얘들아."

세 딸은 그녀를 따라 낡은 자동차로 갔다. 그녀는 운전석에 탄 뒤 시동을 걸었다.

"아빠 어때요?" 딸들 중 한 명이 물었다.

마리는 대답하지 않았다.

"아빠 어때요, 엄마?"

"엄마한테 말 걸지 마라. 엄마한테 말 걸지 마."

"하지만……."

"입 다물어라, 얘야. 그냥 입 다물고 아빠를 위해 기도해."

딸들은 다시 울기 시작했다.

"돌겠네 정말. 울지 좀 마. 아빠를 위해 기도하라고 했잖아."

"할 거예요. 병원에 있을 때부터 멈추지 않고 했단 말이에요." 딸들 중 한 명이 말했다.

그들이 로키로드의 하얀 산호 길에 접어들었을 때 자동차 전조등 불빛 앞에서 비틀비틀 걷고 있는 어느 남자가 드러났다.

"불쌍한 주정뱅이. 불쌍하고 한심한 주정뱅이."

그들은 그 남자를 지나쳤다. 그는 자동차 불빛이 사라진 뒤에도 피가 묻은 얼굴로 비틀비틀 어둠 속 거리를 걸어 올라갔다. 집으로 돌아가는 리처드 고든이었다.

마리는 집 문 앞에 차를 세웠다.

"가서 자거라, 딸들아. 어서 자."

"하지만 아빠는 어떡하고요?" 딸들 중 한 명이 물었다.

"엄마한테 말 걸지 마. 제발 부탁인데 엄마한테 말 시키지 마."

그녀는 차를 돌려 병원으로 돌아가기 시작했다.

마리 모건은 병원으로 돌아와 황급히 계단을 올라갔다. 의사는 방충 문을 통해 바깥으로 나오다가 포치에서 그녀와 마주쳤다. 그는 지친 몸으로 집으로 돌아가는 길이었다.

"부군은 돌아가셨습니다, 모건 부인." 그가 말했다.

"그이가 죽었다고요?"

"수술대에서 돌아가셨어요."

"그이를 볼 수 있을까요?"

"그러시죠. 아주 평화롭게 가셨습니다, 모건 부인. 고통 없이."

"아, 어떡해." 마리는 말했다. 눈물이 뺨을 타고 흘러내렸다. "아, 아, 아, 아."

의사는 손을 그녀의 어깨에 얹었다.

"만지지 마요." 마리는 그렇게 말하고는 덧붙였다. "그이를 보고 싶어요."

"가시죠." 의사는 말했다.

그는 그녀를 데리고 복도를 걸어가서 하얀 방 안으로 들어갔다. 해리 모건이 바퀴 달린 탁자 위에 누워 있었다. 그의 커다란 몸은 흰 천에 덮여 있었다. 불빛이 몹시 환해 그림자조차 없었다. 문간에 선 마리는 그 불빛에 겁을 먹은 것 같았다.

"고통 없이 가셨습니다, 모건 부인." 의사가 말했다.

마리는 그의 말이 들리지 않는 것 같았다.

"아, 하느님." 그녀는 그렇게 말하고는 다시 울기 시작했다. "이 이 얼굴 꼴 좀 봐."

제26장

모르겠어. 마리 모건은 저녁 식탁에 앉아 생각했다. 한 번에 하룻
낮, 한 번에 하룻밤, 그렇게 견디다 보면 달라지려나. 정말 지긋지
긋한 밤이야. 딸들한테 마음을 쓰다 보면 달라지겠지. 근데 딸들은
눈에 들어오지도 않아. 그래도 아이들한테 뭐든 해줘야 해. 뭐든 시
작해야 해. 죽어버린 마음을 추슬러야겠지. 달라지는 건 없겠지만.
그래도 뭐든 시작해야 해. 오늘로 일주일 지났네. 애써 떠올리면 그
이 생각이 나긴 하겠지만 그이의 생김새가 기억이 안 나. 억장이 무
너졌던 그 순간부터 그이 얼굴이 기억이 안 나. 기분이 어떻든 뭐든
시작해야 해. 그이가 돈을 좀 남겼거나 보상금이라도 있었다면 형
편이 좀 나았겠지만 그래도 기분은 다르지 않았을 거야. 우선 집부
터 팔아야 해. 그이를 쏜 그 개자식들. 아, 그 더러운 개자식들. 지금
내 마음엔 온통 그것뿐이야. 증오와 허전함. 빈집처럼 난 텅 비었
어. 그래도 뭐든 시작해야 해. 장례식에 참석했어야 했는데 갈 수가
없었어. 그래도 이제는 뭐든 시작해야 해. 죽은 사람이 살아 돌아올
수는 없는 거잖아.

　그이가 움직이면 어김없이 저절로 그이를 바라보게 됐었지. 그이
를, 자신만만하고 강인하고 민첩하고 값비싼 동물 같은 남자를. 그

동안 그이 같은 남자랑 산 건 대단한 행운이었어. 그이의 운은 쿠바에서부터 틀어졌어. 점점 운이 기울더니 결국 쿠바 인이 그이를 죽이고 말았네.

콩크한테 쿠바 인은 재앙이야. 쿠바 인은 누구한테나 재앙이지. 게다가 거기엔 검둥이들이 너무 많아. 그이가 나를 아바나로 데려갔을 때가 기억나네. 그때 그이는 돈을 엄청 잘 벌었어. 우리가 공원을 걷고 있는데 어느 검둥이가 나한테 뭐라고 말을 했고 해리는 그자를 때려주고는 떨어진 그자의 밀짚모자를 주워 반 구역 밖으로 던져버렸어. 택시가 그걸 밟고 지나갔고 나는 그걸 보고 배꼽 빠지게 웃어댔지.

그때 처음으로 거기 프라도에 있는 미용실에서 머리를 금발로 바꾸었어. 미용실 사람들이 오후 내내 작업에 매달렸지. 내 머리가 하도 까매서 그들은 주저했고 나도 꼴이 엉망이 될까 봐 두려웠지만 조금이라도 밝게 만들 수 있는지 해보자고 계속 말했어. 그 남자는 끝에 면이 붙은 오렌지색 나무 막대기를 들고 내 머리를 살펴보고는 김이 나는 듯한 뿌연 물질이 든 그릇에 막대기를 담갔어. 빗도. 막대기의 한쪽 끝과 빗으로 머리 가닥을 갈라 나눈 뒤 쭉 훑고 나서 머리를 말렸어. 나는 잔뜩 겁을 먹고 앉아 있었어. 내가 무슨 짓을 하는 건가 생각하면서. 그래서 조금이라도 밝게 되는지 보자는 말만 계속 했었어.

마침내 그 남자가 말했어. 안전한 범위에서 최대한 밝게 했어요,

부인. 그러고는 샴푸로 머리를 감기고 나서 컬을 넣었어. 나는 내 꼴이 우스울까 봐 겁이 나서 쳐다보기조차 두려웠어. 그는 한쪽 부분에 컬을 넣고 귀 뒤를 높이 부풀리면서 나머지는 컬을 좀 작게 넣었어. 그때까지도 머리는 계속 젖어 있었기 때문에 어떤 모양이 될는지 알 수 없었지. 그저 확 달라 보인다는 것 외에는. 난 완전히 딴 사람 같았어. 그때 그 남자가 머리에 촉촉하게 그물을 씌우고 나서 나를 드라이어 밑에 넣었어. 그때까지도 나는 계속 쫄아 있었고. 나는 드라이어 밑에서 나왔고 그 남자가 그물을 벗기고 핀을 뺀 뒤 빗질하는데 내 머리가 황금 같았어.

나는 거기에서 나와 거울에 비친 나를 보았어. 머리가 햇빛에 어찌나 반짝거리던지. 손으로 만졌을 땐 또 어찌나 보드랍고 매끄러운지 말이야. 그게 나라는 게 믿어지지 않았어. 하도 신이 나서 목이 다 메었어. 나는 프라도 거리를 걸어 내려가 해리가 기다리는 카페로 들어갔어. 진짜 신이 나고 속으론 웃음도 나서 살짝 어지럽기까지 했어. 그이는 내가 오는 걸 보더니 일어서서 나한테서 눈을 못 뗐어. 굵고 우스운 목소리로 말했지.

"어이쿠야, 마리, 자기 아름다운데."

그래서 난 말했어.

"나 금발인 거 마음에 들어?"

그랬더니 그가 말했지.

"그 얘긴 그만하고 호텔로 갑시다."

그래서 내가 그랬지.

"좋아, 그럼. 가."

그때 난 스물여섯이었어.

그이는 나랑 있을 땐 늘 그랬고 나도 그이한테 늘 그런 마음이었어. 그이는 나랑 견줄 수 있는 건 없다고 말했고 나도 그이 같은 남자가 없다는 걸 알고 있지. 그걸 뼈저리게 아는데 이제 그이는 죽고 없네.

이제 뭐든 시작해야 해. 그래야만 해. 하지만 그런 남자를 가졌다가 몹쓸 쿠바 놈이 내 남자를 쏘아 죽였는데 어떻게 금방 훌훌 털고 일어나? 마음이 텅 비어 아무것도 남아 있지 않은데. 뭘 어찌해야 할지 모르겠어. 그이가 멀리 여행을 떠난 것도 아니잖아. 그이는 항상 돌아오곤 했는데 이젠 평생 나 혼자 가야 해. 이제 난 뚱뚱하고 못생긴 데다 늙었는데 아니라고 말해줄 그이는 여기 없네. 이제 그런 말을 들으려면 남자를 돈 주고 사야 할 판인데 그런 남자는 싫어. 이런 게 사는 건가 봐. 이런 게 사는 건가 봐.

그이는 나한테 끔찍이 잘해준 데다 충실하기까지 했어. 게다가 어떻게든 돈을 벌어 왔기 때문에 난 돈 걱정은 할 필요가 없었지. 오직 그이만 걱정했는데 이젠 모두 사라졌어.

사람이 모두 그렇게 죽는 건 아니야. 그렇게 죽는다고 해도 난 상관없어. 해리가 저쪽 끝에 있을 때 의사는 그이가 그냥 지친 거라고 했어. 하지만 그이는 다시 깨어나지 않았어. 그이가 편안하게 죽어서 다행이지 뭐야. 아 하느님, 그 보트 안에서 얼마나 괴로웠겠어. 그이가 내 생각을 했는지 무슨 생각을 했는지 궁금해. 그런 지경일 땐 누구도 떠올리지 않는 게 정상일 테지. 지독하게 아팠을 거야. 하지만 마지막에는 그저 너무 지쳤던 거야. 차라리 내가 죽었으면 좋았을걸. 모두 헛된 바람이겠지. 모든 게 헛된 바람이겠지.

장례식엔 갈 수 없었어. 사람들은 이해 못 하겠지만 남들이 내 심정을 어찌 알겠어? 좋은 남자는 드물거든. 그들은 좋은 남자를 가진 적이 없거든. 남들은 내 마음을 몰라. 그들은 이게 어떤 건지 알수가 없거든. 나는 알지. 너무 잘 알지. 앞으로 20년을 더 살아야 할텐데 뭘 어떻게 해야 하지? 아무도 그걸 얘기해주는 사람이 없어. 이젠 아무것도 없지만 매일매일 흘러가는 대로 받아들이면서 당장 뭐든 시작해야 해. 그게 내가 해야 할 일이야. 아이고 하느님, 밤에는 뭘 해야 합니까?

잠이 안 오는데 밤을 어떻게 견디지? 남편을 잃어봐야 그게 어떤 기분인지 알게 되나 봐. 그때야 알게 되나 봐. 이 지랄 같은 인생은 모든 걸 그렇게 알게 되나 봐. 그래, 그런 것 같아. 나도 지금 알아가는 거겠지. 마음이 죽으면 모든 게 쉬워. 그냥 그렇게 죽어가는 거야. 대부분의 사람이 대부분의 시간을 그렇게 보내. 세상살이가 그런 거 같아. 누구에게나 일어나는 일인 것 같아. 나는 출발은 좋았어. 출발은 좋았어. 그러는 게 맞는 거라면. 그러는 게 맞는 거겠지. 바로 그거야. 그게 요점이야. 괜찮아. 나는 출발은 좋았으니까. 지금은 남들보다 앞서 가고 있어.

밖에는 화창하고 시원한 아열대 겨울의 낮이 펼쳐졌고 야자수의 나뭇가지는 가벼운 북풍을 만나고 있었다. 겨울을 좋아하는 일부 사람들이 자전거를 타고 그 집을 지나갔다. 웃으면서. 길 건너편 그 집의 널찍한 마당에서 공작 한 마리가 깍깍 울어댔다.

유리창 너머로 보이는 바다는 겨울 햇빛에 냉혹하고 생소하고 파랗게 보였다. 커다란 흰 요트 한 척이 항구로 들어오고 있었고 멀리 십여 킬로미터 밖 수평선에 파란 바다를 배경으로 조그맣고 단정해 보이는 유조선의 옆모습이 보였다. 배는 연료를 낭비하지 않기 위해 조류를 거스르지 않고 암초를 끼고 돌아 서쪽으로 나아갔다.

옮긴이 후기

헤밍웨이의『가진 자와 못 가진 자To Have and Have Not』는 단편에서 시작해 장편으로 발전한 특이한 작품이다. 헤밍웨이가 1934년에『코스모폴리탄』에 발표한 단편소설「One Trip Across」와 이후 1936년『에스콰이어』에 후속편으로 발표한 중편소설「The Tradesman's Return」이 1937년에 한데 묶여 발간됨으로써 세상에 나온 것이다.

헤밍웨이가『태양은 다시 떠오른다』로 작가적 명성을 얻고『무기여 잘 있거라』로 거장의 반열에 올라 시대의 아이콘으로 자리매김한 뒤 재정적으로 넉넉한 상황에서 발표한 네 번째 장편소설로, 남성들의 치열한 삶을 그린 하드보일드 문학에 속한다. 시대적 관점에서 보자면 미국을 비롯한 전 세계가 대공황의 늪에서 한창 신음하던 때 발표된 작품이었다.

고난의 시절

1920년대 고도성장을 구가하던 미국은 1929년 10월의 마지막

주에 주식시장이 폭락하면서 10년간의 장기 불황에 빠져들었다. 1930년대의 생활상을 통계치로 살펴보면(화폐 가치는 2005년 대비 열두 배쯤 높았다) 실업률은 최고 25퍼센트에 달했고 평균 가구소득 2000달러, 신규 주택 7200달러, 새 자동차 700달러, 빵 한 덩이 8센트 정도였다.

자식들에게 점심도 못 먹인다고 해리에게 핀잔을 들은 앨버트 트레이시는 얼마나 가난했을까? 앨버트는 정부 구호 프로그램의 일을 하고 매주 7.5달러를 벌었는데, 1930년대 평균 가구소득이 2000달러(주급으로 40달러) 정도였으니 외벌이였다면 그의 가족들이 얼마나 곤궁했을지 짐작이 간다.

그렇다고 모든 사람이 가난했던 것은 아니다, 당연히. 예나 지금이나 큰 위기는 기회를 동반하고, 다수가 가난해지는 과정에서 소수는 떼돈을 벌기 마련이다. 1930년대 대다수가 빈곤에 시달렸던 미국에서도 집중된 경제 권력을 휘두르는 극소수의 사람들이 있었다. 이 작품의 후반부에 등장하는 요트 주인들이 그 소수의 부유층에 속한다고 볼 수 있다.

제일 먼저 등장하는 헨리 카펜터는 어머니의 신탁 기금에서 나오

는 수익금 200달러를 매달 받고 있다. 정부의 일감을 받아 하수구
도 파고 철길도 고치는 대가로 매달 30달러를 버는 앨버트에 비하
면 가만히 앉아서 떼돈을 버는 셈인데도 하룻밤에 도박으로 300달
러씩 잃기도 한다. 헤밍웨이는 헨리 카펜터의 금융 소득과 정부로
부터 구제 일감을 받아 연명하는 앨버트의 근로소득을 대비시켜
시대의 불평등을 조명한다. 하지만 자본가 카펜터는 풍족한 생활
을 하면서도 정신적으로 무너져간다. 몇 달 뒤로 미루긴 했지만 자
살을 결심할 정도로 그의 정신은 피폐해져 있다. 뻔한 결론이지만
행복은 물질적 풍요와 반드시 정비례하지는 않는 모양이다. 세상
에는 불행한 부자들이 분명히 존재한다.

　뒤이어 탈세 혐의로 국세청의 조사를 받고 있는 곡물 중개상이
등장한다. 납세 회피 현상이야 어제오늘의 일이 아니지만, 대공황
시절 미국은 지금과 비교도 안 되게 소득세율이 높았다. 1932년 개
정된 세입법Revenue Act에 의해 최고 소득세율은 25퍼센트에서
63퍼센트로 인상되었고, 법인세도 15퍼센트 증가했으며, 1936년
에는 연방소득세가 최고 79퍼센트까지 치솟았다. 적어도 명목 세
율은 그랬다. 피도 눈물도 없는 곡물 중개상에게 탈세란 거부할 수

없는 유혹이었을 것이다. 결국 그것이 그를 얽어매는 덫이 되었지만.

그렇다면 해리 모건이 떼인 돈 825달러는 얼마나 큰돈이었을까? 1930년대 새 자동차의 평균 가격이 700달러 정도였으니 해리가 떼인 돈은 새 자동차 한 대 값이 넘는 거금이었을 것이다. 부자들을 상대로 여름 한 철 낚싯배를 운영해 1년간 먹고살 돈을 버는 처지에서 배 대여비는 고사하고 낚시 장비까지 잃어버렸으니 앞날이 막막하지 않았을까? 그렇게 궁지에 몰린 해리는 쿠바 중국인들의 미국 밀항과, 쿠바와 미국 사이의 밀수업 같은 위험한 일에 손을 대게 된다.

당시에 쿠바도 세계적인 불황의 그늘에서 자유로울 수 없었다. 설탕 수출 경제에 치우쳐 있던 쿠바는 대공황의 직격탄을 맞을 수밖에 없었는데, 독재자 헤라르도 마차도 정부는 전국적인 저항에 폭거로 맞섰다. 설탕 노동자들을 비롯해 농촌 지역에까지 세력을 확장한 쿠바 공산당과 혁명 세력들은 마차도에 맞서 무장 반란을 일으켰다. 결국 1933년 쿠바의 군부 세력과 미국의 배후 조종에 의해 마차도는 실각했지만 쿠바에 대한 미국의 영향력은 건재했다.

헤밍웨이가 이 작품의 전편과 후편을 차례로 발표한 1934년부터 1936년까지 쿠바는 마차도 정권이 무너진 뒤 군부 쿠데타를 거쳐 격변의 혼란기에 있었다.

미국과 쿠바

지리적으로 미국 남동부와 쿠바는 대단히 가깝다. 플로리다 반도와 쿠바는 플로리다 해협을 사이에 두고 마주하고 있는데, 특히 플로리다의 최남단 섬 키웨스트에서 카리브 해에 위치한 쿠바까지의 거리는 145킬로미터에 불과해(하와이보다 더 가깝다) 쿠바 혁명 전까지 두 지역은 왕래가 잦았다.

쿠바의 근대사는 독립 투쟁의 역사라고 할 수 있다. 쿠바는 1959년 1월 1일 피델 카스트로의 혁명군이 아바나에 입성할 때까지 줄곧 열강의 직간접적 지배 아래에 있었으며, 1511년부터 1898년까지는 400년간 에스파냐의 식민지였다. 카리브 해의 섬들은 에스파냐 함대가 금과 은을 본국으로 실어 나르는 길목이었기 때문에 전략

적 요충지였다.

1700년대 말에 에스파냐가 쿠바에 사탕수수 농장을 건설하기 시작하면서 수많은 아프리카 노예들이 쿠바에 유입되었는데, 이들의 후손들이 오늘날 쿠바 인구의 상당수를 차지하고 있다. 하지만 19세기 중반 노예무역을 중지하라는 영국의 거센 압력에 쿠바의 농장주들은 중국인 노동자들을 대규모로 쿠바에 데려왔다. 해리의 배를 타고 쿠바에서 미국으로 망명하려던 중국인들은 쿠바의 사탕수수 농장에서 일하던 이민자들이었을 것이다.

줄곧 쿠바에 대한 야욕을 품어왔던 미국은 1898년 마침내 에스파냐와의 전쟁에서 승리한 뒤 쿠바를 점령하여 4년간 군정을 실시했고 그 뒤로도 1959년까지 정치, 군사, 경제적으로 쿠바를 실질적으로 지배하였다. 그 60년 동안 쿠바는 부패와 혼란으로 얼룩진 사실상의 식민지 사회를 거쳤고, 그 과정에서 쿠바의 독립을 열망하는 사회주의 혁명 세력들이 발흥했다. 이 작품에 등장하는 쿠바 인 은행 강도 일당도 그런 혁명 세력 가운데 하나로 볼 수 있다. 일당 중 마음이 여린 쿠바 청년은 앨버트가 죽은 것에 양심을 가책을 느끼면서도 대의를 위한 것이라고 살인을 합리화한다. 반면 청년의 동료 로베르토는 가차 없이 살상을 자행하고도 죄책감을 느끼지 않는 모습이 체 게바라보다는 살인 기계에 더 가까운 듯하다. 해리는 그런 쿠바 인들의 이상에 동조하지도 않을 뿐더러 그들을 동정하지도 않는다. 그저 못된 짓을 일삼는 비열한 '개새끼'들이라며 그들에게 방아쇠를 당길 뿐이다.

가진 자와 못 가진 자, 이기적인 외톨이들

하드보일드 소설의 특징은 주로 폭력과 섹스를 테마로 하며 간결한 표현과 감정의 배제, 일련의 행동과 사실에 대한 객관적인 서술로 독자의 감정을 불러일으키는 것인데, 그런 점에서 『가진 자와 못 가진 자』는 전형적인 하드보일드 소설의 범주에 속해 있다.

헤밍웨이의 하드보일드 스타일은 이른바 그의 '빙산 이론'과 맞닿아 있다. 그는 빙산 이론에 대해 여러 번 언급했고, 항상 빙산의 원칙에 근거하여 글을 쓰려고 노력했다. '빙산은 전체의 8분의 7이 물속에 잠겨 있다. 아는 것을 굳이 쓰지 않아도 물속에 잠겨 보이지 않는 부분은 빙산을 더 강하게 만들 것이다. 하지만 작가가 알지 못하여 쓰지 못하는 부분은 이야기에 구멍을 만든다'라고 1954년 조지 플림턴과의 인터뷰에서 밝혔다. 오히려 비워서 견고하게 다진다는 것이다.

이 인터뷰에서 헤밍웨이가 언급한 흥미로운 이야기 하나는 죽음에 관한 것이다. '세상을 떠난 사람들이 항상 더 사랑받는다. 왜냐하면 서로 인정사정 봐주지 않고, 길고 지리하게 싸우는 모습을 아무한테도 보여주지 않아도 되기 때문이다. 죽은 사람들, 갖가지 이유로 일찌감치 삶을 포기한 사람들은 공감을 얻을 수 있는 데다 인간적이라는 이유로 선호된다. 교묘히 위장된 비겁함과 실패가 더 인간적이고 더 사랑을 받는다'라고 그는 말했다.

죽음을 삶의 해방구로 보는 듯한 그의 시각은 이 작품에도 드러나 있다. 작품의 말미에 그는 갖가지 방식으로 스스로 생을 마감하는 사람들을 언급한 뒤 권총의 탁월함을 예찬한다. 권총은 불면증과 후회, 불치병, 파산을 물리치며, 악몽으로 변질된 아메리칸드림을 손가락 하나로 끝장내는 편리한 도구라고 말한다. 실제 헤밍웨이는 권총을 선택해 생을 마감했다. '가진 자'인 헨리 카펜터는 무너져가는 자신을 감지하며 자살을 결심하고, '못 가진 자'에 속한 쿠바 혁명가들은 이상을 향해 가는 과정에서, 해리 모건과 앨버트 트레이시는 생존의 투쟁 과정에서 파멸한다.

이 작품의 시대적 배경은 정확히 밝혀져 있지 않다. 그저 많은 사람이 궁핍하게 살아가는 불황기라고 짐작될 뿐인데, 1930년대 중반에 출간되었음에도 현재의 이야기라고 봐도 손색이 없을 만큼 강한 설득력을 지녔다. 극심한 빈부 격차, 금융자본에 의한 부의 독점 현상, 빈곤, 도덕적 타락, 밑바닥 인생들, 이기적인 외톨이들, 한 개인으로서 느끼는 무력감. 그때와 지금은 많은 면에서 닮아 있다.

특히 이 작품의 주인공 해리 모건이 죽어가면서 '한 사람만으로는 아무리 발광해도 기회가 없다'라고 되뇐 말은 현재 우리 사회에 깔린 무기력감을 대변하는 것 같다. 훗날 헤밍웨이는 『노인과 바다』에서 '인간은 파멸할 수 있을지언정 패배하지 않는다'라고 말했는데, 해리 모건은 쿠바 혁명가들과의 총격전에서 승리하지만 결국은 함께 파괴되고 만다. 그래도 그는 파괴될지언정 결코 포기하지 않았다.

해리 모건은 왜 그 위험한 항해에 나섰을까? 가지 않을 수도 있

었는데. 그는 항해를 떠나기 전 프레디의 술집에 앉아 포기할까 말
까 고민하다가 결심한다.

그들이 판을 짰으니까, 나는 거기 뛰어든 거니까, 기회는 있으니까, 다
같이 지옥에 떨어지는 걸 멀뚱히 지켜보는 것보단 낫잖아.

초기 산업사회의 남자들에게 '경쟁은 강박관념이 되었다'라는
역사학자 앤서니 로턴도의 말처럼, 해리 모건에게 그 일은 생존을
위한 몸부림이기도 하지만 이기고 싶은 경쟁이기도 하다.

이 소설은 외로운 사람들의 이야기다. 외로운 인간투성이다. 헤
밍웨이는 외로움의 '외'자도 언급하지 않았지만, 그래도 마지막 책
장을 덮고 난 뒤에 밀려오는 감정은 외로움인 것 같다. 해리는 은행
강도 일당과의 위험한 일전을 앞두고 강한 외로움과 공감을 향한
갈증을 느낀다. 자신이 어떤 궁지에 몰려 있는지, 무슨 일을 하려는
지 아는 사람이 한 사람이라도 있었으면 하고 바란다. 하지만 경쟁
에서 이기기 위해 공감을 포기하고 입을 다문다. 결국 해리 모건은
총격전의 여파로 숨을 거둠으로써 그가 왜 시체들이 널린 배 안에

서 죽어갔는지에 대한 진실도 함께 묻힌다. 아무도 모르게 죽어간 사람보다 더 외로운 사람이 있을까? 해리는 자기가 왜 죽었는지 아무도 모를 거라는 생각을 하며 외롭게 죽었을 것이다.

　남의 짐을 대신 져줄 순 없다. 아무리 사랑하는 사람이라도. 무겁겠구나 짐작하고 공감할 뿐이다. 내 짐은 내가 지고 가야 하는 것이다.